L'HÉRITAGE
DES ESPIONS

L'HÉRITAGE
DES ESPIONS

JOHN le CARRÉ

L'HÉRITAGE
DES ESPIONS

roman

TRADUIT DE L'ANGLAIS (GRANDE-BRETAGNE)
PAR ISABELLE PERRIN

ÉDITIONS DU SEUIL
25, bd Romain-Rolland, Paris XIVᵉ

Ce livre est édité par Anne Freyer-Mauthner

Titre original : *A Legacy of Spies*
Éditeur original : Viking/Penguin Books, Londres
© David Cornwell, 2017
ISBN original : 978-0-241-30854-7

ISBN 978-2-02-137133-8

Ce titre est également disponible en e-book
sous l'e-pub 978-2-02-137134-5

© Éditions du Seuil, avril 2018, pour la traduction française

Le Code de la propriété intellectuelle interdit les copies ou reproductions destinées à une utilisation
collective. Toute représentation ou reproduction intégrale ou partielle faite par quelque procédé
que ce soit, sans le consentement de l'auteur ou de ses ayants cause, est illicite et constitue une
contrefaçon sanctionnée par les articles L. 335-2 et suivants du Code de la propriété intellectuelle.

www.seuil.com

1

Ce qui suit est le récit authentique et aussi précis que possible de mon rôle dans l'opération de désinformation britannique (nom de code Windfall) montée contre la Stasi, le service de renseignement est-allemand, à la fin des années 1950 et au début des années 1960, qui a provoqué la mort du meilleur agent secret anglais avec lequel j'aie jamais travaillé et de la femme innocente pour laquelle il a donné sa vie.

Un professionnel du renseignement n'est pas plus immunisé contre les sentiments que le reste de l'humanité. Ce qui lui importe, c'est d'arriver à les refouler, que ce soit sur le coup ou, en ce qui me concerne, cinquante ans plus tard. Il y a deux mois encore, allongé sur mon lit, le soir, dans la ferme isolée en Bretagne qui me sert de foyer, à écouter les meuglements des vaches et les chamailleries des poules, j'occultais résolument les voix accusatrices qui tentaient parfois de venir troubler mon sommeil. J'étais trop jeune, protestais-je, j'étais trop innocent, trop naïf, trop subalterne. Si vous cherchez des têtes à couper, disais-je à ces voix, allez donc voir ces grands maîtres de la désinformation que furent George Smiley et son supérieur Control. C'est leur fourberie raffinée, insistais-je, c'est leur intellect érudit et pervers, pas le mien, qui ont accouché du triomphe et du chemin de croix que fut Windfall. Le Service auquel j'ai consacré les plus belles années de ma vie m'ayant demandé des comptes, c'est seulement aujourd'hui, dans mon vieil âge et malgré ma stupéfaction, que je me sens contraint de coucher sur le papier, quel qu'en soit le coût, les ombres et les lumières de mon implication dans cette affaire.

Comment j'en suis arrivé à être recruté dans le Secret Intelligence Service (le Cirque, comme nous autres jeunes-turcs l'appelions en ces temps censément glorieux où nous étions installés non pas dans une grotesque forteresse près de la Tamise, mais dans un prétentieux immeuble victorien de brique rouge qui épousait la courbe de Cambridge Circus) reste pour moi un mystère au même titre que les circonstances de ma naissance et ce, d'autant plus que les deux événements sont indissociables.

Mon père, que j'ai à peine connu, était, à en croire ma mère, le fils prodigue d'une riche famille anglo-française des Midlands, un homme aux appétits immodérés qui dilapidait son héritage mais que rachetait son amour pour la France. À l'été 1930, il prenait les eaux à Saint-Malo, où il fréquentait casinos et *maisons closes** et globalement vivait sur un grand pied. Alors âgée de vingt ans, ma mère, unique descendante d'une longue lignée de paysans bretons, se trouvait dans cette même ville pour servir de demoiselle d'honneur à la fille d'un riche marchand de bestiaux. C'est du moins ce qu'elle affirme, mais il s'agit là d'une source non recoupée, et comme elle ne répugnait pas à enjoliver les faits quand ils n'allaient pas dans son sens, je ne serais pas surpris qu'elle fût venue en ville pour des motifs moins dignes.

Elle raconte s'être éclipsée après la cérémonie avec une autre demoiselle d'honneur. Légèrement pompettes après une ou deux coupes de champagne, elles quittèrent la réception dans leur tenue de noces pour aller baguenauder sur la promenade fort fréquentée ce soir-là, où mon père déambulait lui

---

* Tous les mots en italique suivis d'un astérisque sont en français dans le texte. *(Note de la traductrice.)*

aussi, en quête d'une rencontre. Ma mère était jolie et frivole, son amie un peu moins. Une idylle éclair s'ensuivit, dont la précipitation effaroucha ma mère de façon bien compréhensible, mais un nouveau mariage fut bientôt organisé et j'en fus le fruit. Mon père, semble-t-il, n'était pas fait pour la vie matrimoniale et, même dans les premières années, réussit à être plus souvent absent que présent.

C'est là que l'histoire prend un tour héroïque. Comme nous le savons, la guerre change tout, et elle changea mon père du jour au lendemain. À peine avait-elle été déclarée qu'il tambourinait à toutes les portes du ministère de la Guerre, se portant volontaire auprès de qui voudrait bien de lui. Sa mission, à en croire ma mère, consistait à sauver la France à lui tout seul. Consistait-elle aussi à fuir ses obligations familiales ? C'est là un blasphème que je n'eus jamais le droit de prononcer en présence de ma mère. Les Anglais venaient de former le Special Operations Executive (SOE), auquel Winston Churchill en personne avait notoirement confié la tâche de « mettre l'Europe à feu et à sang ». Les villes côtières du sud-ouest de la Bretagne étaient des foyers d'activités des sous-marins allemands, et notre bonne ville de Lorient, ancienne base navale française, était le foyer le plus chaud entre tous. Parachuté cinq fois sur la lande bretonne, mon père rejoignit tous les groupes de résistants qu'il put trouver, prit sa part dans les sabotages et connut une mort atroce dans la prison de Rennes aux mains de la Gestapo, laissant derrière lui un modèle de dévouement altruiste impossible à égaler pour un fils. Son autre legs fut une foi mal placée dans le système anglais des *public schools* qui, en dépit de son propre passage catastrophique dans l'une de ces écoles privées, me condamna au même destin.

Les toutes premières années de ma vie furent paradisiaques. Ma mère cuisinait en papotant, mon grand-père était sévère mais brave, la ferme prospérait. À la maison, nous parlions breton. À l'école primaire catholique du village, une belle et jeune religieuse qui avait passé six mois à Huddersfield comme fille au pair m'apprit des rudiments d'anglais et, en vertu d'un décret national, le français. Pendant les vacances, je courais pieds nus dans les champs et sur les falaises environnantes, je moissonnais le sarrasin pour les galettes de ma mère, je m'occupais d'une vieille truie prénommée Fadette et je jouais à des jeux endiablés avec les enfants du village.

L'avenir ne signifiait rien pour moi, jusqu'au jour où il me tomba dessus.

À Douvres, une dame grassouillette du nom de Murphy, cousine de mon défunt père, m'arracha à la main de ma mère pour m'emmener chez elle à Ealing. J'avais huit ans. Par la fenêtre du train, je vis pour la première fois des ballons de barrage. Pendant le dîner, M. Murphy déclara que la guerre se terminerait en quelques mois et Mme Murphy le contredit, tous deux veillant à parler lentement et à se répéter par égard pour moi. Le lendemain, Mme Murphy m'emmena chez Selfridges, où elle m'acheta un uniforme pour l'école, prenant soin de garder le reçu. Le surlendemain, elle pleurait sur le quai de la gare de Paddington tandis que j'agitais ma toute nouvelle casquette d'école pour lui dire au revoir.

L'anglicisation voulue pour moi par mon père s'explique d'elle-même. La guerre battait son plein. Les écoles devaient faire avec ce qu'elles avaient. Je n'étais plus Pierre mais Peter. Mon anglais défaillant faisait de moi la risée de mes camarades et mon français bretonnant celle de mes pauvres professeurs. On m'informa presque nonchalamment que notre petit village, Les Deux-Églises, avait été pris par les Allemands. Les lettres de ma mère, quand elles arrivaient, se présentaient dans des enveloppes brunes ornées de timbres anglais et de cachets de Londres. Ce fut seulement des années plus tard que je pus imaginer par quelles mains courageuses elles avaient dû transiter. Les congés se passaient dans un tourbillon de colonies de vacances et de parents de substitution. Aux écoles primaires privées en brique rouge succédèrent des *public schools* en granit gris, mais le programme ne changea pas : la même margarine, les mêmes homélies sur le patriotisme et l'Empire britannique, la même violence aveugle, la même cruauté insouciante, les mêmes désirs sexuels occultés. Un soir du printemps 1944, peu avant le Débarquement, le principal me convoqua à son bureau pour m'annoncer que mon père était mort au champ d'honneur et que je devais être fier de lui. Pour raison de sécurité, aucune information complémentaire ne pouvait m'être fournie.

J'avais seize ans lorsque, au terme d'un dernier trimestre particulièrement ennuyeux, je pus retrouver une Bretagne en paix, moi l'inadapté anglais mal dégrossi. Mon grand-père était mort. Un nouveau compagnon, M. Émile, partageait le lit de ma mère. Je n'aimais pas M. Émile. Une moitié de Fadette avait été donnée aux Allemands, l'autre à la Résistance. Pour échapper aux forces contraires de mon enfance et mû par un sentiment de devoir filial, je m'embarquai clandestinement dans un train à destination de Marseille, où, en me vieillissant d'un an, je tentai de m'enrôler dans la Légion étrangère. Mon aventure donquichottesque rencontra une fin abrupte lorsque la Légion, en une exceptionnelle concession aux suppliques de ma mère qui arguait du fait que je n'étais pas étranger mais bien français, me relâcha vers un destin de captivité, cette fois dans la banlieue londonienne de Shoreditch, où le beau-frère improbable de mon père, Markus, gérant d'une entreprise qui importait de luxueux tapis et fourrures d'Union soviétique (sauf qu'il disait toujours « Russie »), avait offert de m'apprendre le métier.

L'oncle Markus reste un autre mystère insondable de ma vie. À ce jour, j'ignore encore si son offre d'emploi lui fut d'une façon ou d'une autre suggérée par mes futurs maîtres. Quand je lui demandais comment mon père était mort, il secouait la tête d'un air désapprobateur, pas vis-à-vis de mon père, mais en raison de la trivialité de ma question. Je me demande parfois s'il est possible de naître secret, comme d'autres gens naissent riches, grands ou musiciens. Markus n'était ni avare, ni strict, ni méchant. Il était juste secret. Il venait d'Europe centrale et se faisait appeler Collins, mais je n'ai jamais su quel était son nom d'origine ; il parlait anglais très vite avec un accent prononcé, mais je n'ai jamais su quelle était sa langue maternelle. Il m'appelait Pierre. Il avait une bonne amie prénommée Dolly, modiste à Wapping, qui venait le chercher à l'entrepôt le vendredi après-midi, mais je n'ai jamais su où ils allaient passer le week-end ni s'ils étaient mariés l'un avec l'autre ou avec un autre conjoint. Dolly avait un Bernie dans sa vie, mais je n'ai jamais su si Bernie était son mari, son fils ou son frère, parce que Dolly était née secrète, elle aussi.

Et même aujourd'hui j'ignore si la Société transsibérienne de fourrures et tapis Collins était une véritable entreprise ou juste une façade destinée à la collecte de renseignements. Quand j'ai cherché à le découvrir par la suite, je me suis heurté à un mur. Ce que je savais, c'est que chaque fois qu'oncle Markus s'apprêtait à partir pour une foire commerciale à Kiev, Perm ou Irkoutsk, il tremblait beaucoup et que, quand il en revenait, il buvait beaucoup. Et aussi que, dans les jours précédant la foire, un Anglais beau parleur prénommé Jack venait à l'entrepôt, faisait du charme aux secrétaires, passait la tête dans la salle de tri en me disant « Hello, Peter ! Tout va bien ? » (il ne m'appelait jamais Pierre), puis emmenait Markus faire un bon déjeuner quelque part. Et après le déjeuner, Markus revenait à son bureau et en verrouillait la porte.

Jack se disait négociant en sable fin, mais je sais aujourd'hui qu'il commerçait surtout dans le renseignement, car, quand Markus lui annonça que son médecin lui interdisait dorénavant d'aller à des foires, Jack me proposa de venir déjeuner avec lui, m'amena au Travellers Club de Pall Mall et me demanda si je regrettais de ne pas avoir fait carrière dans la Légion, si une de mes amourettes était sérieuse, pourquoi je m'étais enfui de ma *public school* alors que j'avais été capitaine de l'équipe de boxe et si j'avais jamais envisagé de me rendre utile à mon pays (l'Angleterre, pour lui) parce que si j'avais l'impression d'avoir raté la guerre à cause de mon jeune âge, c'était là mon occasion de me rattraper. Il ne mentionna mon père qu'une seule fois pendant ce déjeuner, en termes suffisamment anodins pour que je puisse penser que le sujet aurait aussi bien pu ne pas venir sur le tapis.

« Ah, et à propos de votre défunt et vénéré père. Je vous parle en confidence et ce que je vais vous dire, je ne l'ai jamais dit. D'accord ?

– Oui.

– C'était un type très courageux et il a accompli un boulot formidable pour son pays. Pour ses deux pays. Point final ?

– Si vous le dites.

– À sa santé ! »

À sa santé, répétai-je, en lui portant un toast silencieux.

Dans une élégante maison de campagne du Hampshire, Jack et son collègue Sandy, ainsi qu'une jeune femme efficace prénommée Emily dont je tombai amoureux au premier regard, me prodiguèrent une formation accélérée sur la technique pour relever une boîte aux lettres morte en plein centre de Kiev (en l'occurrence une pierre descellée dans le mur d'un vieux kiosque à tabac dont ils avaient construit une réplique dans l'orangerie), pour repérer le signal de sécurité qui m'informerait que je pouvais la relever (en l'occurrence un ruban vert effiloché accroché à une barrière) et pour ensuite indiquer que je l'avais bien relevée (en l'occurrence, en jetant un paquet vide de cigarettes russes dans une poubelle proche d'un abribus).

« Ah, Peter, quand vous demanderez votre visa russe, peut-être vaudrait-il mieux utiliser votre passeport français que le britannique, suggéra Jack au passage en me rappelant que l'oncle Markus avait une filiale à Paris. Et au fait, Emily, c'est bas les pattes », précisa-t-il au cas où j'aurais eu des vues, ce qui était bien le cas.

*

Ce fut là ma première sortie sur le terrain, ma toute première mission pour ce que j'en viendrais à appeler le Cirque, et la première image que j'ai de moi en tant que guerrier secret à l'instar de mon défunt père. Je serais aujourd'hui incapable d'énumérer toutes celles que j'ai effectuées pendant les deux années qui suivirent, au moins une demi-douzaine, à Leningrad, Gdansk et Sofia, puis Leipzig et Dresde, toutes sans anicroche a priori, si l'on excepte le travail de mise en condition en amont et de déconditionnement en aval.

Pendant de longs week-ends dans une autre maison de campagne entourée d'un autre magnifique jardin, j'ajoutai de nouvelles cordes à mon arc, dont la contre-surveillance ou les contacts furtifs avec des inconnus dans une foule pour effectuer une remise de documents. Au beau milieu de ces clowneries, lors d'une discrète cérémonie organisée dans un appartement sûr de South Audley Street, j'eus le droit de prendre possession des médailles de bravoure de mon père, une française, une anglaise, et des citations qui les motivaient. Pourquoi un tel délai ? aurais-je pu demander, sauf qu'entre-temps j'avais appris à éviter les questions.

Ce fut seulement quand je commençai à me rendre en Allemagne de l'Est que George Smiley, poussah à lunettes perpétuellement inquiet, débarqua dans ma vie par un dimanche après-midi dans le Sussex de l'Ouest, où je me faisais débriefer non plus par Jack mais par un certain Jim, un type de mon âge d'origine tchèque à l'allure de baroudeur, dont le nom de famille, quand il eut enfin le droit d'en avoir un pour moi, s'avéra être Prideaux. Je l'évoque ici en raison du rôle non négligeable qu'il devait lui aussi jouer par la suite dans ma carrière.

Smiley ne parla guère lors de mon débriefing, se contentant de rester assis dans son fauteuil à m'écouter, me jetant à l'occasion un regard de hibou à travers ses lunettes à épaisse monture. Mais quand ce fut terminé, il me proposa une petite promenade dans le jardin, qui semblait n'avoir pas de confins sinon le parc qui le prolongeait. Nous avons parlé, nous nous sommes assis sur un banc, nous avons marché, nous nous sommes assis de nouveau, tout cela sans cesser de parler. Ma chère mère était-elle en vie et bien portante ? Elle va très bien, merci, George. Elle perd un peu la tête, mais elle va bien. Et mon père, avais-je gardé ses médailles ? Je répondis que ma mère les lustrait tous les dimanches, ce qui était la stricte vérité, sans mentionner le fait que, parfois, elle les épinglait sur ma poitrine et se mettait à pleurer. Contrairement à Jack, il ne me posa aucune question sur mes conquêtes. Il avait dû voir dans leur nombre élevé un gage de sécurité.

Quand je repense aujourd'hui à cette conversation, je ne peux m'empêcher de croire que, consciemment ou pas, il se proposait d'être la figure paternelle qu'il devint par la suite. Mais peut-être est-ce là mon impression personnelle, et non la sienne. Il n'en reste pas moins que, lorsqu'il finit par me faire sa demande, j'eus l'impression d'un retour au foyer, même si mon vrai foyer se trouvait de l'autre côté de la Manche, en Bretagne.

« Voilà, nous nous demandions si vous envisageriez de vous engager auprès de nous de façon plus régulière, dit-il d'une voix lointaine. Les gens qui travaillent pour nous en externe ne s'adaptent pas toujours bien en interne, mais dans votre cas, nous pensons que cela pourrait marcher. Nous ne payons pas bien et les carrières ne sont pas souvent longues. Mais nous pensons que c'est un travail important, du moment qu'on se soucie de la fin et pas trop des moyens. »

2

Ma ferme aux Deux-Églises se compose d'une longère du XIXe siècle en granit très banale, d'une étable délabrée au pignon orné d'une croix en pierre, de fortifications en ruine héritées de guerres oubliées, d'un antique puits en pierre aujourd'hui inutilisé mais jadis réquisitionné par les résistants pour y dissimuler leurs armes à l'occupant nazi, d'un four extérieur tout aussi antique, d'une presse à cidre décatie et de cinquante hectares de pâturages descendant vers une falaise baignée par la mer. Cette propriété, dans ma famille depuis quatre générations (je suis la cinquième), n'est pas plus noble que rentable. À ma droite quand je regarde par la fenêtre du salon, je vois la flèche branlante d'une église du XIXe siècle, et à ma gauche, isolée, une chapelle blanche à toit de chaume. À elle deux, elles ont donné son nom à notre village. Aux Deux-Églises, comme partout en Bretagne, on est catholique sinon rien. Je ne suis rien.

Notre ferme se situe à environ une demi-heure de voiture à l'ouest de Lorient quand on suit la route côtière du sud, bordée en hiver de peupliers chétifs et jalonnée de morceaux du mur de l'Atlantique qui, faute de pouvoir être démontés, sont en passe d'acquérir le statut d'un Stonehenge moderne. Au bout d'une trentaine de kilomètres, on guette sur la gauche une pizzeria pompeusement baptisée L'Odyssée et, juste après sur la droite, un dépotoir puant où le mal nommé Honoré, clochard imbibé que ma mère m'a toujours recommandé d'éviter et que les autochtones surnomment « le nabot teigneux », revend du bric-à-brac, de vieux pneus et du purin. Arrivé à l'écriteau abîmé qui indique *Delassus*, le nom de ma famille maternelle, on prend un chemin troué de nids-de-poule qui obligent à de multiples freinages ou, lorsqu'on est M. Denis le facteur, qu'on esquive en slalomant à pleine vitesse – ce qu'il faisait précisément en cette matinée ensoleillée du début de l'automne, provoquant l'indignation des poules dans la basse-cour et la sublime indifférence d'Amoureuse, ma setter irlandais adorée, bien trop occupée à prendre soin de sa récente portée pour accorder son attention à de simples affaires humaines.

Quant à moi, à la seconde où M. Denis, alias Mongénéral en raison de sa haute stature et de sa supposée ressemblance avec de Gaulle, s'extirpa de sa fourgonnette jaune pour avancer jusqu'au perron, je devinai d'un coup d'œil que la lettre qu'il serrait dans sa main effilée venait du Cirque.

Loin de m'en inquiéter au début, je m'en amuse. Certaines choses ne changeront jamais dans les services secrets britanniques, notamment cette angoisse obsessionnelle concernant le choix du type de papeterie à utiliser pour leur correspondance non clandestine. Pas trop officielle, pas trop formelle, ce serait mauvais pour la couverture. Pas d'enveloppe translucide, donc plutôt doublée. Blanc c'est trop voyant, donc osons le pastel, juste rien de trop romantique. Un bleu éteint, un soupçon de gris, les deux iront bien. La mienne est gris perle.

Problème suivant : l'adresse. Tapuscrite ou manuscrite ? Pour répondre à cette question, veillons comme toujours aux intérêts de l'homme sur le terrain, en l'occurrence, moi, Peter Guillam, ex-membre du Service, à la retraite et heureux de l'être, résident de longue date de la France rurale, jamais présent aux réunions d'anciens, pas de compagne connue, titulaire d'une pension complète et à ce titre corvéable à merci. Conclusion : dans un hameau breton isolé où les étrangers sont rares, une enveloppe grise tapuscrite d'apparence semi-officielle avec un timbre anglais pourrait attirer l'attention des gens du cru, donc on part sur manuscrite. Maintenant, la partie délicate. Le Bureau, ou autre dénomination actuelle du Cirque, ne sait pas résister à une classification de sécurité, ne serait-ce que *Confidentiel*. Peut-être ajouter un *Personnel*, pour plus de portée ? *Personnel et Confidentiel, à remettre en main propre* ? Trop lourd. On s'en tient à *Confidentiel*. Ou mieux, dans le cas présent, à *Personnel*.

1 Artillery Buildings
Londres, SE14

Cher Guillam,
Nous ne nous connaissons pas, mais permettez-moi de me présenter. Je suis le directeur commercial de votre ancienne entreprise, responsable des dossiers actuels et passés. Une affaire dans laquelle vous semblez avoir joué un rôle important voici un certain nombre d'années a refait surface inopinément, et je n'ai d'autre option que de vous demander de venir à Londres au plus vite pour nous aider à préparer une réponse.
Je suis autorisé à vous offrir le remboursement de votre voyage (en classe économique) et une indemnité journalière pondérée en fonction des prix de la capitale à hauteur de 130 livres tout le temps que votre présence sera requise.
Comme nous ne semblons pas disposer d'un numéro de téléphone à votre nom, je vous saurais gré de contacter Tania en PCV au numéro ci-dessus ou, si vous avez un accès internet, à l'adresse mail

ci-dessous. Loin de moi l'idée de vous importuner, mais je dois insister sur le fait que cette affaire est d'une certaine urgence. Permettez-moi, pour conclure, d'attirer votre attention sur l'alinéa 14 de votre accord de fin de contrat.

Cordialement,
A. Butterfield
(CJ auprès du CS)

P.-S. : Merci de penser à vous munir de votre passeport quand vous vous présenterez à la réception. AB.

Par « CJ auprès du CS », comprendre *conseiller juridique auprès du chef du Service*, par « alinéa 14 », comprendre *obligation à vie de répondre aux convocations que le Cirque jugera nécessaires*, et par « permettez-moi de vous rappeler », comprendre *n'oubliez pas qui vous verse votre retraite*. Et non, je n'ai pas d'adresse mail. Et pourquoi l'absence de date sur cette lettre ? Raisons de sécurité ?

Catherine est dans le verger en compagnie d'Isabelle, sa fille de neuf ans, à jouer avec deux jeunes chèvres féroces qu'on nous a récemment confiées. C'est une jeune femme mince au large visage de Bretonne et aux yeux marron dont le regard lent vous jauge sans trahir une quelconque expression. Quand elle écarte les bras, les chèvres s'y blottissent d'un bond et la petite Isabelle, qui sait s'amuser d'un rien, joint les mains et effectue une pirouette de ravissement. Mais Catherine, si vigoureuse soit-elle, doit veiller à attraper les chèvres l'une après l'autre, sinon un doublé pourrait la faire tomber à la renverse. Isabelle m'ignore. Elle n'est pas à l'aise avec le regard des autres.

Dans le champ derrière elles, Yves, le journalier sourd, récolte des choux : plié en deux, il en coupe la tige de la main droite et les jette dans une brouette de la gauche sans jamais redresser l'angle de son dos voûté. Il est surveillé par une vieille jument grise nommée Artémis, une autre bête recueillie par Catherine. Voici deux ans, nous avons récupéré une autruche vagabonde qui s'était échappée d'une ferme voisine. Quand Catherine a prévenu son propriétaire, il lui a dit de la garder parce qu'elle était trop vieille. L'autruche est morte de sa belle mort et nous lui avons organisé des funérailles nationales.

« Tu veux quelque chose, Pierre ? demande Catherine.

– Je dois m'absenter quelques jours, malheureusement.

– Tu vas à Paris ? suppose-t-elle, car elle n'aime pas que j'aille à Paris.

– Non, à Londres. Quelqu'un est décédé. »

Parce que, même à la retraite, je dois me trouver une couverture.

« Quelqu'un que tu aimes ?

– Plus maintenant, dis-je avec une fermeté qui me surprend moi-même.

– Alors, ce n'est pas grave. Tu pars ce soir ?

– Demain. Je prendrai le premier vol depuis Rennes. »

Fut un temps où il suffisait au Cirque de siffler pour que je me précipite à l'aéroport de Rennes. Ce temps est révolu.

*

Il faut être entré en espionnage à l'époque du vieux Cirque pour comprendre l'aversion qui m'a saisi lorsque, à 16 heures le lendemain après-midi, j'ai payé mon taxi et gravi la rampe d'accès en béton du nouveau QG affreusement prétentieux du Service. Il faut avoir été moi dans mes jeunes années d'espion, revenant épuisé d'un des avant-postes isolés de l'Empire (soviétique le plus souvent, ou l'un de ses pays satellites). À peine posé à l'aéroport de Londres, on prend le bus et le métro, on arrive à Cambridge Circus, où l'équipe Production attend pour le débriefing, on monte cinq marches délabrées jusqu'à la porte du hideux bâtiment victorien que nous appelons au choix la Direction générale, le Siège ou juste le Cirque. Et on est à la maison.

Oubliées, les disputes que vous avez pu avoir avec la Production, la Logistique ou l'Administration. Ce ne sont que des querelles familiales entre le terrain et la base arrière. Le concierge vous souhaite la bienvenue depuis sa guérite avec un « Heureux de vous revoir, monsieur Guillam » avisé, puis vous demande si vous souhaitez laisser votre valise. Et vous répondez merci Mac, ou Bill, ou quiconque est de service ce jour-là, et pas besoin de lui montrer votre badge. Vous souriez et vous ne savez pas trop pourquoi. Face à vous, les trois vieux ascenseurs poussifs que vous détestez depuis le jour où vous vous êtes enrôlé, sauf que deux d'entre eux sont coincés dans les étages et que le troisième est l'ascenseur personnel de Control, donc on n'y pense même pas. Et de toute façon, vous préférez vous perdre dans le dédale de couloirs et de voies sans issue qui est l'incarnation physique du monde dans lequel vous avez choisi de vivre, avec ses escaliers de bois rongés par les termites, ses extincteurs à la peinture écaillée, ses miroirs convexes et ses relents de tabac froid, de Nescafé et de déodorant.

Et aujourd'hui, cette monstruosité. Bienvenue à Espionland-sur-Tamise.

Sous l'œil scrutateur d'hommes et de femmes sévères en survêtement, je me présente au guichet d'accueil protégé par des vitres blindées et regarde mon passeport britannique être englouti par un plateau métallique coulissant. Le visage derrière la vitre est celui d'une femme. La voix électronique aux emphases ridicules est celle d'un homme de l'Essex.

« Veuillez placer vos clés, portables, pièces de monnaie, *bracelets*-montres, stylos et *tout autre* objet en métal que vous auriez sur vous *dans* la boîte sur la table à *votre* gauche, conserver l'étiquette *blanche* qui identifie votre boîte, puis avancer dûment en tenant vos *chaussures* à la main et *emprunter* la porte "Visiteurs". »

Mon passeport réapparaît. J'avance dûment pour me faire ausculter avec une raquette de ping-pong par une jeune fille pimpante qui ne doit pas avoir plus de quatorze ans, puis on me passe aux rayons X dans un cercueil vitré vertical. Ayant remis mes chaussures et noué mes lacets (ce qui est, curieusement, une opération bien plus humiliante que de les ôter), je suis escorté jusqu'à un ascenseur banalisé par la jeune fille pimpante, qui me demande si je passe une bonne journée. Non, je ne passe pas plus une bonne journée que je n'ai passé une bonne nuit, si elle veut tout savoir (ce qui n'est pas le cas). Grâce à la lettre de A. Butterfield, j'ai plus mal dormi que jamais au cours de ces dix dernières années, mais je ne peux pas non plus le lui dire. Je suis, ou du moins j'étais, une créature du terrain. Mon habitat naturel, ce sont les grands espaces de l'espionnage. Ce que je découvre dans mon prétendu âge mûr, c'est qu'un billet doux reçu un beau jour du Cirque nouvelle mode requérant ma présence immédiate à Londres me propulse dans une exploration nocturne de mon âme.

Nous avons atteint ce qui semble être le dernier étage, sauf que rien ne l'indique. Dans le monde que j'habitais jadis, les plus grands secrets étaient l'apanage du dernier étage. Ma jeune accompagnatrice a le cou ceint d'une multitude de rubans porteurs chacun d'un badge électronique. Elle ouvre une porte anonyme, j'entre, elle referme derrière moi. J'essaie de tourner la poignée, en vain. J'ai été enfermé un certain nombre de fois dans ma vie, mais toujours par l'ennemi. Pas de fenêtre, juste des peintures infantiles de fleurs et de maisons. L'œuvre de la progéniture de A. Butterfield ? Ou les graffitis d'anciens prisonniers ?

Et qu'est devenu tout le bruit ? Plus je tends l'oreille, plus ce silence devient pénible. Pas de joyeux cliquetis de machines à écrire, pas de sonneries de téléphone dans le vide, pas de chariot à dossiers brimbalant tel un camion de laitier sur le parquet des couloirs, pas de *Arrête de siffler, nom de Dieu !* éructé par un collègue en colère. Quelque part en chemin entre Cambridge Circus et l'Embankment, quelque chose est mort, et pas simplement le grincement des chariots à courrier.

Je me perche sur un fauteuil en cuir et métal. Je feuillette un numéro poisseux de *Private Eye* en me demandant si c'est eux qui ont perdu leur sens de l'humour ou moi. Je me lève, j'essaie encore la poignée de porte et je retourne m'asseoir sur un fauteuil différent. À ce stade, j'en ai conclu que A. Butterfield est en train de procéder à une étude approfondie de mon langage corporel. Eh bien, si c'est le cas, bon courage à lui, parce que, avant que la porte s'ouvre à la volée pour laisser entrer une quadragénaire athlétique aux cheveux courts vêtue d'un tailleur qui me dit avec un accent aseptisé de toute marque de classe sociale « Ah, bonjour, Peter, formidable ! Je m'appelle Laura, vous voulez bien me suivre ? », j'ai eu le temps de revivre en accéléré tous les ratages et les désastres auxquels j'ai pu participer en une vie entière de combines autorisées.

Nous marchons dans un couloir vide jusqu'à un bureau blanc hygiénique aux fenêtres scellées. Un élève de *public school* anglaise au visage juvénile mais d'âge indéfinissable portant des lunettes et des bretelles sur une chemise bondit de sa place derrière une table et m'attrape la main.

« Peter ! Oh, dites donc, vous avez l'air en pleine forme ! On vous donnerait la moitié de votre âge ! Vous avez fait bon voyage ? Café ? Thé ? Non, vraiment pas ? C'est vraiment très, très sympa à vous d'être venu. Ça va nous aider énormément. Vous avez fait la connaissance de Laura ? Ben oui, suis-je bête ! Désolé d'avoir dû vous laisser patienter. Un appel des hautes sphères, mais tout est réglé, maintenant. Posez-vous donc ! »

Le tout ponctué de clins d'œil pour renforcer la complicité, tandis qu'il me guide vers une sorte de chaise de torture munie d'accoudoirs pour les longs séjours. Puis il retourne s'asseoir derrière la table, couverte de vieux dossiers du Cirque entrelardés d'onglets de toutes les couleurs de l'arc-en-ciel, il place

JOHN LE CARRÉ

ses coudes enchemisés entre eux, là où je ne peux pas les voir, et pose son menton sur ses mains, dont il a entrecroisé les doigts.

« Au fait, moi, c'est Bunny. Un surnom parfaitement ridicule, mais qui me suit depuis mon enfance et dont je n'ai pas réussi à me débarrasser. C'est sans doute pour ça que j'ai échoué ici, allez savoir ! On ne peut pas trop se la péter à la Haute Cour de justice si tout le monde vous poursuit en criant "Bunny ! Bunny !", pas vrai ? »

Est-ce là son boniment habituel ? Est-ce là l'idiolecte en usage de nos jours chez les juristes quadras des services secrets, tantôt familier, tantôt ringard ? Je n'ai plus trop l'oreille au diapason de l'anglais contemporain, mais, à en juger par l'expression de Laura quand elle s'installe près de lui, oui, tout est normal. Assise, elle ressemble à une bête sauvage prête à bondir. Une chevalière au majeur de la main droite. Celle de son père ? Ou bien un signal discret quant à son orientation sexuelle ? Cela fait trop longtemps que j'ai quitté l'Angleterre.

Bunny lance les échanges de banalités. Ses deux filles adorent la Bretagne. Laura est déjà allée en Normandie (elle ne précise pas avec qui), mais jamais en Bretagne.

« Mais au fait, vous êtes né en Bretagne, Peter ! se récrie soudain Bunny. Nous devrions vous appeler Pierre ! »

Peter, c'est très bien.

« Alors, ce qui nous occupe aujourd'hui, Peter, pour vous le dire tout net, c'est un gros embrouillamini juridique à démêler, reprend-il avec un débit plus lent et un volume plus élevé, ayant repéré mes tout nouveaux appareils auditifs sous les boucles blanches. Pas encore une crise, mais un dossier actif et plutôt explosif, j'en ai peur. Et nous avons vraiment besoin de votre aide. »

À quoi je réponds que je suis trop heureux de pouvoir les aider dans toute la mesure de mes moyens, Bunny, et c'est très agréable de penser que l'on peut encore se rendre utile après toutes ces années.

24

« À l'évidence, je suis ici pour protéger le Service, c'est mon travail, enchaîne-t-il comme si je n'avais rien dit. Et vous, vous êtes là en tant que personne privée, certes un ex-membre qui jouit depuis longtemps d'une heureuse retraite, j'en suis sûr, mais néanmoins je ne peux pas vous garantir que vos intérêts et les nôtres coïncideront à chaque étape, précise-t-il avec un rictus et des yeux étrécis. Bref, ce que je suis en train de vous dire, Peter, c'est que, même si nous vous respectons au plus haut point pour tous les trucs formidables que vous avez faits jadis pour la Direction générale, c'est toujours la DG, et vous êtes vous, et moi je suis un avocat intraitable. Comment va Catherine ?

– Très bien, merci. Pourquoi vous me demandez ça ? »

Parce que je ne l'ai pas signalée. Pour me mettre la pression. Pour me dire que tous les coups sont permis. Et que le Service a des yeux partout.

« Ne devrait-elle pas être ajoutée à la liste relativement longue de vos conquêtes féminines ? À cause des règles du Service, tout ça.

– Catherine est ma locataire. C'est la fille et la petite-fille de précédents locataires. Je choisis de vivre sur place et, même si ce ne sont pas vos oignons, sachez que je n'ai jamais couché avec elle et que je n'ai aucune intention de coucher avec elle. On a fait le tour, c'est bon ?

– Impeccable, merci. »

Mon premier mensonge, joliment servi. Et maintenant, changeons prestement de sujet.

« J'ai comme l'impression que je vais avoir besoin d'un avocat, moi aussi.

– C'est prématuré et vous n'en avez pas les moyens, de toute façon, pas aux tarifs actuels. Nos fiches indiquent que vous avez été marié et que vous ne l'êtes plus. C'est bien le cas ?

– Oui.

– Tout cela en l'espace d'une année. Je suis impressionné.

– Merci bien. »

Sommes-nous dans le badinage ou dans la provocation ? Je penche pour la seconde interprétation.

« Une erreur de jeunesse ? suggère Bunny du même ton interrogateur mais courtois.

– Un malentendu. D'autres questions ? »

Mais Bunny n'abandonne pas facilement et souhaite me le faire savoir.

« Bon alors, de qui ? La petite ? Elle est de qui ? Qui est le père ? » s'enquiert-il du même ton doucereux.

Je fais semblant de réfléchir.

« Vous savez, je crois que je n'ai jamais pensé à le lui demander, dis-je et, pendant qu'il rumine encore cette affirmation, j'ajoute : Puisque nous parlons de qui fait quoi à qui, peut-être voudrez-vous bien me dire ce que Laura fait ici ?

– Laura, c'est l'Histoire », répond Bunny, grandiloquent.

L'Histoire est donc une femme impassible aux cheveux courts, aux yeux marron et sans maquillage. Et plus personne ne sourit à part moi.

« Alors, Bunny, de quoi suis-je accusé ? je lance d'un ton joyeux maintenant qu'on attaque les choses sérieuses. D'avoir mis le feu aux arsenaux de la Couronne ?

– Oh, allons, "accusé", c'est un peu exagéré, Peter, proteste Bunny d'un ton tout aussi enjoué. Nous avons quelques points à éclaircir, rien de plus. Mais au préalable, je voudrais vous poser une question, je peux ? dit-il en plissant les yeux. L'opération Windfall. Comment a-t-elle été montée, qui la pilotait, comment a-t-elle pu aussi mal tourner et quel rôle y avez-vous tenu ? »

L'âme se sent-elle soulagée quand on comprend que ce que l'on redoutait le plus est en train d'arriver ? Pas dans mon cas, en tout cas.

« Windfall ? C'est bien ça, Bunny ?

– Windfall », répète-t-il un peu plus fort, au cas où le mot n'aurait pas atteint mon sonotone.

Vas-y doucement. Rappelle-toi que tu as un certain âge. Tu as la mémoire qui flanche, ces temps-ci. Fais à ton rythme.

« De quoi s'agit-il au juste, Bunny ? Vous pouvez me donner un ou deux détails ? Comme la date, déjà ?

– Début des années 60, en gros. Et aujourd'hui...

– Une opération, dites-vous ?

– Clandestine. Baptisée Windfall.

– Contre quelle cible ?

– Union soviétique et satellites, intervient soudain Laura dans mon angle mort. Elle visait le renseignement est-allemand, également connu sous le nom de Stasi », précise-t-elle en hurlant pour que je l'entende.

La Stasi ? La Stasi ? Donnez-moi un instant... Ah oui, la Stasi ! Mais c'est bien sûr !

« Quel en était le but, Laura ?

– Monter un enfumage, tromper l'ennemi, protéger une source vitale, infiltrer le Centre de Moscou dans le but d'identifier le ou les traîtres supposés dans les rangs du Cirque, répond-elle avant de reprendre d'un ton carrément geignard : Le souci, c'est que nous avons zéro dossier là-dessus. Nous n'avons que quelques références à des dossiers qui se sont évaporés dans la nature. Disparus, sans doute volés.

– Windfall, Windfall, je répète en secouant la tête avec un demi-sourire comme le font les vieux messieurs, même s'ils ne sont pas tout à fait aussi vieux que d'aucuns le pensent. Je suis désolé, Laura, ça ne me dit rien du tout, hélas.

– Ça ne vous évoque vraiment rien ? relance Bunny.

– Rien du tout, malheureusement. Le noir complet. »

Et j'essaie de chasser de mon esprit des images de moi, jeune titulaire du permis déguisé en livreur de pizzas, courbé sur le guidon de ma moto pour acheminer au plus vite une commande nocturne spéciale de dossiers depuis le Cirque jusqu'à Quelque Part dans Londres.

« Et au cas où je ne vous l'aurais pas encore précisé, ou au cas où vous ne m'auriez pas entendu le faire..., dit Bunny de sa voix la plus neutre. Nous avons cru comprendre que l'opération Windfall impliquait votre ami et collègue Alec Leamas, dont vous vous rappellerez peut-être qu'il a été abattu au pied du mur de Berlin alors qu'il essayait d'apporter son aide à sa bonne amie Elizabeth Gold, qui venait elle-même de s'y faire tuer. Mais peut-être l'avez-vous oublié, ça aussi ?

– Bien sûr que non ! je lâche, avant d'ajouter en guise de justification : Vous me posiez des questions sur Windfall, pas sur Alec. Et la réponse est non, je ne m'en souviens pas, de cette opération, parce que je n'en ai jamais entendu parler, désolé. »

Le tournant de tout interrogatoire, c'est la première dénégation. Peu importent tous les assauts de courtoisie qui ont eu lieu en amont. Dès l'instant où survient la dénégation, plus rien n'est jamais comme avant. Face à la police secrète, la dénégation risque d'entraîner des représailles immédiates, ne serait-ce que parce que le policier secret de base est plus stupide que son suspect. L'interrogateur accompli, lui, n'essaie pas de défoncer la porte à coups de pied sitôt qu'on la lui claque au nez. Il va plutôt se ressaisir et fondre sur sa proie en prenant un angle d'attaque différent. À en juger par le sourire satisfait de Bunny, c'est exactement ce qu'il s'apprête à faire.

« Bien, Peter, oublions un instant l'opération Windfall, lance-t-il de sa voix spéciale malentendant malgré mes protestations du contraire. Accepteriez-vous que Laura et moi vous posions quelques questions de fond sur une thématique plus générale ?

– C'est-à-dire ?

– La responsabilité individuelle. La vieille question de savoir où s'arrête l'obéissance aux ordres venus d'en haut et où commence la responsabilité quand on prend des initiatives individuelles, vous me suivez ?

– Pas vraiment, non.

– Vous êtes sur le terrain. La Direction générale vous a donné le feu vert, mais tout ne se déroule pas comme prévu et du sang innocent est versé. Vous, ou bien un collègue dont vous êtes proche, vous voyez reprocher d'avoir outrepassé les ordres. Avez-vous jamais envisagé une telle situation ?

– Non. »

Soit il a oublié que je suis sourd, soit il vient d'estimer que je ne le suis pas.

« Et à titre personnel, vous ne pouvez pas imaginer, de façon purement théorique, comment on peut en arriver à des dilemmes aussi stressants ? En repensant à toutes les situations délicates dans lesquelles vous vous êtes forcément retrouvé pendant votre si longue carrière d'active ?

– Non, désolé.

– Il n'y a pas eu une seule fois où vous avez eu l'impression d'avoir outrepassé les ordres de la Direction générale et déclenché quelque chose que vous ne pouviez plus stopper ? Fait passer vos propres sentiments, vos besoins, vos appétits, même, avant l'appel du devoir, peut-être ? Avec des conséquences terribles que vous n'aviez peut-être pas désirées ni envisagées ?

– Eh bien, cela m'aurait valu une réprimande de la part de la DG, non ? Ou un rappel à Londres ? Ou, dans un cas vraiment grave, la porte ? avancé-je avec mon plus beau froncement de sourcils réprobateur.

– Essayez de voir plus loin que le bout de votre nez, Peter. Je suis en train de vous dire qu'il pourrait y avoir des tiers lésés, des gens ordinaires du monde extérieur qui, à cause de quelque chose que vous avez fait par erreur, ou dans le feu de l'action ou quand la chair est faible, disons…, bref, ils ont subi des dommages collatéraux. Des gens qui pourraient décider, des années plus tard, une génération plus tard, même, qu'ils auraient un dossier bien juteux permettant de traîner notre Service devant les tribunaux. Pour obtenir soit des dommages, soit, si cela ne passe pas, une condamnation au pénal pour homicide involontaire voire pire. Contre le Service dans son ensemble ou... contre un ancien membre identifié du Service, ajoute-t-il en levant les sourcils pour simuler la surprise. Vous n'avez jamais envisagé une telle possibilité ? » dit-il moins comme un avocat que comme un médecin qui vous prépare en douceur à une très mauvaise nouvelle.

Prends ton temps. Gratte-toi la tête. Toujours rien.

« Je devais être trop occupé à mettre des bâtons dans les roues de nos ennemis, j'imagine, dis-je avec le sourire las du vétéran. Quand on a l'ennemi devant et la Direction générale derrière, on n'a pas vraiment le temps de philosopher.

– Le plus simple pour eux, ce serait de réclamer l'ouverture d'une enquête parlementaire et de lancer une procédure judiciaire au moyen d'une mise en demeure, mais sans aller jusqu'à la totale, non plus. »

Je réfléchis toujours, Bunny, désolé.

« Et bien sûr, après le lancement de la procédure judiciaire, l'enquête parlementaire se mettrait en suspens pour laisser libre cours à la justice, ajoute-t-il en attendant en vain une réaction, avant de réattaquer : Et Windfall, ça ne vous dit toujours rien ? Une opération clandestine sur une durée de deux ans dans laquelle vous avez joué un rôle de tout premier plan, certains diraient même héroïque ? Ça ne vous évoque toujours rien ? »

Et Laura me repose la question de ses yeux marron de bonne sœur, sans cligner, pendant que je fais une fois de plus semblant de fouiller dans ma mémoire de vieil homme et, zut alors, je n'y déniche toujours absolument rien, mais bon, voilà, c'est les ravages de l'âge, j'imagine (en secouant ma tête chenue d'un air désolé pour exprimer toute ma frustration).

« Ça n'aurait pas pu être un genre d'exercice d'entraînement ? proposé-je vaillamment.
- Laura vient de vous dire ce que c'était, rétorque Bunny.
- C'est vrai, oui », dis-je en essayant de prendre un air contrit.

Nous avons mis Windfall de côté pour envisager de nouveau la question d'un quidam du monde extérieur qui traquerait un ancien membre identifié du Service via les voies parlementaires avant de l'attaquer une deuxième fois devant les tribunaux. Mais nous n'avons toujours pas dit de qui, ni de quel ancien membre, nous sommes en train de parler. Je dis « nous » parce que, si vous avez déjà pratiqué l'art de l'interrogatoire et que vous vous retrouvez sur la sellette, il se crée une complicité qui vous met, vos inquisiteurs et vous, du même côté de la table, et les sujets à régler de l'autre côté.

« Enfin, Peter, ne serait-ce que votre propre dossier personnel, du moins ce qu'il en reste, se plaint Laura. Il n'a pas juste été écrémé, il a carrément été dégraissé. D'accord, il contenait des annexes sensibles jugées trop secrètes pour les Archives générales. Personne ne peut s'en plaindre, vu les règles, c'est à cela que servent les annexes secrètes. Mais quand on cherche dans les Archives restreintes, que trouve-t-on ? Un grand trou noir.

- Peau de balle, intervient Bunny en guise de clarification. À en croire votre dossier, l'intégralité de votre carrière dans le Service se résume à une chiée de certificats de destruction d'archives.

- Et encore..., nuance Laura, à l'évidence peu perturbée par cet étalage de vulgarité fort peu seyant pour un juriste.

- Cela dit, soyons honnêtes, Laura, il pourrait s'agir d'une intervention de ce Bill Haydon de sinistre mémoire, non ? lance Bunny en se faisant l'avocat du diable. Mais, Peter, vous avez peut-être aussi oublié qui était Haydon. »

Haydon ? Bill Haydon. Ah oui, ça me revient : un agent double vendu aux Soviets qui, en tant que directeur du tout-puissant Comité de pilotage interservices du Cirque, qu'on surnommait le Pilotage, en a diligemment vendu tous les secrets au Centre de Moscou pendant trois décennies. C'est aussi l'homme dont le nom me hante à toutes les heures de la journée, mais je ne vais pas faire un bond en l'air et crier « Cet enfoiré, je lui tordrais bien le cou ! », ce que, en l'espèce, une de mes connaissances lui a fait, d'ailleurs, à la satisfaction générale de l'équipe locale.

Pendant ce temps, Laura poursuit sa conversation avec Bunny.

« Oh, mais ça ne fait aucun doute pour moi, Bunny. Les Archives restreintes portent partout la trace des sales pattes de Bill Haydon. Et Peter ici présent a été un des premiers à le soupçonner, pas vrai, Pete ? En tant qu'assistant personnel de George Smiley. Vous, son cerbère, son fidèle disciple ?

– George Smiley, commente Bunny en secouant la tête d'un air admiratif. Le meilleur agent que nous ayons jamais eu. La conscience du Cirque. Son Hamlet, comme le surnommaient certains de façon quelque peu injuste. Quel homme ! Quoi qu'il en soit, vous ne pensez pas que, dans le cas de l'opération Windfall, les Archives restreintes pourraient avoir été pillées non par Bill Haydon, mais plutôt par George Smiley, pour des raisons qui nous échappent ? demande-t-il en s'adressant à Laura comme si je n'étais même pas dans la pièce. Il y a des signatures assez surprenantes sur ces certificats de destruction, des noms dont vous et moi n'avons jamais entendu parler. Je ne pense pas à Smiley en personne. Il aurait utilisé un homme de paille volontaire, bien sûr. Quelqu'un qui aurait obéi aveuglément à ses ordres, quelle qu'en soit la légalité. Ce n'était pas le genre à se salir les mains, notre George, si grand homme qu'il ait pu être.

– Vous avez une opinion là-dessus, Pete ? » me demande Laura.

Oh que oui, j'ai une opinion, et pas qu'un peu. Je déteste qu'on m'appelle *Pete*, et cette conversation prend un tour qui ne me plaît pas du tout.

« Laura, pourquoi diable George Smiley, entre toutes les personnes au monde, aurait-il eu besoin d'aller voler des dossiers du Cirque ? Bill Haydon, d'accord. Bill aurait été du style à voler l'obole de la veuve et à trouver ça drôle. »

Petit gloussement, et on secoue la tête chenue pour indiquer que vous autres, les jeunes, vous ne pouvez vraiment pas imaginer comment c'était, dans le temps.

« Oh je pense que George aurait eu une très bonne raison de les voler, au contraire, réplique Bunny à la place de Laura. Il était directeur des Opérations clandestines pendant les dix années les plus froides de la guerre froide. Il a livré une guerre de territoire enragée contre le Pilotage. Tous les coups étaient permis, y compris se chiper les agents ou cambrioler les coffres-forts de l'autre. Il a été le cerveau des opérations clandestines les plus clandestines que le Service ait lancées. Il savait ne pas écouter sa conscience quand la fin justifiait les moyens. Ce qui était assez fréquent, apparemment. Je crois que j'imaginerais assez facilement votre George faire disparaître quelques dossiers sous le tapis, dit-il avant de me regarder droit dans les yeux : Et je vous imagine très bien l'y aider sans la moindre réticence. Certaines de ces signatures bizarres ressemblent étrangement à votre écriture. Vous n'aviez même pas à les voler, il vous suffisait de les sortir en signant du nom de quelqu'un d'autre et le tour était joué. Quant à ce pauvre Alec Leamas mort si tragiquement au pied du mur de Berlin, son dossier personnel n'a pas été dégraissé, il est carrément porté disparu. Il n'y a même pas une carte cornée dans l'index général des références. Ça n'a pas l'air de beaucoup vous émouvoir.

– Je suis choqué, si vous voulez savoir. Et troublé aussi. Profondément.

– Pourquoi ? Juste parce que je suggère que vous avez piqué le dossier Leamas dans les Archives restreintes pour le cacher dans le creux d'un arbre ? Vous en avez chouré un bon nombre pour Tonton George à cette époque, alors pourquoi pas celui de Leamas ? Pour vous souvenir de lui après qu'il a été dézingué près de... comment s'appelait sa copine, déjà ?

– Gold. Elizabeth Gold.

– Ah, vous voyez que vous vous rappelez. Liz, pour les intimes. Eh bien son dossier est manquant, à elle aussi. C'est follement romantique que les dossiers d'Alec Leamas et de Liz Gold aient disparu ensemble dans les limbes, non ? Au fait, comment se fait-il que vous soyez devenus si bons amis, Leamas et vous ? Des frères d'armes jusqu'à la fin, d'après tout ce qu'on entend dire.

– On a fait des trucs ensemble.

– Des trucs ?

– Alec était plus âgé que moi. Et plus sage, aussi. Quand il avait une opération en cours et qu'il avait besoin d'un coup de main, il me demandait. Si Personnel et George étaient d'accord, on nous associait.

– Donnez-nous donc quelques exemples de cette "association", intervient Laura d'une voix qui réprouve à l'évidence toute sorte d'association, mais je suis bien trop content de pouvoir me lancer dans une digression.

– Oh, Alec et moi, on a dû se rencontrer en Afghanistan au milieu des années 50. Notre première mission ensemble, c'était de faire passer des petits groupes dans le Caucase puis en Russie. Ça doit vous paraître un peu dépassé, tout ça, dis-je en leur reservant le petit gloussement et le hochement de la tête chenue. Je dois avouer que ce ne fut pas un succès triomphal. Neuf mois plus tard, on l'a transféré dans la Baltique, il faisait entrer et sortir des *Joes* d'Estonie, de Lettonie et de Lituanie. Il m'a encore réclamé, donc je suis allé l'aider. Vous n'êtes pas sans savoir que les Pays baltes faisaient partie du bloc soviétique à cette époque, Laura.

– Et les *Joes* sont des agents. De nos jours, on les appelle des *atouts*. Et Leamas était officiellement basé à Travemünde, dans le nord de l'Allemagne, c'est bien ça ?

– Tout à fait, Laura. Sous couverture, comme membre du Groupe international d'exploration maritime. Protection des zones de pêche le jour, débarquements de vedettes rapides la nuit.

– Ces débarquements nocturnes avaient un nom ? intervient Bunny dans notre tête-à-tête.

– Jacknife, si je me souviens bien.

– Donc pas Windfall ? »

Ignore-le, va.

« Jacknife. Ça a fonctionné deux ans avant mise au rebut.

– Fonctionné comment ?

– D'abord, on réunit des volontaires. On les entraîne en Écosse ou dans la Forêt-Noire ou ailleurs. Des Estoniens, des Lettons… Et puis on entreprend de les ramener dans leur pays d'origine. On attend une nuit sans lune. Un Zodiac. Tout doux, en hors-bord. Lunettes à vision nocturne. Le comité d'accueil sur la plage envoie le feu vert. On y va. Ou plutôt, les *Joes* y vont.

– Et quand les *Joes* y vont, Leamas et vous, vous faites quoi ? Hormis déboucher une bouteille, évidemment, ce qui, dans le cas de Leamas, était la routine, à ce que l'on raconte.

– Eh bien on ne va pas rester là à se tourner les pouces, n'est-ce pas ? je réponds en refusant de mordre à l'hameçon. La consigne, c'est de se barrer vite fait, de les laisser se débrouiller. Pourquoi me demandez-vous tout ça, d'ailleurs ?

– En partie pour mieux vous cerner, en partie parce que je souhaiterais comprendre pourquoi vous vous rappelez si bien Jacknife alors que vous n'avez plus aucun souvenir de Windfall.

– Par "les laisser se débrouiller", j'imagine que vous voulez dire abandonner ces agents à leur sort ? intervient Laura.

– Si vous voulez le dire comme ça, Laura, oui.

– Et leur sort, c'était quoi ? Ou peut-être l'avez-vous oublié ?

– Ils nous ont claqué entre les doigts.

– "Claqué" au sens propre ?

– Certains ont été capturés dès leur débarquement, d'autres quelques jours plus tard. Certains ont été retournés, nous ont été renvoyés et ont seulement été exécutés par la suite. »

J'entends la colère qui monte dans ma voix et je ne cherche pas particulièrement à l'étouffer.

« Et qui est responsable de cela, Pete ? insiste Laura.

– De quoi ?

– De toutes ces morts ? »

Un petit pétage de plombs ne fait jamais de mal.

« Ce salaud de Bill Haydon, notre traître maison, qui vous croyez ? Ces pauvres bougres étaient grillés avant même qu'on ait quitté les côtes allemandes. Par notre cher directeur du Comité de pilotage interservices, ce même groupe qui avait planifié l'opération au départ ! »

Bunny baisse la tête pour consulter un document derrière son parapet. Laura me regarde moi, puis regarde ses mains, qu'elle semble préférer. Ongles courts comme ceux d'un garçon, bien récurés.

« Peter, commence Bunny, qui tire maintenant par rafales plutôt que coup par coup. En tant que juriste en chef du Service, et je m'empresse de répéter que je ne suis pas votre avocat à vous, je trouve très troublants certains aspects de votre passé. En d'autres termes, un avocat de talent pourrait créer une image de vous (à supposer que la commission parlementaire se mette en stand-by et laisse le champ libre à des tribunaux, secrets ou autres, ce qu'à Dieu ne plaise), selon laquelle, tout au long de votre carrière, vous avez été associé à un nombre faramineux de décès qui ne vous ont pas ému outre mesure, vous avez été employé (disons par le formidable George Smiley) dans des opérations clandestines lors desquelles la mort d'innocents était considérée comme une issue acceptable, voire nécessaire, sinon même, qui sait, désirable.

– Une issue désirable ? La mort ? Mais qu'est-ce que vous me chantez là ?

– Windfall », répète patiemment Bunny.

3

« Peter ?

– Oui, Bunny. »

Laura a décidé d'observer un silence réprobateur.

« On peut se reporter un moment en 1959, quand il me semble que Jacknife a été abandonnée ?

– Désolé, Bunny, mais je suis un peu fâché avec les dates.

– Mise au placard par la Direction générale au motif que l'opération s'était révélée aussi improductive que coûteuse en argent et en hommes. Alec Leamas et vous, en revanche, vous soupçonniez quelque chose de louche en interne.

– Le Pilotage criait au fiasco, Alec criait au complot. Quel que soit l'endroit de la côte où on débarquait, l'ennemi y était déjà avant nous à chaque fois. Nos contacts radio étaient grillés. Tout était grillé. Ça ne pouvait venir que de quelqu'un qui œuvrait de l'intérieur. Voilà quelle était l'opinion d'Alec, et vu de mon petit bout de la lorgnette, j'avais tendance à la partager.

– Alors tous les deux, vous avez décidé de faire une *démarche** auprès de Smiley. Partant sans doute du principe que Smiley lui-même ne faisait pas partie de la liste des traîtres potentiels.

– Jacknife était une opération du Pilotage. Sous le commandement de Bill Haydon. De Haydon, puis d'Alleline, de Bland et d'Esterhase. La "Bande à Bill", on les appelait. George n'avait rien à voir avec ça.

L'HÉRITAGE DES ESPIONS

– Et le Pilotage était à couteaux tirés avec les Opérations clandestines ?

– Le Pilotage complotait de toute éternité pour récupérer les OC dans son giron. George y voyait une tentative d'abus de pouvoir, et il y résistait. Farouchement.

– Et que faisait notre brillant chef du Service, dans tout ça ? Control, selon le surnom consacré.

– Il montait le Pilotage contre les OC et réciproquement. Diviser pour mieux régner, comme d'habitude.

– Ai-je raison de croire qu'il y avait des problèmes personnels entre Smiley et Haydon ?

– C'est possible. La rumeur courait que Bill avait eu une liaison avec Ann, la femme de George, et que cela avait déstabilisé George. C'est le genre de coup auquel on pouvait s'attendre de la part de Bill. Il était sacrément retors.

– Smiley évoquait sa vie privée avec vous ?

– Ça ne lui serait jamais venu à l'idée. On ne parle pas de ces choses-là avec un subordonné. »

Bunny y réfléchit, n'en croit pas un mot, semble vouloir poursuivre sur cette voie, puis se ravise.

« Alors avec la mise au rebut de l'opération Jacknife, Leamas et vous-même êtes allés vous ouvrir de vos inquiétudes à Smiley. Face à face. Rien que vous trois. Vous, malgré votre grade inférieur.

– Alec m'a demandé de venir. Il ne se faisait pas confiance.

– Pourquoi cela ?

– Il montait vite en mayonnaise.

– Quand cette rencontre *à trois** s'est-elle tenue ?

– Mais qu'est-ce que ça peut bien faire ?

– Je m'imagine un lieu sûr. Un lieu dont vous ne m'avez pas encore parlé, mais vous le ferez en temps et en heure. Je me disais que ce serait le bon moment pour vous poser la question. »

J'avais relâché ma vigilance au point de penser que tout ce bavardage nous entraînait dans des eaux moins périlleuses.

39

« Nous aurions pu utiliser une maison sûre du Cirque, mais elles étaient systématiquement truffées de micros par le Pilotage. Nous aurions pu utiliser l'appartement de George dans Bywater Street, mais Ann y habitait. Une règle tacite interdisait de la mêler à des choses qu'elle ne pouvait pas gérer.

– Elle aurait couru prévenir Haydon ?

– Ce n'est pas ce que j'ai dit. Il y avait comme un pressentiment, rien de plus. Vous voulez que je continue ou pas ?

– Absolument, je vous en prie.

– Nous sommes allés chercher George à Bywater Street et nous lui avons fait faire une promenade de santé sur le South Bank. C'était un soir d'été. Il se plaignait toujours de manquer d'exercice.

– Et de cette promenade nocturne sur les quais est née l'opération Windfall ?

– Oh, pour l'amour de Dieu ! Grandissez un peu !

– Ne vous inquiétez pas pour moi, je suis bien assez grand. Et vous, vous rajeunissez de minute en minute. Comment s'est déroulée cette conversation ? Je suis tout ouïe.

– Nous avons parlé trahison. En termes généraux. Pas dans les détails, c'était inutile. Quiconque était un membre actuel ou récent du Pilotage était suspect par définition. Ce qui nous faisait cinquante à soixante traîtres potentiels. Nous avons cherché qui avait le niveau d'habilitation suffisant pour griller Jacknife, mais nous savions que, avec Bill à la tête du Pilotage, Percy Alleline qui lui mangeait dans la main et Bland et Esterhase qui fourraient leur nez partout, un traître n'avait qu'à se pointer aux séances plénières de planification ou passer un peu de temps au bar des officiers supérieurs et écouter Percy Alleline blablater. Bill a toujours dit que la compartimentation le saoulait, alors laissons tout le monde avoir accès à toutes les infos ! Du coup, il avait la couverture parfaite.

– Comment Smiley a-t-il réagi à votre *démarche** ?

– Il a dit qu'il allait y réfléchir et qu'il reviendrait vers nous. Ce qui était le maximum qu'on pouvait tirer de George. Bon, je crois que je vais accepter ce café que vous m'avez proposé, si cela ne vous dérange pas. Noir, sans sucre. »

Je m'étire, je secoue la tête, je bâille. J'ai l'âge de mes artères, enfin quoi ! Mais Bunny ne mord pas à l'hameçon et Laura m'ignore depuis bien longtemps. Ils me regardent comme s'ils en avaient juste assez de moi, comme si le café n'était plus à l'ordre du jour.

Bunny a revêtu son masque de juriste. Plus de plissements d'yeux, plus de volume sonore surélevé pour le senior un peu dur de la feuille et long à la détente.

« Je voudrais en revenir à notre point de départ, si cela vous convient. Vous et l'État de droit. Le Service et l'État de droit. Ai-je votre attention pleine et entière ?

— Euh, oui.

— J'ai déjà fait mention de l'intérêt passionnel qu'éprouvent les Britanniques pour les crimes du passé. Et nos chers parlementaires en sont plus que conscients.

— Vous en avez fait mention ? Vraiment ? Admettons...

— Et nos tribunaux, idem. La recherche de responsabilités historiques fait rage, à l'heure actuelle. C'est notre nouveau sport national. La génération immaculée d'aujourd'hui face à votre génération coupable. Qui expiera les péchés de nos pères, même s'il ne s'agissait pas de péchés à l'époque ? À ceci près que vous, vous n'êtes pas père, n'est-ce pas ? Alors que votre dossier laisse supposer que vous devriez crouler sous les petits-enfants...

— J'avais cru comprendre que mon dossier avait été expurgé. Vous êtes en train de m'annoncer que tel n'est pas le cas ?

— Je suis juste en train d'essayer de lire vos émotions, et je n'y arrive pas. Soit vous n'en avez pas, soit vous en avez trop. Vous restez discret sur la mort de Liz Gold. Pourquoi ? Vous restez discret sur la mort d'Alec Leamas. Vous feignez l'amnésie totale concernant Windfall, quand bien même nous savons parfaitement que vous étiez habilité. Plus intéressant encore, votre défunt ami Alec Leamas ne l'était pas, lui. Il est donc mort dans le cadre d'une opération pour laquelle il n'était pas habilité. Je ne vous ai pas demandé de m'interrompre, aussi veuillez vous en abstenir. Néanmoins, je commence à discerner les contours d'un accord possible entre nous, poursuit-il comme s'il me pardonnait mes mauvaises manières. Vous avez reconnu que l'opération Windfall vous évoquait vaguement quelque chose. Peut-être un exercice d'entraînement, avez-vous eu la gentillesse et la bêtise de nous dire. Alors, que pensez-vous de ça : en échange d'une plus grande transparence de notre côté, serait-il envisageable que le flou qui entoure vos souvenirs puisse se dissiper ? »

Je réfléchis, je secoue la tête, j'essaie de dissiper le flou. J'ai le sentiment d'être en train de lutter jusqu'au dernier homme et que le dernier homme, c'est moi.

« Voilà tout ce que je peux vaguement me rappeler, Bunny, concédé-je pour lui signaler que je fais un pas dans sa direction. En y repensant, Windfall, pour moi, ce n'était pas une opération, c'était une source. Une source bidon. Je crois que c'est de là que vient le malentendu entre nous, dis-je avec le vain espoir d'amadouer l'autre côté de la table. Une source potentielle qui a explosé en vol au premier obstacle et a donc été diligemment et très judicieusement larguée. Affaire classée, aux oubliettes. La source Windfall était une relique du passé de George. Une autre affaire historique, si vous préférez, ajouté-je avec un hochement de tête respectueux à l'intention de Laura. Un professeur est-allemand de littérature baroque à l'université de Weimar. Un copain de guerre de George qui nous avait donné des coups de main par-ci par-là. Il a contacté George via un universitaire suédois, ça devait être en 1959 ou dans ces eaux-là. »

Reste prodigue mais imprécis, la règle d'or.

« Le Prof, comme nous l'appelions, disait avoir des infos bouillantes sur un pacte ultrasecret en train de se négocier entre les deux Allemagnes et le Kremlin. Il disait tenir ses infos d'un ami partageant ses opinions dans l'administration est-allemande. »

Les paroles coulent vraiment à flots, comme au bon vieux temps.

« Les deux Allemagnes seraient réunifiées à condition qu'elles restent neutres et non armées. En d'autres termes, exactement ce que ne voulait pas l'Ouest : un vide de pouvoir en plein cœur de l'Europe. Si le Cirque réussissait à exfiltrer le Prof vers l'Ouest, il nous donnerait tous les détails. »

Sourire chagrin, hochement de la tête chenue. Aucune réaction en provenance de l'autre côté du grand fossé.

« En fait, tout ce que le Prof voulait, c'était une chaire à Oxford, un poste à vie, un titre de noblesse et une invitation à prendre le thé avec la reine, dis-je en gloussant. Et bien sûr, il avait tout inventé. Du pipeau total. Fin de l'histoire. »

Et je m'arrête là, assez satisfait de ma prestation et songeant que Smiley, où qu'il soit, applaudirait en silence.

Sauf que Bunny n'applaudit pas, lui. Et Laura non plus. Bunny affiche hypocritement un air soucieux, et Laura une expression carrément incrédule.

« Le problème, Peter, c'est que vous venez de nous resservir les mêmes bobards éculés qu'on lit dans les faux dossiers sur Windfall que contiennent les anciennes Archives centrales, finit par m'expliquer Bunny. C'est bien ça, Laura ? »

Il faut croire que oui, parce que Laura réagit au quart de tour.

« Presque mot pour mot, Bunny. Des bobards concoctés dans le seul but de mener en bateau un enquêteur un peu curieux. Ce professeur n'a jamais existé et cette histoire est une invention totale du début à la fin. Et c'est d'ailleurs de bonne guerre : si Windfall devait être protégée des regards indiscrets des Haydon de ce monde, un faux dossier d'enfumage dans les Archives centrales, cela fait parfaitement sens.

– Ce qui ne fait pas sens, en revanche, Peter, c'est que vous soyez assis là, à votre âge, à nous resservir les mêmes conneries de désinformation que George Smiley, vous et tous les autres des Opérations clandestines serviez déjà il y a une génération de cela, enchaîne Bunny en parvenant à plisser un peu les yeux pour feindre une attitude amicale.

– Voyez-vous, Pete, nous avons retrouvé la comptabilité de l'ancien Control, m'explique gentiment Laura tandis que je mûris encore ma réponse. La comptabilité de ses fonds occultes. C'est la part du budget secret qui sert d'argent de poche personnel à Control, mais qui doit quand même être justifiée jusqu'au dernier sou. Vous me suivez, Peter ? me demande-t-elle comme à un enfant. Remise en main propre par Control à son fidèle allié au Trésor. Oliver Lacon, il s'appelait, avant de devenir sir Oliver, puis feu lord Lacon d'Ascot West…

– Ça vous dérangerait de me dire ce que tout cela a à voir avec moi ?

– Eh bien, tout, répond calmement Laura. Dans ses bilans comptables envoyés au Trésor à l'attention exclusive de Lacon, Control mentionne le nom de deux officiers du Cirque qui, si nécessaire, fourniront toutes les informations concernant les dépenses afférentes à une opération baptisée Windfall, au cas où ces frais supplémentaires seraient un jour remis en question par la postérité. Control était très à cheval sur ce genre de choses, à défaut de l'être sur tout. Le premier nom, c'est George Smiley. Le second, c'est Peter Guillam. Vous. »

Pendant un temps, Bunny semble n'avoir rien entendu de cet échange. Il a de nouveau la tête baissée, les yeux sous le parapet, et ce qu'il lit requiert sa totale attention. Il finit par émerger.

« Parlez-lui de la maison sûre Windfall que vous avez découverte, Laura. Le petit nid douillet secret des Opérations clandestines où Peter a planqué tous les dossiers qu'il a volés, suggère-t-il sur un ton impliquant que lui-même a autre chose à faire.

L'HÉRITAGE DES ESPIONS

– Ah, oui, eh bien il y a un appartement sûr mentionné dans les dossiers, comme le dit Bunny, explique bien volontiers Laura avant d'ajouter d'un ton outré : Et même une gouvernante pour cette planque. Ainsi qu'un mystérieux M. Mendel, qui n'est même pas un agent du Service mais a été recruté par les Opérations clandestines exclusivement pour Windfall. Deux cents livres par mois virées sur son compte épargne à la poste de Weybridge, plus indemnités de déplacement et faux frais à hauteur de deux cents livres, sur justificatifs, payés à partir d'un compte client anonyme géré par un cabinet juridique prout-prout de la City. Et c'est un certain George Smiley qui a la signature exclusive sur ce compte.

– Qui est ce Mendel ? intervient Bunny.

– Un agent de police à la retraite, de la Special Branch, dis-je en passant sur pilote automatique. Prénom Oliver. À ne pas confondre avec Oliver Lacon.

– Recruté où et comment ?

– George et Mendel se connaissaient depuis longtemps. George avait travaillé avec lui sur une affaire. Il aimait son bagout. Et il aimait le fait qu'il ne soit pas du Cirque. Sa bouffée d'air pur, qu'il l'appelait. »

Soudain épuisé par toute cette conversation, Bunny s'avachit contre le dossier de sa chaise et secoue les poignets comme s'il se sentait ankylosé pendant un vol long-courrier.

« Bon, on arrête les conneries deux secondes, peut-être ? suggère-t-il en réprimant un bâillement. À ce stade, la caisse noire de Control est le seul élément de preuve crédible qui nous fournit 1) une piste quant au déroulement et à l'objet de l'opération Windfall, et 2) un moyen de nous défendre dans le cadre d'une futile procédure civile ou d'une citation directe à l'encontre de notre Service ou de vous, Peter Guillam, à titre personnel, par un certain Christoph Leamas, seul héritier de feu Alec, et une certaine Karen Gold, célibataire, fille unique de

45

feu Elizabeth, dite Liz. Vous m'avez entendu ? Oui ? Ne me dites pas que nous avons enfin réussi à vous surprendre… »

Toujours affalé sur sa chaise, il lâche un « Putain ! » dans sa barbe en attendant ma réaction. Et elle met sans doute un long moment à venir, parce que je me rappelle aussi l'entendre beugler un impérieux « Alors ? » à mon intention.

*

« Liz Gold a eu un enfant ? m'entends-je demander.

– Une version d'elle assez bagarreuse, à ce qu'on peut en voir. Liz avait tout juste quinze ans quand elle s'est fait engrosser par un crétin de son lycée. À la demande expresse de ses parents, elle a donné son bébé à l'adoption. Quelqu'un l'a baptisée Karen. Ou peut-être pas baptisée, puisqu'elle est juive. À l'âge adulte, ladite Karen a exercé son droit d'accès à l'identité de son parent biologique. Et bien sûr elle s'est étonnée du lieu et des circonstances de la mort de sa mère. »

Il marque une pause au cas où j'aurais une question. Il m'en vient une, oui, mais trop tard : où diable Christoph et Karen ont-ils déniché nos noms ? Bunny passe outre.

« Karen a été vivement encouragée dans sa quête de vérité et de réconciliation par Christoph, le fils d'Alec, qui, depuis le jour de la chute du Mur, sans qu'elle le sache, se démenait pour découvrir où et pourquoi son père était mort. Et ceci, je dois l'avouer, sans l'assistance enthousiaste du Service, qui s'est acharné à lui mettre tous les bâtons imaginables dans toutes les roues possibles, et plus encore. Malheureusement, nos efforts méritants se sont révélés contre-productifs, même si ledit Christoph Leamas a un casier long comme le bras en Allemagne. »

Autre pause. Et toujours pas de question de ma part.

« Les deux plaignants se sont associés. Ils se sont convaincus, non sans raison, que la mort de leurs parents respectifs était due à ce qui semblait être un ratage en beauté de ce Service, et en particulier de George Smiley et vous-même. Ils réclament la divulgation de tous les documents, ainsi que des dommages et intérêts et des excuses publiques mentionnant des noms. Dont le vôtre... Vous saviez qu'Alec Leamas avait engendré un fils ?

– Oui. Où est Smiley ? Pourquoi n'est-il pas ici à ma place ?

– Sauriez-vous par hasard qui était l'heureuse maman ?

– Une Allemande rencontrée pendant la guerre quand il opérait en territoire ennemi. Elle a par la suite épousé un avocat de Düsseldorf nommé Eberhardt, qui a adopté le garçon. Il ne s'appelle donc pas Leamas, mais Eberhardt. Je vous ai demandé où était George.

– Plus tard. Et merci pour votre mémoire au top. D'autres personnes étaient-elles au courant de l'existence du garçon ? Les autres collègues de votre ami Leamas ? Nous pourrions le savoir si son dossier n'avait pas été volé, voyez-vous, lâche-t-il, avant d'ajouter, agacé que ma réponse tarde à venir : Était-il ou n'était-il pas de notoriété publique dans ce Service qu'Alec Leamas avait enfanté un bâtard allemand prénommé Christoph et résidant à Düsseldorf ? Oui ou non ?

– Non.

– Mais enfin comment c'est possible, putain ?

– Alec ne parlait pas beaucoup de sa vie privée.

– Sauf à vous, apparemment. Vous l'avez rencontré ?

– Qui ça ?

– Christoph. Pas Alec, Christoph. Ne recommencez pas à jouer volontairement les abrutis.

– Je ne joue pas les abrutis, et la réponse est non, je n'ai pas rencontré Christoph Leamas, je rétorque, car je ne vois pas pourquoi je lui ferais cadeau de la vérité. Je vous ai demandé où était Smiley, dis-je, le temps qu'il digère ma réponse précédente.

– Et j'ai ignoré votre question, comme vous l'aurez peut-être remarqué. »

Pause, pendant que chacun de nous récupère et que Laura regarde d'un air boudeur par la fenêtre.

« Christoph, appelons-le ainsi, ne manque pas de qualités, Peter, reprend Bunny d'un ton léthargique. Même si elles sont criminelles ou semi-criminelles. C'est peut-être lié aux gènes. Ayant établi que son père biologique était mort devant le mur de Berlin côté Est, il est allé farfouiller (par quels moyens, nous l'ignorons mais nous lui tirons notre chapeau) dans une pile de dossiers de la Stasi théoriquement classés et il en a sorti trois noms importants : le vôtre, celui de feu Elizabeth Gold et celui de George Smiley. En quelques semaines, il a retrouvé la trace d'Elizabeth, et de là il a pu avoir accès à des dossiers publics sur sa fille. Une rencontre a été arrangée. Le duo improbable s'est rapproché (à quel point, cela ne nous regarde pas). Ensemble, ils sont allés consulter un de ces avocats spécialistes des droits civils qui sont la hantise de notre Service, le genre sandales baba cool et grandeur d'âme admirable. Nous envisageons de riposter en offrant aux plaignants des monceaux d'argent public contre leur silence, mais nous n'ignorons pas que, ce faisant, nous leur confirmons la solidité de leur dossier, ce qui les encouragera à réclamer encore davantage. "Au diable votre argent, hommes du Mal ! On ne peut pas museler l'Histoire. Le cancer doit être éradiqué. Des têtes doivent tomber." Et la vôtre en tout premier lieu, j'en ai peur.

– Et celle de George aussi, j'imagine.

– Nous voici donc pris dans une situation ridiculement shakespearienne où les fantômes de deux victimes d'un perfide complot du Cirque reviennent d'entre les morts pour nous accuser par la voix de leur progéniture. Jusqu'ici, nous avons réussi à contenir les médias en impliquant (de façon un tantinet hypocrite, mais on n'est plus à ça près) que, si jamais le Parlement s'effaçait devant une action en justice, l'affaire serait entendue derrière les portes décemment closes d'un tribunal secret et que c'est nous qui distribuerions les tickets d'entrée. Réponse des plaignants, poussés comme d'habitude par leurs insupportables avocats : "Et puis quoi encore ? Nous voulons la transparence,

nous voulons la divulgation totale." Vous m'avez demandé avec
une certaine candeur où la Stasi avait bien pu dénicher vos noms.
Mais enfin, au Centre de Moscou, bien sûr, qui les a dûment
transmis à la Stasi. Et où le Centre de Moscou a-t-il obtenu
vos noms ? Mais enfin, auprès de notre Service, bien sûr, grâce
une fois de plus à notre si diligent Bill Haydon, qui à l'époque
avait les coudées franches et les a eues encore pendant six ans,
jusqu'à ce que saint George ne débarque sur son blanc destrier
et ne le démasque. Vous êtes toujours en contact ?

– Avec George ?

– Avec George.

– Non. Où est-il ?

– Et vous ne l'êtes plus depuis plusieurs années ?

– Non.

– Votre dernier contact avec lui remonte à quand, alors ?

– Ça fait huit ou dix ans.

– Racontez-moi.

– J'étais à Londres. Je l'ai cherché.

– Où ça ?

– À Bywater Street.

– Comment allait-il ?

– Très bien, merci.

– Il court, il court, le furet. Et la volage lady Ann, vous
n'avez pas eu de contact avec elle non plus ? Au sens le plus
figuré possible, bien entendu.

– Non. Et épargnez-moi vos sous-entendus déplacés.

– Bien, je vais vous demander votre passeport.

– Pourquoi ?

– Ce passeport que vous avez présenté à l'accueil en bas, je
vous prie. Votre passeport britannique, précise-t-il en tendant
la main par-dessus son parapet.

– Mais enfin, pourquoi ? »

Je le lui remets de toute façon. Que pourrais-je faire d'autre ?
Me battre avec lui ?

« C'est le seul qui vous reste ? demande-t-il en feuilletant les pages d'un œil pensif. Vous en avez eu une tripotée, de passeports, dans le temps, sous des identités variées. Où sont-ils tous, aujourd'hui ?

– Je les ai rendus. Ils ont été détruits.

– Vous avez la double nationalité. Où est votre passeport français ?

– Je suis né de père britannique, j'ai servi la nation britannique, alors mon passeport brit me suffit. Vous pouvez me le rendre, maintenant, s'il vous plaît ? »

Mais l'objet du litige a déjà disparu derrière le parapet.

« Bon, Laura, on en revient à vous, dit Bunny, comme s'il la redécouvrait. Pouvons-nous entrer un peu plus dans les détails de cet appartement sûr Windfall, je vous prie ? »

C'est terminé. Je me suis battu jusqu'au dernier mensonge. Je suis mort, je suis à court de munitions.

*

Laura consulte une fois de plus des documents situés en dehors de mon champ de vision. Quant à moi, je fais de mon mieux pour ne pas réagir aux gouttes de sueur qui roulent sur ma cage thoracique.

« Oui, Bunny, un appartement sûr – ô combien sûr ! renchérit-elle en relevant la tête d'un air réjoui. Une planque réservée au seul usage de Windfall, et c'est à peu près à cela que se résume le descriptif. À situer dans le périmètre du centre de Londres, plus un mémo disant que cet appartement sera désigné sous le nom de code "les Écuries" et disposera d'une gouvernante permanente nommée à la discrétion de Smiley. Et voilà tout ce qu'on sait.

– Ça vous évoque quelque chose, finalement ? » demande Bunny.

Ils attendent. Alors moi aussi. Laura reprend sa conversation privée avec Bunny.

« À croire que Control ne voulait même pas que Lacon sache où se trouvait cet appartement ni qui s'en occupait, Bunny. Ce qui, étant donné la haute fonction de Lacon au Trésor et sa connaissance approfondie d'autres aspects des affaires du Cirque, me frappe comme étant un chouïa parano de la part de Control, mais qui sommes-nous pour critiquer ?

– Absolument. "Les Écuries", c'est pour évoquer un "grand nettoyage" ? s'enquiert Bunny.

– J'imagine, répond-elle.

– Un nom choisi par Smiley ?

– Demandez donc à Pete. »

Mais Pete (je déteste) est soudain devenu encore plus sourd qu'il ne prétend l'être.

« La bonne nouvelle, c'est qu'il existe toujours, cet appartement sûr Windfall ! dit Bunny à Laura. Parce que, soit par dessein soit par pure négligence, et je penche pour la seconde hypothèse, les Écuries figurent dans le budget privé de pas moins de quatre Control successifs. Et elles y sont toujours. Et notre dernier étage ne sait même pas qu'elles existent, et encore moins où elles se trouvent. Et ce qui est encore plus drôle en ces temps d'austérité, c'est que leur existence n'a jamais été remise en question par ce bon vieux Trésor, qui les a validées année après année, comme c'est gentil, commente-t-il avant de prendre un ton précieux homophobe : "Ouh là, bien trop secret pour qu'on pose des questions, mes chéris. Signez sur les pointillés, et on ne dit rien à Maman, surtout. C'est un bail locatif, et on ignore totalement quand il se termine, qui le détient et quel généreux couillon paie le loyer." Peter, Pierre, Pete, me dit-il sur le même ton véhément. Vous êtes bien silencieux. Veuillez éclairer notre lanterne, je vous prie. Qui donc est ce généreux couillon ? »

Quand on est le dos au mur, quand on a usé en vain de tous les subterfuges qu'on avait en stock, on n'a plus beaucoup de marge de manœuvre. On peut broder : je l'ai fait, et ça n'a pas marché. On peut tenter des révélations partielles et espérer que cela suffira : je l'ai fait aussi, mais ça n'a pas suffi. Alors, il faut accepter qu'on a atteint le bout du chemin et que la seule option restante est d'avoir l'audace de dire la vérité, ou le minimum de vérité possible, et de gagner quelques bons points pour avoir été sage... Je n'y crois guère, mais au moins pourrai-je peut-être récupérer mon passeport.

« George avait un avocat dans sa manche, dis-je en sentant le soulagement coupable de la confession m'envahir. Celui que vous avez qualifié de "prout-prout". Un lointain parent d'Ann. Il (ou elle) a accepté de jouer les coupe-circuits. Ce n'est pas un appartement, c'est une maison sur trois niveaux louée par un fonds offshore enregistré aux Antilles néerlandaises.
– Voilà des paroles qui vous honorent ! approuve Bunny. Et la gouvernante ?
– Millie McCraig, une ancienne agente de George. Elle avait déjà assuré ces fonctions pour lui avant. Elle connaissait toutes les ficelles. Quand Windfall a démarré, elle s'occupait d'une maison sûre du Cirque pour le Pilotage dans la New Forest, un endroit qui s'appelait le Camp 4. George lui a dit de présenter sa démission, puis de candidater aux OC. Il l'a transférée à la caisse noire et l'a installée aux Écuries.
– Qui se trouvent où, si on a le droit de le savoir, maintenant ? »
Alors je lâche aussi cette information, et même le numéro de téléphone, qui me sort de la bouche aussi facilement que s'il voulait en sortir depuis longtemps. Petit interlude théâtral, le temps que Bunny et Laura ménagent une tranchée entre les

dossiers sur la table pour permettre à Bunny d'y poser un téléphone à large piétement d'une complexité dépassant totalement
mes compétences et de me tendre le combiné après avoir appuyé
sur une série de touches à la vitesse de l'éclair.

À une vitesse dix fois inférieure, je compose le numéro des
Écuries, et j'entends, médusé, la sonnerie résonner dans toute
la pièce, ce qui me paraît non seulement très douteux du point
de vue de la sécurité à mon oreille coupable, mais aussi un acte
de pure trahison, comme si je venais de me faire griller, captu-
rer et retourner d'un seul coup d'un seul. Le téléphone sonne
et sonne encore à plein volume. Nous attendons. Toujours pas
de réponse. Et je me dis que soit Millie est à la messe, parce
qu'elle y allait très souvent, soit elle est partie faire du vélo, ou
bien peut-être est-elle moins fringante qu'avant, comme nous
tous. Mais il paraît encore plus probable qu'elle soit morte et
enterrée parce que, si belle et inaccessible ait-elle été, elle avait
facilement cinq ans de plus que moi.

La sonnerie s'interrompt. Percevant un crissement, je m'attends
à tomber sur un répondeur mais, à ma stupéfaction incrédule,
c'est la voix de Millie que j'entends, la même voix, le même
crincrin de réprobation puritaine écossaise que j'imitais pour
faire rire George quand il n'avait pas le moral :

« Oui ? Allô ? Qui est à l'appareil, je vous prie ? insiste-t-elle
d'un ton indigné quand j'hésite à répondre, comme s'il était
minuit plutôt que 19 heures.

– C'est moi, Millie. Peter Weston, lui dis-je avant d'ajouter le nom de couverture de Smiley pour faire bonne mesure :
L'ami de M. Barraclough, rappelez-vous. »

J'ai l'intuition, voire l'espoir, que, pour une fois dans sa vie,
Millie McCraig va avoir besoin de temps pour reprendre ses
esprits, mais elle répond du tac au tac, à tel point que c'est moi
qui suis déconcerté, et non elle.

« Monsieur Weston ?

– En personne, Millie, c'est bien moi.

– Veuillez vous identifier, monsieur Weston. »

M'identifier ? Mais je viens de lui donner deux noms de couverture, enfin ! Et soudain je comprends qu'elle veut mon « code point », une forme obscure de communication codée plus souvent utilisée sur le réseau téléphonique de Moscou que celui de Londres, mais, dans nos heures les plus noires, Smiley avait insisté là-dessus. Alors, j'attrape un crayon à papier marron sur le bureau devant moi et, me sentant totalement ridicule, je me penche sur le téléphone hyper sophistiqué de Bunny et je tapote mon code point antédiluvien sur le haut-parleur en espérant que cela produira le même effet que sur le combiné : trois coups, une pause, un coup, une pause, deux coups. Et apparemment, oui, puisque je n'ai pas plus tôt porté le dernier coup que revoilà Millie, toute mielleuse et arrangeante, qui me dit que c'est un plaisir d'entendre ma voix après toutes ces années, monsieur Weston, et qu'est-ce qu'elle peut faire pour m'aider ?

À quoi j'aurais pu répondre : Eh bien puisque vous me le demandez, Millie, auriez-vous la gentillesse de me confirmer que ces événements se déroulent bien dans le monde réel et non pas dans un obscur recoin des limbes réservés aux espions non dormants d'antan ?

4

À mon arrivée de Bretagne la veille au matin, j'étais entré dans un hôtel épouvantable près de la gare de Charing Cross, où j'avais déboursé quatre-vingt-dix livres d'avance pour une chambre aussi spacieuse qu'un corbillard. En chemin, j'avais également rendu une visite de courtoisie à mon vieil ami et ancien *Joe* Bernie Lavendar, Tailleur pour hommes auprès du Corps diplomatique, dont la salle de coupe se trouvait dans un minuscule demi-sous-sol près de Savile Row. Mais pour Bernie, la taille n'avait jamais compté. Ce qui comptait pour lui (et pour le Cirque) était d'accéder aux salons diplomatiques de Kensington Palace Gardens ou St John's Wood et de se rendre utile à l'Angleterre en échange de menus revenus complémentaires non imposables.

Après une accolade, il avait tiré le rideau et fermé la porte au verrou. En souvenir du bon vieux temps, j'avais essayé quelques vestes et complets taillés pour des diplomates étrangers qui, mystérieusement, n'étaient jamais venus les chercher. Enfin, également en souvenir du bon vieux temps, je lui avais confié une enveloppe scellée à conserver dans son coffre-fort jusqu'à mon retour. Elle renfermait mon passeport français, mais eût-elle contenu les plans du Débarquement que Bernie ne l'aurait pas traitée avec plus de déférence.

Et maintenant, je venais la récupérer.

« Alors, comment se porte M. Smiley ? a-t-il demandé en baissant la voix, par respect ou par hyper vigilance. Avons-nous eu des nouvelles, monsieur ? »

Nous n'en avons pas eu, non. Et Bernie ? Hélas, Bernie non plus, donc nous nous sommes contentés de rire ensemble de cette manie qu'avait George de disparaître pendant de longues périodes sans un mot d'explication.

Mais en mon for intérieur, je ne riais pas. Était-il possible que George soit mort ? Et que Bunny le sache et ne me le dise pas ? Sauf que pas même George ne peut mourir dans le secret. Et Ann, son épouse éternellement infidèle ? Je m'étais laissé dire voici quelque temps que, se lassant de ses multiples aventures, elle se consacrait à une œuvre de charité à la mode. Quant à savoir si cette passade avait duré plus longtemps que les autres, mystère.

Avec mon passeport français de nouveau en poche, je me suis rendu à Tottenham Court Road, où j'ai investi dans deux portables prépayés avec un crédit de dix livres chacun. Puis j'ai acheté la bouteille de scotch que j'avais oublié d'acheter à l'aéroport de Rennes, ce qui explique sans doute que, fort heureusement, je ne garde aucun souvenir de la soirée qui a suivi.

Réveillé aux aurores, j'ai marché pendant une heure sous la bruine et avalé un mauvais petit-déjeuner dans une sandwicherie. C'est seulement alors, avec un sentiment de résignation teinté d'incrédulité, que j'ai trouvé le courage de héler un taxi noir et de donner au chauffeur l'adresse des locaux qui, pendant deux ans, avaient été le théâtre de plus de joies, de stress et d'angoisse que tout autre endroit au cours de ma vie.

Dans mon souvenir, le n° 13, Disraeli Street, alias les Écuries, était une maison victorienne non rénovée au bout d'une petite rue de Bloomsbury. Et sous mes yeux ébahis, c'est bien cette maison qui se trouve devant moi à présent : inchangée, impénitente, reproche vivant à ses voisines coquettes et pimpantes. Il est 9 heures, l'heure convenue, mais le seuil en a été réquisitionné par une femme mince portant un jean, des baskets et une veste en cuir qui éructe dans son portable. Je m'apprête à partir faire un petit tour quand je constate qu'il s'agit de Laura l'Histoire en vêtements contemporains.

« Bien dormi, Pete ?

– Comme un ange.

– Je sonne sur quel bouton sans attraper la gangrène ?

– Essayez "Comité d'éthique". »

« Comité d'éthique » étant le choix tout personnel de Smiley pour la sonnette la moins attirante qu'il ait pu trouver. La porte s'ouvre et là, dans la pénombre, se dresse le fantôme de Millie McCraig, ses cheveux de jais aujourd'hui aussi blancs que les miens, son corps athlétique courbé par le poids des ans, mais ses yeux bleus humides brillant encore du même zèle quand elle m'autorise une bise fugace sur chacune de ses maigres joues celtes.

Laura entre sans y être invitée. Tandis que les deux femmes se jaugent tels des boxeurs avant le combat, je suis la proie d'un tourbillon d'émotions, familiarité et remords mêlés, au point que mon unique désir est de ressortir en catimini, de fermer la porte derrière moi et de faire comme si je n'avais jamais été là. Ce que j'ai sous les yeux dépasse tous les rêves du plus exigeant des archéologues : une chambre funéraire dédiée à l'opération Windfall et à tous ceux qui y ont participé, scrupuleusement préservée par des sceaux intacts protégeant tous les artefacts d'origine, de ma tenue de livreur de pizzas accrochée à sa patère jusqu'à la bicyclette droite pour dame de Millie McCraig, modèle déjà rétro à l'époque avec son panier d'osier, sa sonnette à l'ancienne et sa sacoche en similicuir, posée sur sa béquille dans l'entrée.

« Vous souhaitez visiter ? propose Millie à Laura sur le ton désinvesti qu'elle emploierait avec un acheteur potentiel.

– Il y a une porte de service », dit Laura à Millie en lui montrant un plan du bâtiment qu'elle a déniché je ne sais où.

Nous sommes debout devant la porte vitrée de la cuisine. En contrebas, un jardinet avec en son centre le petit potager de Millie – Oliver Mendel et moi y avions donné le premier coup de bêche. Le fil à linge est vide, mais le fait est que Millie nous attendait. Et le nichoir, le même nichoir. Mendel et moi l'avions construit ensemble en pleine nuit à partir de vieux bouts de bois et, sous ma direction légèrement avinée, il l'avait embelli avec une plaque bricolée déclarant *Ouvert à tous les volatiles*. Le nichoir est toujours là, aussi fier et digne que le jour de l'anniversaire qu'il avait servi à fêter. Un chemin dallé serpente entre les plates-bandes potagères jusqu'au portillon qui mène au parking privé, qui lui-même donne sur la rue adjacente. George n'approuvait aucune maison sûre qui n'eût de sortie à l'arrière.

« Il y a des gens qui sont déjà entrés par là ? » demande Laura.

Je réponds pour éviter à Millie d'avoir à le faire :

« Control. Il ne serait pas entré par la porte de devant même si sa vie en dépendait.

– Et les autres ?

– On utilisait la porte sur rue. Une fois que Control a décidé que celle de derrière était la sienne, c'est devenu son ascenseur privé. »

Je suis mon propre conseil d'être prodigue en menus détails. Garde le reste bien verrouillé dans ta mémoire et jette la clé. L'étape suivante dans l'itinéraire de Laura est le colimaçon de bois, réplique miniature de tous les escaliers délabrés du Cirque. Nous sommes sur le point de l'emprunter quand, au son d'une clochette, un chat fait son apparition : un gros matou noir à poils longs et à l'air mauvais avec un collier rouge. Il s'assoit, bâille et nous dévisage. Laura lui rend son regard et se tourne vers Millie.

« Il est inscrit au budget, lui aussi ?

– Je m'occupe moi-même de son entretien, merci bien.

– Il a un nom ?

– Oui.

– Mais il est Top secret ?

– Oui. »

Précédés de Laura et prudemment suivis par le chat, nous montons jusqu'à l'entresol et nous arrêtons devant la porte matelassée avec sa serrure à combinaison qui protège la salle du chiffre. Quand George a pris la maison, la porte était vitrée, mais Ben l'employé du chiffre ne voulait pas que ses doigts puissent être vus, d'où la feutrine verte.

« OK. Qui a le code ? » demande Laura en mode cheftaine scout.

Puisque Millie ne dit toujours rien, je récite les chiffres à contrecœur : 21 10 05, la date de la bataille de Trafalgar.

« Ben était dans la Marine », expliqué-je, mais si Laura capte la référence, elle n'en laisse rien paraître.

Elle s'installe dans le fauteuil pivotant, jette un regard noir à l'assortiment de molettes et de manettes. Elle actionne une manette. Rien. Elle tourne une molette. Rien.

« Ça n'a jamais été rallumé depuis », murmure Millie à mon intention.

Pivotant sur le fauteuil de Ben, Laura pointe du doigt un coffre-fort mural vert de marque Chubb.

« OK. Il y a une clé ? »

Ses « OK » commencent à me taper sur les nerfs, tout autant que ses « Pete ». Sur un trousseau qui pend à sa taille, Millie attrape une clé. Le déverrouillage s'enclenche, la porte du coffre s'ouvre, Laura jette un œil à l'intérieur et, du geste auguste du faucheur, en étale le contenu sur le tapis de coco : livres de code portant l'estampille TOP SECRET ET AU-DELÀ, crayons, enveloppes matelassées, vieux blocs d'encodage à usage unique emballés par paquets de douze dans de la cellophane.

« On laisse tout en l'état, OK ? annonce-t-elle en se tournant vers nous. Personne ne touche à rien nulle part, c'est compris ? Pete ? Millie ? »

Elle a déjà monté la moitié de la volée de marches suivante quand Millie l'interrompt en chemin.

« Excusez-moi ! Auriez-vous l'intention de pénétrer dans mes quartiers privés ?

– Et alors ?

– Vous avez tout loisir de procéder à une inspection de mon appartement et de mes affaires personnelles à condition de m'avoir dûment fait parvenir au préalable une notification écrite signée des autorités compétentes à la Direction générale, débite Millie en une seule phrase dont je soupçonne qu'elle l'a soigneusement répétée. Dans l'intervalle, je vous prierai de respecter mon intimité comme il sied à mon âge et à mon statut. »

Ce à quoi Laura réplique par une hérésie que même Oliver Mendel n'aurait pas osée dans un bon jour.

« Et pourquoi donc, Mill ? Vous gardez quelqu'un au chaud, là-haut ? »

*

Le chat classé secret s'est retiré. Nous sommes dans la Pièce du Milieu, ainsi nommée du jour où Mendel et moi avons fait tomber toutes les anciennes cloisons en aggloméré. Depuis la rue, on voit seulement une banale fenêtre en rez-de-chaussée aux voilages élimés. Mais à l'intérieur, pas de fenêtre, pour la bonne raison que, par un samedi après-midi enneigé de février, nous l'avons condamnée avec des briques, plongeant ainsi la pièce dans une éternelle obscurité jusqu'à ce qu'on allume les lampes de billard à abat-jour vert que nous avions achetées dans un magasin de Soho.

Deux énormes bureaux victoriens encombrent le centre de la pièce, l'un étant celui de Smiley et l'autre, très occasionnellement, celui de Control. Leur origine était restée un mystère jusqu'à ce qu'un soir, en buvant un scotch, Smiley nous révèle qu'un cousin d'Ann vendait une demeure dans le Devon pour payer des droits de succession.

« Jésus Marie Joseph, mais qu'est-ce que c'est que cette chose immonde ? »

Comme je m'y attendais, l'œil de Laura s'est posé sur le diagramme criard format double raisin accroché au mur derrière le bureau de Control. Immonde, cette chose ? Pas à mes yeux, non. Mais potentiellement mortelle, ça oui. Sans même m'en rendre compte, j'attrape la canne en frêne accrochée au dossier de la chaise de Control et je me lance dans une explication censée non pas éclairer, mais divertir.

« Cette partie ici, Laura (dis-je en agitant ma canne devant un labyrinthe de lignes colorées et de noms de couverture qui ressemble à un plan délirant du métro de Londres), c'est une représentation faite maison du réseau du Cirque en Europe de l'Est, nom de code Mayflower, tel qu'il était avant la conception de l'opération Windfall. Ici, le grand homme lui-même, la source Mayflower, l'inspiration, le fondateur, le coupe-circuit et le centre névralgique du réseau ; ici, ses sources de seconde main, et là, par ordre décroissant, leurs sources de seconde main, volontaires ou non, avec une mini-description de leur matériau, son évaluation sur le marché de Whitehall, et notre propre évaluation maison de la fiabilité des sources de première et de seconde main sur une échelle de 1 à 10. »

Et je raccroche ma canne sur le dossier de la chaise. Mais Laura ne semble pas aussi divertie ni déstabilisée que je l'aurais espéré. Elle examine les noms de couverture un par un et les biffe sur sa liste mentale. Derrière moi, Millie sort discrètement de la pièce.

« Bon, il se trouve que nous savons deux ou trois petites choses sur l'opération Mayflower, remarque Laura sur un ton de supériorité. Grâce aux rares dossiers que vous avez eu l'obligeance de ne pas sortir des Archives générales, et à une ou deux autres sources à nous. »

Elle me laisse le temps de digérer cette dernière information, puis poursuit.

« Et d'où ça vient de donner à tout le monde des noms de fleurs, au fait ?

– Ah, ça remonte à l'époque où nous utilisions des thématiques, Laura, lui dis-je en m'efforçant de rester condescendant. Mayflower, d'où les fleurs. Il ne s'agit pas du bateau. »

Mais une fois de plus, je l'ai perdue.

« Et ces étoiles, là, c'est quoi ?

– Des étincelles, Laura, pas des étoiles. Des étincelles symboliques. Pour quand on avait fourni une radio à nos agents sur le terrain. Rouge si elle était active, jaune si dissimulée.

– Dissimulée ?

– Enterrée. Dans de la toile cirée, en général.

– Quand je cache quelque chose, moi, je dis que je le cache, OK ? m'informe-t-elle en examinant toujours les noms de couverture. Je ne "dissimule" pas. Je n'utilise pas le jargon des espions et je ne suis pas dans un club de scouts. Et ces signes "plus", c'est quoi, ça ? demande-t-elle en tapotant le cercle dessiné autour d'une source de seconde main.

– Eh bien, Laura, ce ne sont pas des signes "plus", ce sont des croix.

– Aaaah, des croix, donc Jésus, donc Judas, donc des traîtres, donc des agents doubles ?

– Non, des croix pour indiquer leur extinction.

– Comment ça ?

– Ils se sont fait griller, ou ils ont démissionné. Cela peut être toutes sortes de raisons.

– Qu'est-il arrivé à cet homme ?

– Nom de code Violette ?

– Oui. Qu'est-il arrivé à Violette ? »

62

Est-elle en train de me mettre la pression ? Je commence à le croire.

« Disparu. On suppose qu'il a été interrogé. Basé à Berlin-Est entre 1956 et 1961. Il gérait une équipe d'observateurs de trains. Tout est dans la bulle. »

Ce qui signifie : Lisez donc par vous-même.

« Et celui-là ? Tulipe ?

— Tulipe est une femme.

— Et le hashtag ? »

Elle a attendu tout ce temps que le bout de son doigt atterrisse à cet endroit précis ?

« Le hashtag, comme vous dites, c'est un symbole.

— Ça j'avais compris, merci. Un symbole de quoi ?

— Tulipe était convertie à l'orthodoxie russe, donc elles lui ont mis une croix orthodoxe russe, dis-je d'une voix égale.

— Qui ça "elles" ?

— Les deux secrétaires en chef qui travaillaient ici.

— Tous les agents pratiquants avaient une croix ?

— L'orthodoxie de Tulipe expliquait en partie son désir de travailler pour nous. La croix l'indiquait.

— Que lui est-il arrivé ?

— Elle a disparu de nos écrans, hélas.

— Vous n'aviez pas d'écrans.

— Nous avons supposé qu'elle avait décidé d'arrêter. Ça arrive avec certains *Joes*. Ils coupent le contact et ils disparaissent.

— Son vrai nom était Gamp, non ? Prononcé comme "gamme", avec un p au bout. Doris Gamp ? »

Ce que je ressens n'est absolument pas un début de nausée. Ce n'est pas du tout un estomac retourné.

« Sans doute, oui. Gamp. C'est possible. Je suis surpris que vous le sachiez.

— Peut-être que vous n'avez pas volé assez de dossiers. Une grosse perte ?

— De quoi ?

– Sa décision d'arrêter.

– Je ne suis pas sûr qu'elle ait officialisé sa décision. Elle a juste arrêté de fonctionner. Mais en tout cas, oui, avec le temps, ça a été une grosse perte. Tulipe était une source précieuse. Efficace. Oui. »

Trop ? Pas assez ? Trop léger ? Elle y réfléchit. Trop long-temps.

« Je croyais que c'était Windfall qui vous intéressait, lui dis-je.

– Oh, mais tout nous intéresse. Windfall n'est qu'un prétexte. Qu'est-il arrivé à Millie ? »

Millie ? Ah, Millie. Pas Tulipe. Millie.

« Quand ça ? je demande bêtement.

– À l'instant. Elle est passée où ?

– Elle a dû monter chez elle, j'imagine.

– Ça vous dérangerait de la siffler, s'il vous plaît ? Moi, elle m'a dans le nez. »

Or, quand j'ouvre la porte, Millie est là, qui attend, avec son trousseau de clés. Laura passe à côté d'elle et fonce droit dans le couloir, son plan d'architecte en main. Je reste en retrait pour murmurer à l'oreille de Millie : « Où est George ? »

Elle secoue la tête. Elle n'en sait rien, ou il ne faut pas que je demande ?

« Les clés, Millie ? »

Millie s'exécute et déverrouille la double porte de la biblio-thèque. Laura s'avance puis, de manière théâtrale, fait deux pas en arrière en poussant le « Oh la vache ! » de rigueur, si fort qu'elle a dû réveiller les morts du British Museum. Médusée, elle s'approche des étagères surchargées de vieux grimoires du sol au plafond. Prudemment, elle sélectionne d'abord le tome 18 d'une *Encyclopædia Britannica* dans une édition incomplète de 1878 en trente volumes. Elle l'ouvre, en examine une ou deux pages d'un œil incrédule, le jette sur une console et s'empare des *Voyages aux confins de l'Arabie*, édition de 1908 également vendue à l'unité, cinq shillings et six pence chaque, comme je m'en souviens sans savoir pourquoi, une livre le lot entier grâce aux talents de négociateur de Mendel.

« Vous pourriez me dire qui lit ces conneries, ou plutôt qui les lisait ?

– Quiconque avait l'habilitation Windfall et une raison valable de le faire.

– À savoir ?

– À savoir que, dans l'esprit de George Smiley, puisque nous n'avions pas la jouissance d'une forteresse armée près de la Tamise, la dissimulation naturelle valait mieux que la protection physique, lui dis-je avec toute la dignité que je peux rassembler. Et que, autant des fenêtres barrées et un coffre-fort en acier auraient valu invitation officielle au premier monte-en-l'air venu pour entrer par effraction, autant il n'était pas encore né le voleur dont le casse idéal serait une charretée de...

– Bon, ça va, montrez-moi. Tout ce que vous avez volé. Tout ce qui se trouve ici. »

Plaçant un marchepied devant une cheminée remplie par Millie de fleurs séchées décoratives, j'attrape sur l'étagère du haut un exemplaire d'*Initiation à la science de la phrénologie*, de Henry J. Ramken (université de Cambridge), et j'extirpe du volume évidé une chemise ocre. Passant le dossier à Laura, je remets le Ramken sur son étagère et redescends sur la terre ferme pour la retrouver, perchée sur l'accoudoir d'un fauteuil, en pleine évaluation de son butin. Et Millie a redisparu.

« J'ai un *Paul*, là-dedans, constate Laura d'un ton accusateur. C'est qui, ce Paul, dans le civil ? »

Cette fois-ci, je ne parviens pas vraiment à contrôler les inflexions de ma voix.

« Il n'est pas dans le civil, Laura, il est dans le cimetière. *Paul*, prononcé à l'allemande, était un des noms de couverture qu'utilisait Alec Leamas à Berlin pour ses *Joes*. Il alternait, j'ajoute à retardement d'un ton dégagé. Il ne faisait pas confiance à grand monde. En tout cas, disons qu'il ne faisait pas confiance au Pilotage. »

J'ai attisé son intérêt, mais elle ne veut pas que je le sache.

« Et là, c'est tous les dossiers, c'est bien ça ? Tout le trésor de guerre ? Tout ce que vous avez volé est là, caché dans ces vieux livres, c'est ça ?

— Oh là, mais loin s'en faut, Laura ! m'empressé-je de lui dire. George avait pour pratique de ne conserver que le strict minimum. Tout ce qui n'était pas indispensable passait à la déchiqueteuse. On passait à la déchiqueteuse, et après on brûlait les lanières de papier. La règle de George.

— Où est la déchiqueteuse ?

— Juste là, dans le coin. »

Elle ne l'avait pas repérée.

« Et où brûliez-vous les lanières ?

— Dans la cheminée.

— Vous établissiez des certificats de destruction ?

— Dans ce cas, il aurait fallu détruire les certificats de destruction, non ? »

Alors que je me régale encore de ma repartie, son regard se porte sur le coin le plus sombre et le plus éloigné de la pièce, où deux photographies d'hommes en pied sont accrochées côte à côte. Et cette fois, elle n'émet ni « Oh la vache ! » ni aucune autre exclamation, mais avance vers eux à pas feutrés, comme si elle avait peur qu'ils s'envolent.

« Et ces deux beaux gosses, là ?

— Josef Fiedler et Hans-Dieter Mundt. Respectivement chef et chef adjoint de la Direction opérationnelle de la Stasi.

— Je prends celui de gauche.

— Fiedler.

— Description ?

— Juif allemand, seul fils survivant de parents universitaires morts dans les camps. Études de lettres à Moscou et Leipzig.

Entré sur le tard à la Stasi. Intelligent, vite promu, allergique à l'homme debout près de lui.

– Mundt.

– Par élimination, oui, Mundt. Prénom Hans-Dieter. »

Hans-Dieter Mundt en costume croisé boutonné de bas en haut. Hans-Dieter Mundt avec ses mains d'assassin plaquées au corps, pouces vers le bas, regardant l'appareil photo d'un air méprisant. Il attend une exécution. La sienne. Celle de quelqu'un d'autre. Peu importe, son expression ne changera jamais, la balafre sur sa joue ne s'effacera jamais.

« C'était votre cible, c'est ça ? L'homme que votre pote Alec Leamas était allé éliminer ? Sauf que Mundt a éliminé Leamas, pas vrai ? Et Fiedler était votre super source, pas vrai ? Le parfait volontaire secret. Le *walk-in*, comme on dit, sauf qu'il n'est pas entré en marchant, il a juste lâché un paquet de renseignements ultrasensibles sur votre pas de porte, il a tiré la sonnette et il est parti en courant sans laisser son nom. Et pas qu'une fois. Et vous ne savez toujours pas avec certitude s'il était votre *Joe*, pour reprendre votre jargon. C'est bien ça ? »

J'inspire profondément, le temps de choisir mes mots avec soin.

« Tous les renseignements Windfall non sollicités que nous avons reçus semblaient désigner Fiedler. Nous nous sommes même demandé s'il plaçait ses pions pour une future défection et si, selon la formulation biblique, il n'était pas en train de jeter son pain à la surface des eaux.

– Parce qu'il détestait Mundt à ce point-là ? Mundt, l'ex-nazi qui ne s'était jamais vraiment repenti ?

– Ça aurait pu être un motif. Sans doute combiné avec sa désillusion quant à la démocratie, ou plutôt l'absence de démocratie, pratiquée par la RDA. Le sentiment que son dieu communiste l'avait peut-être abandonné est devenu une certitude. En Hongrie, il y avait eu un début de contre-révolution que les Soviétiques avaient réprimé assez violemment.

– Merci, je ne l'ignorais pas. »

Évidemment que non. Elle est l'Histoire.

Deux jeunes échevelés apparaissent dans l'encadrement de la porte, un mâle et une femelle. Ma première pensée est qu'ils ont dû passer par l'entrée de derrière, qui n'a pas de sonnette ; et ma deuxième (un peu farfelue, je le reconnais) est qu'il s'agit de Karen, fille d'Elizabeth, et de son codemandeur Christoph, fils d'Alec, venus effectuer une arrestation citoyenne. Laura se hisse sur le marchepied pour plus d'autorité.

« Nelson, Pepsi, dites bonjour à Pete, ordonne-t-elle.

– Bonjour, Pete.

– Bonjour, Pete.

– Bonjour.

– Bon, tout le monde m'écoute. La maison où vous vous trouvez sera dorénavant traitée comme une scène de crime. Par ailleurs, ce sont des locaux du Cirque, y compris le jardin. Le moindre bout de papier, le moindre dossier, les détritus, tout ce qui se trouve sur les murs en termes de diagrammes ou pêle-mêle, tout ce qu'il y a dans les tiroirs et sur les étagères est la propriété du Cirque et peut servir de preuve devant la justice. Tout doit donc être copié, photographié et inventorié. D'accord ? »

Personne ne la contredit.

« Pete ici présent est notre *lecteur*. Pour sa lecture, Pete sera installé ici dans la bibliothèque. Pete va lire, il sera briefé et débriefé par le chef du Juridique et par moi-même. Point barre. Vos conversations avec Pete se limiteront au strict nécessaire, OK ? Elles seront courtoises. À aucun moment elles n'aborderont le matériau qu'il est en train de lire ni les motifs pour lesquels il est en train de le lire. Vous le savez déjà tous les deux, mais je le répète maintenant pour en informer Pete. Si l'un ou l'autre a une raison de penser que Pete ou Millie, par erreur ou délibérément, essaie de soustraire des documents ou des pièces à conviction des locaux du Cirque, vous en notifierez immédiatement le Juridique. Millie ? »

Pas de réponse, mais elle est toujours devant la porte.

« Vos quartiers, votre appartement, plutôt, a-t-il jamais été utilisé ou est-il actuellement utilisé pour des tâches afférentes au Service, quelles qu'elles soient ?

– Pas que je sache.

– Vos quartiers contiennent-ils de l'équipement du Service ? Des appareils photo ? Des micros ? Du matériel pour écriture secrète ? Des dossiers ? Des papiers ? De la correspondance officielle ?

– Non.

– Une machine à écrire ?

– La mienne. Achetée par mes soins sur mes propres deniers.

– Électronique ?

– Non, une Remington classique.

– Une radio ?

– Un transistor. Le mien. Acheté par mes soins.

– Un magnétophone ?

– Pour le transistor. Acheté par mes soins.

– Un ordinateur ? Un iPad ? Un smartphone ?

– Un téléphone classique, c'est tout.

– Millie, vous venez d'avoir votre notification préalable. La confirmation écrite est au courrier. Pepsi, vous voudrez bien accompagner Millie à son appartement sur-le-champ. Millie, veuillez fournir à Pepsi toute l'assistance qu'elle vous demandera. Je veux que cet endroit soit passé au peigne fin. Pete ?

– Oui, Laura ?

– Comment est-ce que j'identifie les volumes actifs sur ces étagères ?

– Tous les in-quarto de l'étagère du haut dont le nom de l'auteur commence par les lettres A à R devraient contenir des documents, s'ils n'ont pas été détruits.

– Nelson, vous restez ici dans la bibliothèque jusqu'à ce que l'équipe arrive. Millie ?

– Quoi encore ?

– La bicyclette dans l'entrée. Veuillez la déplacer. Elle gêne. »

*

Assis dans la Pièce du Milieu, Laura et moi nous retrouvons seuls pour la première fois. Elle m'a proposé le fauteuil de Control. Je préfère celui de Smiley. Elle s'approprie celui de Control et s'y vautre sur le flanc, soit pour se détendre soit pour m'impressionner.

« Je suis avocate, OK ? Et je suis une avocate de première bourre. J'ai commencé en cabinet, ensuite j'ai travaillé en entreprise, et puis j'en ai eu plein le cul et j'ai candidaté pour entrer chez vous. J'étais jeune et belle alors ils m'ont filé l'Histoire. Depuis, je suis l'Histoire. Dès que le passé menace de rattraper le Service, hop, on appelle Laura. Et croyez-moi, Windfall a l'air d'avoir une sacrée foulée.

– Voilà qui doit vous réjouir. »

Si elle remarque l'ironie dans ma voix, elle ne relève pas.

« Et ce que nous voulons de vous, excusez le cliché éculé, c'est la vérité et rien que la vérité, et merde à votre fidélité à Smiley ou à d'autres, OK ? »

Non, pas OK du tout, mais pourquoi se donner la peine de le signaler ?

« Une fois que nous aurons la vérité, nous saurons la manipuler. Peut-être aussi en votre faveur, quand nos intérêts coïncideront. Mon boulot, c'est de détourner la merde avant qu'elle atteigne le ventilo. C'est ce que vous voulez aussi, non ? Pas de scandales, même s'ils remontent à Mathusalem. Ça perturbe, ça entraîne des comparaisons désagréables avec le présent. Un Service fonctionne sur sa réputation, sur sa bonne gueule. La *rendition*, l'extorsion des aveux, faire ami-ami avec des psychopathes assassins dans la salle des tortures : c'est mauvais pour l'image publique, mauvais pour les affaires. Donc on est dans le même camp, OK ? »

Là encore, j'arrive à ne rien dire.

« Alors la mauvaise nouvelle, c'est que ce ne sont pas seulement les rejetons des victimes de Windfall qui veulent notre peau. Bunny vous a ménagé, dans sa grande bonté. Il y a toute une bande de députés qui cherchent à faire le buzz et qui ont l'intention d'utiliser Windfall comme exemple de ce qui se passe quand on laisse la société de surveillance partir en vrille. Ils ne peuvent pas mettre la main sur les vrais dossiers, donc on leur file les historiques. Je vous préviens, Pete, dit-elle en s'agaçant de mon silence. Si nous n'avons pas votre coopération totale, toute cette affaire pourrait.. »

Elle attend que je finisse sa phrase. Je la laisse attendre.

« Et vous n'avez vraiment aucune nouvelle de lui ? » finit-elle par dire.

Il me faut un moment pour me rendre compte que je suis assis dans son fauteuil.

« Non, Laura, une fois de plus : je n'ai pas de nouvelles de George Smiley. »

Elle se recule sur son siège et sort une enveloppe de sa poche arrière. Pendant un instant de folie, je me dis que c'est une lettre de George. Tapée à la machine. Pas de filigrane dans le papier. Jamais de lettre manuscrite.

Un logement temporaire vous a été attribué à compter de ce jour. Appartement 110B, Hood House, Dolphin Square, Londres SW. Veuillez respecter les conditions suivantes.

Pas d'animal de compagnie. Pas de tiers sans autorisation. Je dois être présent et disponible dans le logement entre 22 heures et 7 heures, ou bien fournir au préalable au Service juridique une notification d'absence. Au vu de mon statut (non précisé), un tarif préférentiel de location de cinquante livres par nuit sera déduit de ma pension. Pas de frais supplémentaires pour le chauffage ou l'électricité, mais je serai tenu responsable de toute perte ou dommage à la propriété.

Le jeune échevelé prénommé Nelson passe la tête par la porte.

« La camionnette est arrivée, Laura. »

La mise à sac des Écuries est sur le point de débuter.

5

Le crépuscule tombe. Une soirée d'automne, mais d'une chaleur estivale pour l'Angleterre. Ma première journée aux Écuries a fini par s'achever. Je marche un moment, je bois un scotch dans un pub rempli de jeunes gens bruyants, je prends un bus jusqu'à Pimlico, je descends quelques arrêts avant le mien et je marche encore. Bientôt la masse éclairée de Dolphin Square troue le brouillard devant moi. Depuis le jour où j'ai fait allégeance au drapeau secret, cet endroit me fout les jetons. Dolphin Square, de mon temps, comptait plus d'appartements sûrs au mètre carré que n'importe quel autre bâtiment sur la planète, et il n'y en a pas un où je n'aie briefé ou débriefé quelque malheureux *Joe*. C'est aussi là qu'Alec Leamas a passé sa dernière nuit en Angleterre en tant qu'invité de son recruteur de Moscou avant de partir pour le voyage dont il ne reviendrait jamais.

L'appartement 110B de Hood House ne fait rien pour chasser son fantôme. Les planques du Cirque ont toujours été des modèles d'inconfort organisé. Celle-ci ne déroge pas à la règle : un extincteur rouge taille XXL, deux fauteuils massifs aux ressorts disparus, une aquarelle du lac Windermere, un minibar (verrouillé), une notice imprimée interdisant de fumer MÊME LA FENÊTRE OUVERTE, un gigantesque écran de télé dont je devine instinctivement qu'il est sans tain, et un vieux téléphone noir sans indication de numéro, à n'utiliser, en ce qui me concerne, qu'à des fins de désinformation. Et dans la minuscule chambre, un lit une place de pensionnat dur comme du fer afin de décourager la débauche.

Je referme la porte de la chambre pour échapper à l'œil du téléviseur, je déballe mon sac et je cherche un endroit où cacher mon passeport français. Un panneau CONSIGNES EN CAS D'INCENDIE est accroché à la porte de la salle de bains. Je desserre un peu les vis mal ajustées, glisse le passeport dans l'interstice, les resserre, puis descends dévorer un hamburger. Une fois rentré, je m'accorde une généreuse rasade de scotch et j'essaie de me relaxer dans le fauteuil austère. Mais à peine me suis-je assoupi que je me réveille, complètement sobre, cette fois dans le Berlin-Ouest de l'an de grâce 1957.

*

C'est un vendredi en fin d'après-midi.

Je suis dans la ville divisée depuis une semaine, et je me prépare à un week-end charnel en compagnie d'une journaliste suédoise prénommée Dagmar dont je suis tombé passionnément amoureux en l'espace de trois minutes lors d'un cocktail offert par notre haut-commissaire britannique, qui fait aussi office d'ambassadeur de Grande-Bretagne auprès du gouvernement ouest-allemand éternellement provisoire de Bonn. Je dois la retrouver dans deux heures, mais avant j'ai décidé de passer à notre Station de Berlin pour saluer mon vieux pote Alec.

Sise dans le complexe olympique de Berlin, où elle occupe une caserne de brique rouge fort bruyante construite à la gloire d'Hitler et jadis connue sous le nom de Maison des Sports allemands, la Station s'apprête à fermer pour le week-end. Je trouve Alec dans la queue qui s'étire devant le guichet à barreaux de l'Enregistrement, patientant pour remettre un plateau rempli de documents classés. Il ne m'attend pas, mais plus grand-chose ne le surprend maintenant, donc je dis Alec, salut, c'est chouette de te voir, et Alec répond ah bonjour, Peter, c'est toi, qu'est-ce que tu fiches donc là ? Ensuite, après une hésitation qui ne lui ressemble pas, il me demande si j'ai des projets pour ce week-end. Je réponds que oui, en l'occurrence. Ce à quoi il dit que c'est dommage, je me disais que tu aurais pu venir avec moi à Düsseldorf. Et moi je dis mais pourquoi donc Düsseldorf et il me refait le coup de l'hésitation.

« J'ai juste besoin de me tirer un peu de Berlin, pour une fois », reprend-il avec un haussement d'épaules qui se veut nonchalant.

Et parce qu'il semble savoir que jamais au grand jamais je ne l'imaginerais faire du tourisme, il ajoute : « Il faut que j'aille voir un type à propos d'un chien », entendant par là qu'il doit s'occuper d'un *Joe* et que je pourrais lui être utile comme renfort ou soutien ou quoi qu'est-ce. Mais ce n'est pas une raison pour poser un lapin à Dagmar.

« Désolé, Alec, ce n'est pas possible. Une dame scandinave requiert toute mon attention, et moi la sienne. »

Il réfléchit un instant, mais avec une expression que je ne lui connais pas. Comme s'il était blessé, ou perplexe. Un employé de l'Enregistrement lui fait un signe impatient de l'autre côté de la grille. Alec lui tend ses documents. L'employé les consigne.

« Une femme, ce serait bien, dit Alec sans me regarder.

– Même une femme qui pense que je suis employé au ministère du Travail et que je cherche à repérer des talents scientifiques allemands ? Tu perds la boule !

– Amène-la, elle ne risque rien. »

Et quand on connaît Alec aussi bien que moi, c'est ce qui se rapproche le plus pour lui d'un appel au secours. Au fil de toutes ces années où nous avons été compagnons de chasse, dans les pires et les meilleurs moments, je ne l'ai jamais vu désemparé jusqu'à aujourd'hui. Dagmar est partante, alors ce même soir nous embarquons tous les trois dans un avion pour Helmstedt, où nous récupérons une voiture, nous roulons jusqu'à Düsseldorf et prenons des chambres dans un hôtel qu'Alec connaît. Pendant le dîner, il parle à peine, mais Dagmar, qui se révèle être un bon petit soldat, tient le crachoir, après quoi nous allons nous coucher tôt pour profiter de notre nuit charnelle, qui nous comble l'un et l'autre. Le samedi matin, nous retrouvons Alec lors d'un petit-déjeuner tardif, et il nous dit qu'il a des tickets pour un match de football. Jamais de ma vie je ne l'ai entendu exprimer le moindre intérêt pour ce sport. Et là, il s'avère qu'il a quatre tickets.

« Qui est le quatrième ? je lui demande, m'imaginant qu'il a une blonde cachée qui n'est disponible que le samedi.

– Un môme que je connais. »

Nous montons dans la voiture, Dagmar et moi à l'arrière, et nous voilà partis. Alec s'arrête à un croisement. Un grand adolescent au visage sévère est debout en train d'attendre sous une enseigne Coca-Cola. Alec lui ouvre la portière passager, le gamin entre et Alec nous dit : « Je vous présente Christoph », alors nous disons « Bonjour, Christoph » et nous voilà repartis. Alec maîtrise aussi bien l'allemand que l'anglais, sinon mieux, et il parle dans cette langue à voix basse au jeune, qui répond par des grognements et fait oui ou non de la tête. Quel âge a-t-il ? Quatorze ans ? Dix-huit ans ? Quel que soit son âge, c'est le type même de l'adolescent allemand issu de la classe autoritariste : boudeur, boutonneux, obéissant à contrecœur. Il est blond, pâle, avec les épaules carrées, et pour un jeune il ne sourit pas beaucoup. Sur un gradin derrière la ligne de but, Alec et lui sont debout côte à côte, échangeant à l'occasion un mot que je ne saisis pas. Le garçon se contente de regarder sans applaudir, et à la mi-temps ils disparaissent tous les deux, j'imagine pour aller aux toilettes ou manger un hot-dog. Mais Alec revient seul.

« Où est Christoph ?

– Il a dû rentrer chez lui, réplique-t-il d'un ton bourru. Ordre de sa maman. »

Et rien de plus là-dessus de tout le week-end. Dagmar et moi passons d'autres moments agréables au lit, et ce que fabrique Alec, je n'en ai pas idée. Je suppose juste que Christoph est le fils de l'un de ses *Joes* et qu'il avait besoin d'être un peu sorti, parce que, avec les *Joes*, le plus important c'est de cultiver le bien-être et tout le reste passe après. C'est seulement quand je suis sur le point de rentrer à Londres, une fois Dagmar tranquillement repartie à Stockholm auprès de son mari, un soir où Alec et moi sommes en train de boire un verre d'adieu dans l'un de ses repaires berlinois favoris, que je lui demande l'air de rien « Comment va Christoph ? » parce que le gamin m'avait semblé un peu paumé, un peu grognon. Je crois même que je lui fais une remarque en ce sens.

Au début, je pense qu'il va me gratifier d'un nouveau silence bizarre, parce qu'il se détourne de moi pour que je ne voie pas son visage.

« Je suis son père, bordel de merde ! »

Puis par petites bribes réticentes, souvent sans verbe, et sans même prendre la peine de me dire de le garder pour moi parce qu'il sait pouvoir compter sur mon silence, il me raconte l'histoire, ou du moins ce qu'il veut bien m'en dire : une Allemande qu'il a utilisée comme courrier quand il était basé à Berne et qu'elle habitait à Düsseldorf, brave fille, bons copains, une aventure. Elle a voulu que je l'épouse. J'ai dit non, elle s'est mariée avec un avocat du coin. L'avocat a adopté le moutard, la seule chose correcte qu'il ait jamais faite. Elle me laisse le voir de temps en temps. Elle ne peut pas l'avouer à son enfoiré de mari, sinon il la tabasserait.

Dernière image que je revois aujourd'hui, alors que je me lève de mon fauteuil austère : Alec et le jeune Christoph, debout l'un à côté de l'autre, qui regardent le match sans enthousiasme. Cette même expression sur les deux visages, cette même mâchoire d'Irlandais.

*

À un moment de la nuit, j'ai dû m'endormir, mais je ne m'en souviens pas. À Dolphin Square, il est 6 heures du matin ; en Bretagne il est 7 heures. Catherine doit être levée. Si j'étais à la maison, moi aussi je serais levé, car Isabelle commence à chanter dès que Chevalier, notre coq en chef, s'y met. La voix d'Isabelle porte à travers la cour depuis le cottage de Catherine parce que Isabelle laisse la fenêtre de sa chambre ouverte à toute heure, quel que soit le temps. Elles auront donné leur petit-déjeuner aux chèvres, et Catherine sera en train de donner le sien à Isabelle, sans doute en la pourchassant avec une cuiller de yaourt. Et les poules, sous le commandement fantoche de Chevalier, se comporteront globalement comme si le monde arrivait à sa fin.

Tandis que je visualise cette scène, il me vient à l'esprit que si j'appelle la maison principale et que Catherine se trouve à passer par là et a les clés sur elle, elle entendra peut-être la sonnerie et viendra répondre. Alors je tente le coup à tout hasard, en utilisant un de mes portables prépayés parce qu'il n'est pas question que Bunny soit à l'écoute. Il n'y a pas de répondeur à la ferme, donc je laisse sonner quelques minutes et je suis sur le point d'abandonner tout espoir quand j'entends la voix de Catherine, qui, en bonne Bretonne, paraît parfois un peu plus sévère qu'elle n'en a l'intention.

« Ça va, Pierre ?

— Très bien, Catherine, et toi ?

— Tu as pu faire tes adieux à ton ami décédé ?

— Pas encore, dans deux jours.

— Tu vas prononcer un grand discours ?

— Un discours fleuve.

— Tu as le trac ?

— Je suis terrorisé. Comment va Isabelle ?

L'HÉRITAGE DES ESPIONS

– Très bien. Elle n'a pas changé en ton absence, dit-elle, et je commence à percevoir une pointe d'agacement, voire plus, dans sa voix. Un ami est venu te rendre visite hier. Tu attendais quelqu'un, Pierre ?

– Non. Quel genre d'ami ? »

Mais, comme tout bon interrogateur, Catherine sait doser ses réponses.

« Je lui ai dit non, Pierre n'est pas là, Pierre est à Londres, il joue les bons Samaritains, quelqu'un est mort, il est allé réconforter les gens endeuillés.

– Mais c'était qui, Catherine ?

– Il ne souriait pas. Il n'était pas poli. Il était insistant.

– Tu veux dire qu'il t'a fait du plat ?

– Il a demandé qui était mort. J'ai dit que je n'en savais rien. Il a demandé pourquoi je n'en savais rien. J'ai répondu parce que Pierre ne me dit pas tout. Il a ri. Il a dit peut-être qu'à l'âge de Pierre, tous ses amis sont en train de mourir. Il a demandé c'était soudain ? C'était une femme, un homme ? Il a demandé si tu étais descendu dans un hôtel à Londres. Lequel ? Quelle adresse ? Quel nom ? J'ai dit que je ne savais pas, que j'étais occupée, que j'ai une fille à élever et une ferme à gérer.

– Il était français ?

– Peut-être allemand. Ou américain.

– Il est venu en voiture ?

– En taxi, depuis la gare. Avec Gascon. D'abord vous me payez qu'il lui a dit, Gascon, sinon je vous amène pas.

– Il ressemblait à quoi ?

– Il n'était pas agréable, Pierre. *Farouche**. Une carrure de boxeur. Beaucoup de bagues aux doigts.

– Quel âge ?

– Cinquante, peut-être soixante. Je ne lui ai pas compté les dents. Peut-être plus, encore.

– Il t'a dit son nom ?

« – Il a dit que ce n'était pas nécessaire, que vous étiez de vieux amis, que vous regardiez le foot ensemble. »

Je reste figé, je respire à peine. Je me dis que je devrais sortir du lit, mais je n'en ai pas le courage. Comment diable Christoph, fils d'Alec, plaignant, voleur de dossiers classés de la Stasi, criminel au casier long comme le bras, a-t-il pu trouver son chemin jusqu'en Bretagne ?

La ferme des Deux-Églises m'a été léguée par ma mère et porte encore son nom de jeune fille. Il n'y a pas de Pierre Guillam dans le bottin. Bunny aurait-il transmis mon adresse à Christoph, pour des raisons mystérieuses qui lui sont propres ? Mais à quelle fin ?

Et puis je me rappelle mon pèlerinage à moto jusqu'à un cimetière berlinois battu par la pluie, une journée d'hiver noire comme la poix en 1989, et tout devient clair.

*

Le mur de Berlin est tombé voici un mois. L'Allemagne est aux anges, notre village en Bretagne juste un peu moins. Et je semble osciller entre les deux, un instant ravi qu'une sorte de paix ait pu naître, l'instant d'après en pleine introspection au souvenir de tout ce que nous avons fait et des sacrifices auxquels nous avons consenti, notamment ceux des vies d'autrui, durant ces longues années où nous pensions que le Mur serait là pour toujours.

C'est dans cette humeur mi-figue mi-raisin que je me débats avec la déclaration d'impôts de la ferme dans le bureau des Deux-Églises quand Denis, notre nouveau jeune facteur que ne gratifie pas encore un « Monsieur » et encore moins un « Mongénéral », arrive non pas dans une fourgonnette jaune mais sur un vélo et remet une lettre, non pas à moi mais au vieil Antoine, vétéran de guerre unijambiste qui, comme à son habitude, traîne dans la cour avec une fourche dans les mains et rien de particulier à faire.

Ayant examiné le recto et le verso de l'enveloppe et finalement daigné me la remettre, Antoine clopine jusqu'à la porte, me tend la lettre, puis se recule pour me dévisager tandis que j'en prends connaissance.

> Mürren, Suisse
>
> Cher Peter,
>
> J'ai pensé que vous aimeriez savoir que les cendres
> de notre ami Alec ont récemment rejoint leur
> dernière demeure à Berlin, près de l'endroit où il est
> décédé. Apparemment, il était d'usage que le corps
> des personnes abattues devant le Mur soit incinéré
> en secret et les cendres dispersées, mais grâce à des
> dossiers de la Stasi méticuleusement tenus, il apparaît
> que des mesures exceptionnelles ont été prises dans
> le cas d'Alec. Ses restes ont refait surface et on lui a
> donné des funérailles dignes de ce nom, même si ce
> fut à retardement.
>
> Bien à vous,
>
> George

Et sur une autre feuille de papier (les vieilles habitudes ont la vie dure), l'adresse d'un petit cimetière dans le quartier berlinois de Friedrichshain, officiellement réservé aux victimes de la guerre et de la tyrannie.

J'étais avec Diane en ce temps-là, encore une aventure qui touchait à sa fin. Je crois lui avoir dit qu'un ami était malade, ou bien qu'un ami était mort. J'ai sauté sur ma moto (à l'époque, je pouvais encore), j'ai roulé non-stop jusqu'à Berlin malgré la pire météo que j'aie jamais connue, je suis allé direct au cimetière et j'ai demandé à l'entrée où je pouvais trouver Alec. Une pluie drue, ininterrompue. Un vieil homme qui faisait fonction de sacristain m'a donné un parapluie et un plan et m'a indiqué du doigt une longue avenue d'arbres gris. Après avoir cherché un peu, j'ai trouvé une tombe récente avec une pierre tombale en marbre portant l'inscription ALEC JOHANNES LEAMAS, étrangement délavée par la pluie. Pas de date, pas de métier, un monticule de terre assez long pour marquer la présence d'un corps alors que seules des cendres avaient été enterrées. Pour la couverture ? Pendant toutes ces années que je t'ai connu, tu ne m'as jamais dit que ton deuxième prénom était Johannes. Classique. Je n'avais pas apporté de fleurs, pensant qu'il rirait de moi. Je suis resté là sous mon parapluie et j'ai eu une sorte de dialogue intérieur avec lui.

Alors que je remontais sur ma moto, le vieil homme m'a demandé si je voulais signer le registre de condoléances. Un registre de condoléances ? Il était de son devoir d'en tenir un, m'a-t-il expliqué. Ce n'était même pas un devoir, plutôt un service rendu aux disparus. J'ai dit pourquoi pas ? La première entrée était signée « GS », adresse : « Londres ». Dans la colonne des hommages, ce seul mot : « ami ». C'était donc George, pour autant qu'il veuille l'admettre. Sous le nom de George, une série de patronymes allemands qui ne me disaient rien, avec des hommages comme « Pour toujours dans nos mémoires », jusqu'à ce que nous arrivions au prénom « Christoph » tout court, sans nom de famille. Et dans la colonne hommages, l'unique mot « Sohn », fils. Et dans la colonne adresses : « Düsseldorf ».

Euphorie passagère liée à la chute du Mur et à la liberté retrouvée du monde ? J'en doute fort. Intime conviction d'avoir assez sacrifié au secret dans ma vie ? Envie de me dresser sous la pluie battante et de me ranger au nombre des *amis* d'Alec ? Quelle qu'en soit la raison, j'ai abandonné toute prudence : j'ai écrit mon vrai nom, ma véritable adresse en Bretagne et, dans la colonne des hommages, parce que je ne trouvais rien de mieux, « Pierrot », le surnom que me donnait Alec dans les rares moments où il était d'humeur affectueuse.

Et toi, Christoph, fils d'Alec, farouche compagnon de deuil, qu'as-tu fait ? Lors de l'une de tes visites ultérieures sur la tombe de ton père (je pars du principe que tu en as effectué quelques autres, ne serait-ce que pour effectuer des recherches), tu as jeté un nouveau coup d'œil dans le registre de condoléances et qu'y as-tu vu ? *Peter Guillam* et *Les Deux-Églises*, écrit là *en clair**, pas un nom de code, pas une adresse de couverture ou une maison sûre, non, juste moi, sans protection, et mon adresse. Et voilà comment tu as pu faire tout le trajet de Düsseldorf jusqu'en Bretagne.

Alors quelle sera la prochaine étape, Christoph, fils d'Alec ? Je réentends la voix mielleusement juridique de Bunny hier : *Christoph ne manque pas de qualités, Peter. C'est peut-être lié aux gènes.*

6

« Pete ici présent est notre *lecteur*, avait déclaré Laura à son public admiratif. Pour sa lecture, Pete sera installé ici dans la bibliothèque. »

Je me revois pendant les jours qui ont suivi, moins un « lecteur » qu'un senior en reprise d'études convoqué à un examen qu'il aurait dû passer une éternité plus tôt. À intervalles réguliers, l'étudiant sur le retour est sorti de la salle d'examen pour un oral devant des examinateurs dont la connaissance de son sujet est mystérieusement inégale, ce qui ne les empêche pas d'essayer de l'étriller. À intervalles réguliers, il est tellement consterné par les agissements de son moi plus jeune qu'il est sur le point de les nier en bloc, jusqu'à ce que les preuves le condamnent de sa propre bouche. Chaque matin à l'arrivée, on me fournit une pile de dossiers, dont certains que je connais, mais pas tous – ce n'est pas parce qu'on a volé un dossier qu'on l'a lu.

Le matin du deuxième jour, la bibliothèque reste fermée à tous les visiteurs. À entendre les bruits qui en proviennent et à voir les allers et retours de jeunes hommes et femmes en combinaison qu'on ne m'a pas présentés, je devine qu'ils ont pratiqué une fouille minutieuse toute la nuit. Puis, l'après-midi, un silence inquiétant. On m'a installé pour tout bureau une table à tréteaux qui trône tel un échafaud au centre de la pièce. Les étagères ont disparu, ne laissant sur le revêtement mural qu'une trace fantomatique, comme l'ombre projetée par des barreaux de prison.

« Quand vous arrivez à une rosette, vous arrêtez », m'ordonne Laura avant de partir.

Une rosette ? Elle veut dire les trombones à tête rose insérés çà et là dans les dossiers. Nelson prend place en silence sur sa chaise de surveillant et ouvre un gros livre de poche, la biographie de Tolstoï par Henri Troyat.

« Vous me faites signe si vous voulez une pause pipi, OK ? Mon père va pisser genre toutes les dix minutes.

– Pauvre homme.

– Mais n'emportez rien, c'est tout. »

Soirée étrange quand Laura, sans explication, remplace Nelson sur la chaise du surveillant et, m'ayant observé d'un œil morose pendant une bonne demi-heure, me dit :

« Et merde. Vous voulez me sortir pour un dîner gratos, Pete ?

– Là maintenant ?

– Là maintenant, ce soir. Qu'en pensez-vous ? »

Gratos pour qui ? Je me le demande en acquiesçant mollement par un haussement d'épaules. Gratos pour elle ? Pour moi ? Ou pour tous les deux, parce que la DG veut nous rapprocher ? Nous allons dans un restaurant grec plus loin dans la rue. Elle a réservé une table. Elle porte une jupe. C'est une table en coin, avec une bougie éteinte dans un photophore rouge. Je ne sais pas pourquoi cette image me frappe, mais c'est ainsi. Et le patron qui se penche au-dessus de nous pour allumer la bougie en me disant que j'ai la plus belle vue de la pièce, voulant dire Laura.

Nous buvons un ouzo, puis un autre. Sans eau, sans glace, une idée de Laura. Est-elle alcoolique ? Est-elle en train de draguer (à mon âge, doux Jésus !) ? Ou bien croit-elle que l'alcool va délier la langue du vieux schnock ? Et que dois-je penser du couple d'âge mûr tout à fait ordinaire assis à la table voisine et qui fait tant d'efforts pour ne pas nous regarder ?

Elle porte un dos-nu qui scintille à la lueur de la bougie et dont le décolleté a dérivé vers le sud. Nous commandons les mezze traditionnels, tarama, houmous, petite friture. Elle adore la moussaka alors va pour deux moussakas, et elle se lance dans un genre différent d'interrogatoire, du genre osé. Bon, Pete, c'est vraiment vrai ce que vous avez dit à Bunny, que Catherine et vous êtes juste amis ?

« Parce que franchement, Pete, avec votre tableau de chasse..., susurre-t-elle. Comment se fait-il que vous soyez en ménage avec une Française super canon que vous ne baisez même pas ? Sauf si vous êtes secrètement gay, bien sûr. C'est ce que pense Bunny. D'un autre côté, Bunny pense que tout le monde est gay. Donc il doit probablement l'être lui-même sans vouloir l'admettre. »

Je suis partagé entre l'envie de lui dire d'aller se faire voir et celle de découvrir ce qu'elle croit être en train de faire. Alors, je laisse passer.

« M'enfin, franchement, Pete, c'est dingue ! Ne me dites pas que vous avez retiré votre cavalerie de la charge, comme disait mon père. Un vieux tombeur de votre trempe, c'est juste pas possible. »

Malgré moi, je lui demande ce qui lui fait penser que Catherine est si canon. Elle me répond que, oh, son petit doigt le lui a dit. Nous buvons du rouge grec, noir comme de l'encre et au goût assorti. Elle se penche en avant pour me donner la vue exclusive de son décolleté.

« Alors, Pete, dites-moi tout, parole de scout, OK ? De toutes les femmes que vous avez sautées au fil des ans, vous mettriez laquelle en premier ? »

Son choix malheureux du verbe « mettre » la fait glousser de façon incontrôlable.

« Je vous retourne la question. »

Fin de la plaisanterie.

Je demande l'addition, et le couple à la table voisine en fait autant. Laura dit qu'elle va prendre le métro. Je dis que je vais marcher un peu. À ce jour, je ne sais absolument pas si elle avait pour mission de me faire sortir de ma coquille ou si son âme solitaire cherchait juste un peu de chaleur humaine.

*

Je suis le *lecteur*. La couverture beige du dossier que je suis en train de lire est vierge, hormis une référence de dossier écrite à la main, par qui, je ne sais pas, sans doute moi. La page de garde porte l'inscription TOP SECRET. NE PAS DIFFUSER, ce qui veut dire ne pas transmettre aux Américains, et il s'agit d'un rapport (« plaidoyer » serait un terme plus approprié) écrit du haut de son mètre quatre-vingt-dix par un certain Stavros de Jong, stagiaire dégingandé du Cirque âgé de vingt-cinq ans et diplômé de Cambridge. Stas pour les intimes est à six mois de sa titularisation. Il a été rattaché à la section Opérations clandestines de la Station de Berlin, dirigée par mon compagnon d'armes lors d'une série d'opérations avortées, le vétéran du terrain Alec Leamas.

Selon le protocole, Leamas, en tant que commandant local, est également de fait chef adjoint de la Station. En conséquence, le rapport de Stas lui est dûment adressé en cette qualité, pour transmission à son directeur des Opérations clandestines à Londres, c'est-à-dire George Smiley.

Rapport de S. de Jong à l'att. du CA Station de Berlin [Leamas], *cc : CPI* [Comité de pilotage interservices]

J'ai pour instruction de vous soumettre le rapport qui suit.

Le jour de l'An étant un jour férié, froid mais
ensoleillé, mon épouse Pippa et moi avons décidé
d'emmener nos enfants (Barney, trois ans, et Lucy,
cinq ans), chaudement vêtus, et notre Jack Russell
(Loftus) à Köpenick, dans Berlin-Est, pour un
pique-nique au bord du lac et une promenade dans
les bois environnants.

Notre voiture familiale est un break Volvo bleu avec
des plaques militaires britanniques qui nous permettent
de passer librement d'un secteur de Berlin à l'autre,
Köpenick étant un lieu où nous allons régulièrement
pique-niquer et que les enfants adorent.

Je me suis garé comme d'habitude près du mur
d'enceinte de la vieille brasserie abandonnée de
Köpenick. Il n'y avait aucune autre voiture en vue,
et au bord du lac seulement quelques pêcheurs qui
ne nous ont pas prêté attention. Nous sommes sortis
de la voiture et avons emporté notre panier à travers
les bois jusqu'à notre promontoire herbeux habituel
près du lac, et ensuite nous avons joué à cache-cache
sous les aboiements sonores de Loftus qui ont irrité
l'un des pêcheurs au point qu'il nous a insultés
par-dessus son épaule en affirmant que notre chien
avait effarouché les poissons.

Cet homme était un quinquagénaire décharné
aux cheveux grisonnants, et je serais capable de
le reconnaître si je le revoyais. Il portait une casquette
noire et une vieille capote de la Wehrmacht sans
insignes.

Il était alors 15 h 30, l'heure de la sieste pour
Barney. Nous avons rangé nos affaires et avons laissé
les enfants passer devant. Ils ont gambadé jusqu'à
la voiture en portant le panier à deux, et Loftus
les suivait en aboyant.

L'HÉRITAGE DES ESPIONS

En arrivant à la voiture, toutefois, ils ont lâché
le panier et sont revenus vers nous en courant,
paniqués, suivis par Loftus qui aboyait toujours,
pour nous apprendre que la portière côté conducteur
avait été ouverte par un voleur qui « a carrément pris
l'appareil photo de Papa », dixit Lucy.

La portière conducteur avait en effet été forcée et
la poignée cassée, mais le vieil appareil Kodak que
j'avais laissé par inadvertance dans la boîte à gants
n'avait pas été dérobé, pas plus que mon pardessus,
ni les courses faites au Naafi, que nous avions trouvé
ouvert un jour de l'An à notre grande surprise avant de
passer dans Berlin-Est.

Loin de commettre un vol, il est apparu que
le visiteur avait en fait déposé une boîte de tabac
Memphis près de mon appareil photo. À l'intérieur se
trouvait une petite cartouche en nickel que j'ai aussitôt
identifiée comme étant une boîte standard de microfilm
Minox.

Puisque c'était un jour férié et que j'ai récemment
suivi une formation en photographie opérationnelle,
j'ai estimé qu'il n'y avait à ce stade pas de raison
suffisante pour avertir l'officier de garde de la Station.
Dès mon retour chez moi, j'ai développé le film dans
notre salle de bains (qui n'a pas de fenêtre) en utilisant
l'équipement fourni par le Service.

À 21 heures, ayant examiné à la loupe une centaine
de clichés développés, j'ai averti le chef adjoint de
la Station [Leamas], qui m'a ordonné d'apporter au
plus vite le matériau au QG et de préparer un rapport
écrit, ce que j'ai dûment fait.

Avec le recul, je reconnais que j'aurais dû
remettre le film non développé directement à la
Station de Berlin pour qu'il soit traité par la section

photographique, et qu'il était risqué et potentiellement désastreux pour moi en tant que stagiaire d'effectuer le développement à mon domicile. J'aimerais néanmoins répéter pour ma défense que le 1er janvier était un jour férié et que je préférais éviter de mettre toute la Station sur le pied de guerre pour ce qui aurait pu être une fausse alerte, sans compter que j'avais validé ma formation en photographie opérationnelle à Sarratt avec la note maximale. Je regrette néanmoins sincèrement ma décision, et souhaite vous assurer que j'ai retenu la leçon.

S de J

Et au bas de la lettre, la note griffonnée d'une main furieuse par Alec à l'attention du directeur des Opérations clandestines, Smiley :

George, ce petit con a mis le Pilotage en copie avant qu'on ait pu l'en empêcher. Bravo l'éducation !
Je suggère que tu expliques à Alleline, Haydon, Esterhase, cet abruti de Bland & co. que c'était un coup dans l'eau : pas besoin de donner suite, matériau refourgué pas intéressant, etc.

Alec

Or Alec n'était pas du genre à se tourner les pouces, surtout quand sa carrière était en jeu. Son contrat avec le Cirque arrivait à échéance, il avait depuis longtemps passé l'âge d'être sur le terrain et ne nourrissait pas grand espoir de décrocher un boulot pépère dans un bureau à la Direction générale, ce qui explique le récit par un Smiley quelque peu méfiant de ce qu'Alec a fait ensuite :

Dir. OC Marylebone [Smiley] *à Control. Confidentiel et Personnel, E.V.*
Objet : AL, *Dir. OC Berlin.*

Et écrit à la main de la plume impeccable de George :

C, vous serez aussi surpris que je l'ai été d'apprendre que AL a débarqué sans prévenir à mon domicile de Chelsea à 22 h hier soir. Ann étant partie en cure de remise en forme, je me trouvais seul chez moi. Il puait l'alcool, ce qui n'est pas inhabituel, mais n'était pas ivre. Il a insisté pour que je débranche le téléphone du salon avant que nous discutions et pour que, malgré le temps toujours très froid, nous nous installions dans la véranda qui donne sur le jardin parce que « on peut pas mettre de micro dans les vitres ». Il m'a ensuite expliqué qu'il était venu de Berlin sur un vol régulier l'après-midi même pour ne pas apparaître sur la liste des vols de la RAF, qu'il soupçonne d'être systématiquement surveillée par le Comité de pilotage interservices. Pour la même raison, il ne fait plus confiance non plus aux messagers du Cirque.

Il voulait savoir si j'avais pu embrouiller le Pilotage, comme il l'avait demandé, concernant le matériau Köpenick. J'ai répondu que j'en avais bien l'impression, puisqu'il était notoire que la Station de Berlin se faisait constamment démarcher par des individus offrant des renseignements sans valeur.

Il a ensuite sorti de sa poche une feuille de papier pliée (cf. document joint), en m'expliquant qu'il s'agissait d'un résumé préparé par ses soins du matériau contenu dans les cassettes Köpenick, mais sans recoupement d'autres sources ouvertes ou secrètes.

Me viennent simultanément à l'esprit deux images : celle de George et Alec assis côte à côte dans la véranda frisquette de Bywater Street et celle d'Alec, seul, la veille au soir, courbé sur son antique Olivetti avec une bouteille de scotch, dans son bureau enfumé au sous-sol du complexe olympique de Berlin-Ouest. Le fruit de son labeur se trouve sous mes yeux – une feuille crasseuse tapée à la machine, maculée de blanco et protégée sous un plastique, dont voici le texte :

1. Minutes de la conférence du KGB sur les services de renseignement du bloc de l'Est, Prague, 21 déc. 1957.
2. Nom et rang des officiers locaux du KGB rattachés aux Directions de la Stasi, à la date du 5 juillet 1956.
3. Identité des principaux agents actuels de la Stasi en Afrique subsaharienne.
4. Nom, rang et nom de code de tous les officiers de la Stasi en cours de formation KGB en URSS.
5. Localisation de six nouvelles stations d'écoute secrètes soviétiques en RDA et en Pologne, à la date du 5 juillet 1956.

Je tourne une page, et j'en reviens au compte rendu manuscrit de Smiley à Control. Pas une rature.

Voici le reste de l'histoire d'Alec. Chaque semaine après
la révélation de De Jong, si c'était bien une révélation,
Alec réquisitionnait la Volvo familiale et le chien,
mettait 500 dollars dans la boîte à gants avec un cahier
de coloriage pour enfants dans lequel était inscrit le
numéro de sa ligne directe à la Station de Berlin, jetait
son matériel de pêche à l'arrière (j'ignorais qu'Alec

était pêcheur et j'ai tendance à en douter), roulait jusqu'à Köpenick et se garait au même endroit que de Jong exactement à la même heure. Avec le chien pour compagnon, il allait pêcher et attendait. La troisième semaine, bingo. Les 500 dollars avaient été remplacés par deux cassettes. Le cahier de coloriage dans lequel était inscrit le numéro de téléphone avait disparu.

Deux soirs plus tard, de retour à Berlin-Ouest, il a reçu un appel sur sa ligne directe de la part d'un homme qui a refusé de lui donner son nom, mais qui disait pêcher à Köpenick. Alec lui a dit de se présenter à une adresse du Kurfürstendamm à 19 h 20 le lendemain soir en tenant dans la main gauche le dernier numéro du *Spiegel*.

Le *treff* [= rendez-vous secret, terme emprunté au jargon de l'espionnage allemand par les agents en poste à Berlin] a eu lieu dans un minibus Volkswagen conduit par de Jong et a duré dix-huit minutes. MAYFLOWER, comme Alec l'a arbitrairement baptisé, a d'abord refusé de révéler son nom, insistant sur le fait que les cassettes ne venaient pas de lui mais de « quelqu'un à la Stasi » qu'il devait protéger. Son propre rôle se limitait à jouer les intermédiaires, répétait-il, sa motivation n'étant pas pécuniaire mais idéologique.

Alec n'a rien voulu entendre. Du matériau sans source livré par un intermédiaire anonyme, il y en avait pléthore, a-t-il expliqué, alors pas de deal possible. Finalement, et uniquement sur l'insistance d'Alec, nous prie-t-on de croire, Mayflower a sorti de sa poche une carte où figuraient le nom « Dr Karl Riemeck » et, comme adresse, l'hôpital de la Charité à Berlin-Est, ainsi qu'une adresse manuscrite à Köpenick au verso.

Alec est convaincu que Riemeck attendait de voir à qui il avait affaire avant de révéler son identité, et que, au bout de dix minutes, il avait mis de côté tous ses doutes. Mais n'oublions jamais qu'Alec est irlandais.

Voici donc les questions évidentes :

Même si le Dr Riemeck est bien qui il prétend être, qui est sa seconde main magique ?

Avons-nous affaire à un nouveau coup monté sophistiqué de la Stasi ?

Ou bien (même s'il m'en coûte de faire cette suggestion) avons-nous affaire à une tambouille maison préparée par Alec en personne ?

En conclusion :

Alec réclame à grands cris, je dois le dire, l'autorisation de faire passer Mayflower à l'étape suivante en lui évitant les habituelles enquêtes et vérifications d'antécédents qui, en l'état actuel des choses, ne pourraient pas se faire sans que le Comité de pilotage le sache et intervienne. Nous connaissons parfaitement tous les deux ses réserves, et je me permets de proposer que nous les partagions avec prudence.

Alec ne fait pas preuve d'une telle réserve concernant ses soupçons, en revanche. Hier soir, après trois scotches, il voyait en Connie Sachs l'agent double du Centre de Moscou infiltré au Cirque, ou à défaut Toby Esterhase. Sa théorie, fondée sur rien d'autre que son intuition stimulée par le whisky, était que ces deux-là avaient sombré dans une *folie à deux** de nature sexuelle et que les Russes, l'ayant découvert, les faisaient chanter. J'ai fini par arriver à le mettre au lit vers 2 heures du matin, pour le retrouver le lendemain dans la cuisine à 6 heures en train de se préparer des œufs au bacon.

Question : que faisons-nous ? Tout bien réfléchi, je pencherais pour le laisser avoir un nouveau contact avec son Mayflower (c'est-à-dire, concrètement, avec sa supposée et mystérieuse seconde main au sein de la Stasi) selon des modalités qu'il définira. Comme nous le savons tous les deux, ses jours sur le terrain sont comptés et il a tout lieu de vouloir les prolonger, mais nous savons également que la partie la plus difficile de notre travail est d'arriver à accorder notre confiance. En se basant sur son instinct et pas grand-chose d'autre, Alec se déclare fermement convaincu par les références de Mayflower. Cette histoire peut donc être le coup du siècle d'un vétéran aussi bien que la supplique d'un agent de terrain sur le retour qui fait face au terme naturel de sa carrière.

Je recommande respectueusement de lui donner le feu vert en étant au fait de tous ces éléments.

GS

Mais Control ne se laisse pas si facilement convaincre, cf. l'échange qui suit :

Control à GS : Très inquiet que Leamas la joue perso. Quid des recoupements ? On doit pouvoir tester les infos dans des secteurs qui, selon Leamas, ne sont pas contaminés, non ?

GS à Control : J'ai consulté les Aff. étr. et la Défense sous un faux prétexte. Les deux parlent en bien du matériau et n'y voient pas une fabrication. Mais de la petite bière en prélude à une grosse op. de désinformation est toujours possible.

Control à GS : Comprends pas pourquoi Leamas ne consulte pas son chef de Station de Berlin. Ce genre de manœuvres en sous-main, ça ne fait pas de bien au Service.

GS à Control : Malheureusement, Alec considère son chef de Station comme anti-OC et pro-Pilotage.

Control à GS : Je ne peux pas faire une charrette d'officiers de haut rang sur la foi d'une supposition non corroborée que l'un d'eux est une pomme pourrie.

GS à Control : Alec voit tout le Pilotage comme un verger pourri, hélas.

Control à GS : Alors peut-être que c'est lui qu'il faudrait élaguer.

L'item suivant rédigé par Alec est d'une tout autre nature : impeccablement tapé à la machine et dans un style bien plus soutenu que le sien. Je soupçonne d'emblée que l'amanuensis d'Alec est Stas de Jong, diplômé en langues étrangères avec mention très bien. Cette fois, c'est donc le géant d'un mètre quatre-vingt-dix que je vois courbé sur l'Olivetti dans le sous-sol enfumé de la Station de Berlin, tandis qu'Alec arpente la pièce en tirant sur une de ses immondes cigarettes russes tout en dictant de franches obscénités irlandaises que de Jong a la discrétion d'omettre.

CR de RV, 2 février 1959. Lieu : maison sûre K2 de Berlin. Présents : CA Station de Berlin Alec Leamas (PAUL) et Karl Riemeck (MAYFLOWER).
Source MAYFLOWER. Deuxième treff. Top secret et au-delà, personnel et privé de AL à Dir. OC Marylebone.

La source Mayflower, connue de l'élite de la RDA sous le surnom « docteur de Köpenick », d'après la pièce de Carl Zuckmayer au titre approchant,

est le médecin exclusif d'une coterie sélecte de
la *prominenz* de la Stasi et du SED [Parti socialiste
unifié (= communiste)] et de leur famille, dont
plusieurs résident à Köpenick dans les villas et
appartements en bordure de lac. Ses antécédents
d'homme de gauche sont impeccables. Son père
Manfred, communiste depuis le début des années 30,
a combattu au sein du Bataillon Thälmann pendant
la guerre civile espagnole. En 39-45, Mayflower a
servi de messager à son père, qui a été fusillé par
la Gestapo au camp de concentration de Buchenwald
en 1944. Manfred n'a donc pas vécu assez longtemps
pour voir l'avènement de la révolution en Allemagne
de l'Est, mais son fils Karl, pour l'amour de son père,
était résolu à en devenir un camarade zélé. Après
d'excellentes études secondaires, il a fait sa médecine
à Iéna et à Prague. Diplômé avec les félicitations du
jury. Non content de travailler de longues heures à
l'unique hôpital universitaire de Berlin-Est, il a ouvert
un dispensaire informel pour des patients choisis à
son domicile de Köpenick, qu'il partage avec sa mère
vieillissante, Helga.

Reconnu en tant que membre de l'élite de la RDA
du fait de sa filiation, Mayflower effectue également
des missions médicales de nature sensible. Si un
officiel haut placé du SED attrape une maladie
vénérienne lors d'une visite dans un pays lointain
et ne souhaite pas que ses supérieurs l'apprennent,
Mayflower lui fournit gentiment un faux diagnostic.
Même chose si un prisonnier de la Stasi meurt d'une
crise cardiaque pendant un interrogatoire mais que
le certificat de décès doit raconter une autre histoire.
Si un prisonnier de valeur aux yeux de la Stasi est
sur le point d'être soumis à un traitement violent,

Mayflower est sommé d'évaluer son état psychologique et physique pour définir son seuil de tolérance.

Toutes ces responsabilités lui ont valu le statut de *Geheime Mitarbeiter* (collaborateur secret), ou GM, qui le contraint à rencontrer chaque mois son officier traitant à la Stasi, un certain Urs ALBRECHT, « fonctionnaire sans grande imagination ». Mayflower affirme que les rapports qu'il envoie à Albrecht sont « parcellaires, en grande partie inventés, sans répercussion possible ». Albrecht, en retour, lui a dit qu'il était « un bon docteur mais un piètre espion ».

À titre exceptionnel, Mayflower s'est aussi vu accorder un sauf-conduit pour passer dans la « Petite Ville », c'est-à-dire le Majakowskiring de Berlin-Est, où de nombreux membres de l'élite de la RDA sont logés et strictement protégés du reste de la population par une unité spécialement formée, la brigade Dzerjinski. Bien que la « Petite Ville » jouisse de son propre centre de soins, sans parler de son magasin réservé, de sa maternelle, etc., Mayflower a le droit de pénétrer dans cette zone sacrée pour s'occuper de son illustre patientèle « privée ». Une fois passé le cordon, raconte-t-il, les règles de confidentialité s'assouplissent, les potins et les intrigues foisonnent, les langues se délient.

Motivation :

La motivation revendiquée par Mayflower est sa détestation du régime est-allemand, la trahison du rêve communiste de son père.

Offre de service :

Mayflower affirme que la source de seconde main TULIPE, une patiente travaillant à la Stasi, a non

> seulement servi de catalyseur à son autorecrutement,
> mais est aussi la source des microfilms qu'il a déposés
> à sa demande dans la Volvo de la famille de Jong.
> Il décrit Tulipe comme névrosée mais parfaitement
> sous contrôle, et hautement vulnérable. Il insiste sur
> le fait qu'elle est sa patiente et rien d'autre. Il répète
> que ni Tulipe ni lui ne demandent aucune rétribution
> financière.
> Une réinstallation à l'Ouest au cas où un accord
> serait conclu n'a pas encore été évoquée. Voir
> ci-dessous.

Mais ci-dessous, il n'y a rien à voir. Le lendemain, Smiley en personne prend l'avion pour Berlin afin de jauger ce Riemeck lui-même, et il m'ordonne de l'accompagner. Cela dit, Mayflower n'est pas la raison principale de notre voyage. Smiley trouve bien plus intéressants l'identité, le niveau d'habilitation et la motivation de la seconde main névrosée mais parfaitement sous contrôle qui porte le nom de code Tulipe.

Au beau milieu de la nuit, dans un Berlin-Ouest qui ne dort jamais et que balaient des vents glaciaux porteurs de neige, Alec Leamas et George Smiley sont cloîtrés avec leur nouveau prospect Karl Riemeck, alias Mayflower, autour d'une bouteille de Talisker, le whisky préféré d'Alec – une découverte pour Riemeck. Je suis assis à la droite de Smiley. La maison sûre K2 de Berlin se trouve au n° 28 de la Fasanenstrasse, noble et improbable survivante des bombardements alliés construite dans le style Biedermeier avec un porche à piliers, une fenêtre à encorbellement et une porte de derrière bien pratique qui donne sur la Uhlandstrasse. Quiconque l'a choisie avait un goût pour la nostalgie impériale et un bon œil opérationnel.

Certains visages, malgré tous leurs efforts, ne peuvent masquer le bon cœur de leur propriétaire, et celui de Riemeck est de ceux-là. Il perd ses cheveux, il porte des lunettes et il est indéniablement adorable. Sous l'air studieux du médecin, l'humanité transpire par tous les pores de sa peau.

En me remémorant aujourd'hui cette première rencontre, je dois me forcer à ne pas oublier qu'en 1959 il n'y avait rien d'extraordinaire à ce qu'un médecin de Berlin-Est passe à Berlin-Ouest. Beaucoup le faisaient et nombre d'entre eux ne revenaient jamais, ce qui est la raison pour laquelle le Mur a ensuite été construit.

La page de garde du dossier est tapée à la machine et ne porte pas de signature. Il ne s'agit pas d'un rapport officiel, et je suppose, sans pouvoir en être sûr, qu'il a été rédigé par Smiley et que, vu l'absence de mention d'un destinataire, il a écrit les faits pour les consigner, c'est-à-dire pour lui-même.

Quand on lui demande de retracer le parcours qui l'a mené à ce qu'il appelle la phase « chrysalide » de son opposition au régime de la RDA, Mayflower évoque le moment où les interrogateurs de la Stasi lui ont ordonné de préparer une femme à un « enfermement d'investigation ». Cette quinquagénaire est-allemande, soupçonnée de travailler pour la CIA, souffrait d'une forme intense de claustrophobie. L'isolement l'avait déjà rendue à moitié folle. Mayflower : « J'entends encore ses hurlements quand ils ont cloué le couvercle de la boîte. »

Marqué par cette expérience, Mayflower, qui affirme ne pas être porté à agir sur des coups de tête, a « réévalué sa situation sous tous les angles ». Il avait entendu de ses propres oreilles les mensonges du Parti, il en avait observé la corruption, les hypocrisies, les abus de pouvoir. Il avait « diagnostiqué les symptômes d'un État totalitaire se faisant passer pour son exact opposé ». Loin de la démocratie dont avait rêvé son père, l'Allemagne de l'Est était « un vassal soviétique régi comme un État policier ». Suite à cette prise de conscience, raconte-t-il, une seule option s'ouvrait au fils de Manfred : la résistance.

À l'origine, il pensait créer une cellule souterraine : il solliciterait tel ou tel de ses patients de l'élite ayant à l'occasion donné des signes d'insatisfaction par rapport au régime. Mais pour faire quoi ? Et pendant combien de temps ? Manfred, le père de Mayflower, avait été trahi par ses camarades. De ce point de vue, au moins, le fils ne se proposait pas de suivre les pas de son père. Alors, à qui faisait-il assez confiance, en toutes circonstances et par tous les temps ? Réponse : pas même à sa mère Helga, communiste convaincue contre vents et marées.

Très bien, raisonna-t-il, il resterait ce qu'il était déjà : « une cellule terroriste à un seul membre ». Il imiterait non pas son père mais un héros de son enfance, Georg Elser, l'homme qui, en 1939, sans même l'aide d'un complice ni d'un confident, avait fabriqué, caché et fait sauter une bombe dans la cave à bière munichoise où, quelques minutes plus tôt, le Führer avait harangué ses fidèles. Mayflower : « Seule sa chance de damné l'avait sauvé. »

Mais, raisonnait-il, la RDA n'était pas un régime qu'il pouvait faire sauter avec une seule bombe, pas plus que celui d'Hitler auparavant. Mayflower était médecin avant tout, or un organisme malade doit être traité de l'intérieur. La façon d'y parvenir apparaîtrait en temps et en heure. En attendant, il ne s'ouvrirait à personne, n'accorderait sa confiance à personne. Il serait lui tout

seul, se suffisant à lui-même, ne répondant qu'à
lui-même, « une armée secrète d'un seul homme ».

La « chrysalide » s'est ouverte d'un coup, assure-t-il,
quand, à 22 heures le 18 octobre 1958, une jeune femme
affolée qu'il ne connaissait pas est arrivée à bicyclette
à Köpenick, dans les faubourgs orientaux de Berlin,
et s'est présentée au dispensaire de Mayflower pour
demander un avortement.

À ce stade, le compte rendu de Smiley s'interrompt, et c'est
le Dr Riemeck qui nous parle directement. George avait dû
sentir que ce récit, malgré sa longueur interminable, était trop
précieux pour être résumé :

La camarade [effacé] est une femme très intelligente
et d'un charme indéniable, d'un abord cassant comme
le veulent les règles du Parti, très astucieuse, mais par
moments puérile et sans défense dans l'intimité d'une
consultation médicale. Même si je ne pose jamais de
diagnostic à l'emporte-pièce sur l'état mental d'un
patient, j'avancerais par hypothèse une forme de
schizophrénie sélective contrôlée par la force de sa
volonté. Le fait qu'elle soit par ailleurs une femme de
grand courage et de grands principes ne doit pas être
vu comme un paradoxe.
J'informe la camarade [effacé] qu'elle n'est
pas enceinte et qu'elle n'a donc pas besoin d'un
avortement. Elle me dit qu'elle est étonnée de
l'apprendre puisqu'elle a couché avec deux hommes
aussi répugnants l'un que l'autre pendant le même
cycle. Elle me demande si j'ai de l'alcool. Elle
m'assure ne pas être alcoolique, mais, ses deux amants
buvant beaucoup, elle a pris l'habitude. Je lui offre un
verre du cognac français que m'a donné un ministre

congolais de l'Agriculture en remerciement de mes services médicaux. L'ayant avalé d'un trait, elle m'interroge :

« Des amis m'ont dit que vous étiez un homme discret et correct. Ont-ils raison ?

– Quels amis ?

– Des amis secrets.

– Pourquoi ces amis doivent-ils rester secrets ?

– Parce qu'ils appartiennent aux Organes.

– Quels organes ? »

Je l'ai agacée. Elle me répond d'un ton sec.

« De la Stasi, camarade médecin, cela va sans dire. »

Je la mets en garde. Je suis peut-être médecin, mais j'ai un devoir envers l'État. Elle fait mine de ne pas m'entendre. Elle a le droit de choisir, affirme-t-elle. Dans une démocratie où tous les camarades sont égaux, elle peut choisir entre un enfoiré de mari sadique qui la tabasse et refuse de reconnaître son homosexualité et un gros porc de patron quinquagénaire qui considère de son bon droit de la baiser à l'arrière de sa Volga de fonction dès que l'envie lui en prend.

Deux fois au cours de cette conversation elle a mentionné le nom d'Emmanuel Rapp, qu'elle appelle le Rappschwein. Je lui demande si ce Rapp a un lien avec la camarade Brigitte Rapp, qui tient à me consulter pour toute une série de maladies inexistantes. Oui, confirme-t-elle, Brigitte est bien le prénom de la femme du porc. Le lien est établi. Frau Brigitte Rapp m'a confié qu'elle était mariée à un haut fonctionnaire de la Stasi qui fait tout ce qui lui plaît. Cette femme très en colère devant moi est donc la secrétaire personnelle (et la maîtresse cachée, à l'en croire) d'Emmanuel Rapp. Elle dit avoir envisagé de verser de l'arsenic dans le café de son patron. Elle dit avoir caché un couteau sous son lit pour la prochaine fois où son mari homosexuel la violentera. Je lui fais comprendre que ces projets délirants sont dangereux et qu'elle doit y renoncer.

Je lui demande si elle tient ce genre de propos séditieux devant son mari ou ses collègues. Elle m'assure en riant que tel n'est pas le cas. Elle a trois visages, me dit-elle – et elle s'estime bien lotie parce que, en RDA, la plupart des gens en ont cinq ou six : « Au travail, je suis une camarade dévouée et efficace, je suis toujours bien habillée et bien coiffée, surtout pour les réunions, et je suis également l'esclave sexuelle d'un porc notoire. À la maison, je suis l'objet de haine d'un *warmer Bruder* (homosexuel) sadique de plus de dix ans mon aîné dont le seul but dans la vie est de devenir membre de l'élite de Majakowskiring et de coucher avec de jeunes éphèbes. » Sa troisième identité est celle que j'ai devant moi en ce moment : une femme qui déteste tous les aspects de la vie en RDA à l'unique exception de son fils et qui a trouvé un réconfort secret en Dieu le Père et tous Ses saints. Je lui demande à qui elle s'est ouverte de cette troisième identité à part moi : à personne. Je lui demande si elle entend des voix. Elle n'en a pas conscience, mais si tel était le cas, ce serait la voix de Dieu. Je lui demande si elle est réellement tentée de se faire du mal, comme elle me l'a laissé entendre plus tôt. Elle me répond qu'elle a récemment eu envie de se jeter d'un pont mais qu'elle s'est retenue par amour pour son fils Gustav.

Je lui demande si elle a été tentée de commettre d'autres actes de vengeance ou démonstrations de force. Elle me répond qu'Emmanuel Rapp a oublié son pull sur son fauteuil un soir il n'y a pas

longtemps et qu'elle a pris une paire de ciseaux
pour le réduire en pièces avant de mettre les
morceaux dans un sac de détritus secrets destinés à
l'incinération. En arrivant le lendemain matin, Rapp
s'est plaint d'avoir perdu son pull, alors elle l'a aidé
à le chercher. Quand il en est arrivé à la conclusion
que quelqu'un le lui avait volé, elle lui a suggéré des
coupables potentiels.

Je lui demande si sa soif de vengeance envers le
camarade Rapp s'est calmée depuis. Elle me répond
que sa soif de vengeance est plus forte que jamais,
et que la seule chose qu'elle déteste plus que Rapp
est le système qui propulse des porcs comme lui à
des positions de pouvoir. Ses haines secrètes sont
inquiétantes, et il me semble assez miraculeux qu'elle
réussisse à les cacher aux regards toujours vigilants de
ses camarades de travail.

Je lui demande où elle habite. Elle me répond que
son mari et elle occupaient encore récemment un
appartement de style soviétique dans la Stalinallee,
où il n'y avait pas de protection particulière et d'où
elle pouvait se rendre à vélo au QG de la Stasi dans
la Magdalenenstrasse en moins de dix minutes.
Voici peu, grâce à un réseau homosexuel ou à
des pots-de-vin (elle l'ignore puisque son mari lui
cache tout sur l'argent que lui a laissé son père à sa
mort), ils ont emménagé dans une zone protégée de
Berlin Hohenschönhausen réservée aux officiels du
gouvernement et aux hauts fonctionnaires. Il y a des
lacs et une forêt, ce qu'elle adore, un terrain de jeux
pour son fils Gustav, et même un petit jardin privatif
avec un barbecue. En toute autre circonstance, la
maison aurait été idyllique, mais devoir la partager
avec son odieux mari est une triste blague. Férue

de cyclisme, elle prend toujours son vélo pour aller travailler, ce qui représente un trajet d'environ une demi-heure porte à porte.

Il est 1 heure du matin. Je lui demande ce qu'elle va dire à son mari Lothar quand elle va rentrer. Elle me répond qu'elle ne lui dira rien et ajoute les précisions suivantes :

« Quand mon cher Lothar n'est pas occupé à me violer ou à se saouler, il reste assis sur le bord du lit avec des papiers du ministère des Affaires étrangères de la RDA sur les genoux, à prendre des notes en grommelant comme un homme qui déteste le monde entier, et pas juste sa femme. »

Je lui demande si ce sont là des documents secrets qu'il rapporte. Elle me répond qu'ils sont extrêmement secrets, et qu'il les rapporte à la maison de façon illégale parce que, en plus d'être un pervers sexuel, il est d'une ambition maladive. Elle me demande si, la prochaine fois qu'elle viendra en consultation, je pourrais lui faire l'amour, au motif qu'elle n'a encore jamais fait l'amour avec un homme qui n'est ni un porc ni un violeur. Je crois qu'elle plaisante, mais je n'en suis pas sûr. Quoi qu'il en soit, je refuse en lui expliquant que j'ai pour principe de ne jamais coucher avec mes patientes. Je lui laisse l'éventuelle consolation de savoir que, si je n'étais pas son médecin, je coucherais avec elle. Alors qu'elle enfourche sa bicyclette pour repartir, elle m'informe qu'elle a remis sa vie entre mes mains. Je lui réponds que, en tant que médecin, je respecterai ses confidences. Elle me demande un autre rendez-vous. Je lui propose le jeudi suivant à 18 heures.

Submergé par un sentiment de révulsion intérieure, je me lève malgré moi.

« Vous savez où c'est, hein ? » me demande Nelson sans lever les yeux de son livre.

Je m'enferme aux toilettes et j'y reste aussi longtemps que je l'ose. Quand je reprends ma place à la table, Doris Gamp, alias Tulipe, est ponctuellement arrivée pour son deuxième rendez-vous, ayant fait tout le trajet jusqu'à Köpenick à vélo avec son fils Gustav dans un panier.

De nouveau Riemeck :

> Mère et fils sont joyeux et détendus. Il fait un temps
> superbe, le mari Lothar a été réquisitionné en dernière
> minute pour un séminaire à Varsovie, il ne rentrera pas
> avant deux jours, donc ils sont de fort bonne humeur.
> Demain ils iront à vélo chez sa sœur Lotte, « la seule
> autre personne au monde que j'aime », m'informe-t-elle
> gaiement. Je confie l'enfant à ma chère mère, qui regrette
> seulement qu'il ne soit pas le mien, et j'escorte la
> camarade [effacé] jusqu'à mon bureau en soupente
> où je mets un disque de Bach à plein volume sur le
> gramophone. Cérémonieusement, je dirais même avec
> componction, elle me tend une boîte de chocolats dont
> elle m'apprend qu'elle lui a été offerte par Emmanuel
> Rapp et me conseille de ne pas les manger tous d'un
> coup. En ouvrant la boîte, je constate qu'elle renferme
> deux cassettes de microfilms en lieu et place de
> chocolats belges. Je m'assois sur un tabouret à côté
> d'elle pour coller mon oreille à sa bouche et je lui
> demande ce qu'il y a dans ces microfilms. Elle me
> répond qu'il s'agit de documents secrets de la Stasi.
> Je lui demande comment elle les a obtenus et elle me
> répond qu'elle les a photographiés l'après-midi même
> avec le Minox d'Emmanuel Rapp après une relation

sexuelle particulièrement avilissante. L'acte était à
peine consommé que le Rappschwein s'est précipité
à une réunion dans le Bâtiment 2 pour laquelle il
était déjà en retard. Elle avait soif de vengeance, elle
se sentait pleine de courage. Les documents étaient
éparpillés sur le bureau de Rapp, son appareil Minox
se trouvait dans le tiroir où il le range toujours pendant
la journée.

« Les officiers de la Stasi sont censés respecter
les consignes de sécurité à tout instant, me dit-elle sur
le ton d'un apparatchik de la Stasi. Le Rappschwein est
tellement suffisant qu'il se croit supérieur au règlement
du Service. »

Et les cassettes ? Comment expliquera-t-elle leur
disparition ?

Le Rappschwein est un grand enfant, explique-t-elle,
ses caprices doivent être satisfaits sur-le-champ. Il est
totalement interdit, même pour les gradés, de conserver
dans leur coffre-fort personnel des équipements
spéciaux tels que des micro-caméras ou des appareils
d'enregistrement, mais Rapp ignore cet édit comme les
autres. En outre, dans sa précipitation quand il a quitté
la pièce, il a laissé la porte de son coffre entrouverte,
autre grossier manquement à la sécurité, ce qui a
permis à Tulipe d'éviter le problème de la serrure à
scellés.

Je lui demande ce qu'est une serrure à scellés. Elle
m'explique que, sur les coffres de la Stasi, il y a une
serrure très élaborée recouverte d'une couche de cire
molle. Après avoir refermé la porte, le propriétaire
en titre appose son empreinte personnelle dans la cire
en utilisant la clé que lui a fournie la Stasi et le sceau
[*Petschaft*] attaché qu'il garde sur lui en permanence.
Chaque *Petschaft* est une pièce unique numérotée et

fabriquée individuellement. Quant aux cassettes, Rapp en a par cartons de douze et il n'en vérifie jamais le nombre. Il se sert en fait de son Minox comme d'un joujou pour de nombreuses utilisations illicites et dissolues. Par exemple, il a essayé à maintes reprises de la persuader de poser nue pour lui, mais elle a toujours refusé. Il garde aussi dans son coffre des bouteilles de vodka et de slivovitz car il boit beaucoup, comme de nombreuses huiles de la Stasi, et quand il est saoul il parle inconsidérément. Je lui demande comment elle a réussi à sortir en cachette les microfilms du QG de la Stasi et elle me répond en gloussant qu'un médecin comme moi devrait pouvoir le deviner.

Néanmoins, souligne-t-elle, malgré l'obsession de la Stasi pour la sécurité interne, ceux qui ont les badges requis ne sont pas soumis à des fouilles au corps. Ainsi, la camarade [effacé] a un badge qui lui permet de circuler librement entre les Bâtiments 1 et 3 du complexe de la Stasi.

Je lui demande ce qu'elle attend de moi, maintenant qu'elle m'a compromis en me remettant les microfilms, et elle me répond que je serais gentil de les remettre au renseignement britannique. Je lui demande pourquoi pas le renseignement américain et elle s'offusque. Elle est communiste, l'Amérique impérialiste est son ennemie ! Nous redescendons au rez-de-chaussée, où Gustav joue aux dominos avec ma chère mère, qui nous dit que c'est un amour d'enfant et qu'il est très fort aux dominos et qu'elle voudrait le garder.

Le bras technique des Opérations clandestines, toujours à l'affût d'un prétexte pour entrer en jeu, intervient :

Tech. OC Berlin à l'att. de Dir. OC Berlin [Leamas].
Re : Votre agent MAYFLOWER

1. Vous signalez que son bureau en soupente à Köpenick est équipé d'une vieille radio. Les Tech. OC doivent-ils la transformer en enregistreur ?
2. Vous signalez qu'il possède un appareil reflex mono-objectif Exakta autorisé par la Stasi pour usage récréatif, ainsi qu'une lampe à U.V. pour usage thérapeutique et, datant de ses études, un microscope. Étant donné qu'il a déjà les composants de base, devrait-il recevoir une formation à la réalisation de micropoints ?
3. Köpenick est une zone rurale fortement boisée idéale pour dissimuler une radio ou autre matériel opérationnel. Une équipe sur place doit-elle faire une reconnaissance et un rapport ?
4. Les serrures à scellés. Pendant ses ébats avec Emmanuel Rapp, Tulipe pourrait-elle trouver l'occasion de prendre une empreinte de sa clé de coffre personnel et du sceau attaché [*Petschaft*] ? Les entrepôts techniques disposent d'une large gamme de dispositifs de camouflage à même de dissimuler des substances adaptées de type plasticine.

La révulsion intérieure revient. *Pendant ses ébats ?* Ce n'est pas Tulipe qui s'ébattait, c'était le Rappschwein, bande de salopards ! Tulipe s'y soumettait parce qu'elle savait que, sinon, elle se ferait virer pour une faute professionnelle imaginaire, ce

L'HÉRITAGE DES ESPIONS

qui empêcherait Gustav d'aller dans cette école d'élite dont elle rêvait pour lui. Certes, c'était une femme passionnée et facilement excitable, mais cela ne veut pas dire qu'elle s'ébattait, ni avec le Rappschwein ni avec son mari !

À Berlin, toutefois, Alec Leamas n'éprouve pas les mêmes scrupules :

Dir. OC Berlin [Leamas] *à l'att. de Dir. OC Marylebone* [Smiley]. *Lettre informelle, copie au dossier.*

Cher George,
    Comme sur des roulettes !
    Heureux de vous apprendre que l'empreinte du *Petschaft* et de la clé d'Emmanuel Rapp prise en cachette par la seconde main Tulipe a donné un fac-similé parfait avec des lettres et des chiffres nets. Par sécurité, les cow-boys de la technique lui conseillent de faire tourner très légèrement le *Petschaft* quand elle le retire de la cire. Alors hip hip hip !
    Bien à vous dans notre cause,

Alec

P.-S. : Ci-joint les IP de Tulipe, selon les normes de la DG, À L'ATT. EXCLUSIVE DES OC !!   AL

IP signifiant « Informations Personnelles ». IP signifiant l'abrégé de toute vie humaine pour laquelle le Service éprouve un intérêt passager. IP comme Insupportable Pénitence.

Nom complet de la source de seconde main : Doris Carlotta Gamp.
    Date et lieu de naissance : 21/10/1929, Leipzig.
    Diplômes : Licence des universités de Iéna et de Dresde en sciences sociales et politiques.

Une sœur, Lotte, institutrice à Potsdam, célibataire.
CV et autres informations personnelles : Recrutée
à 23 ans comme agent de classement administratif
au QG de la Stasi à Berlin-Est. Accès restreint à
« Confidentiel » ou moins. Au terme d'un essai de six
mois, accès relevé à « Secret ». Affectée à la section
J3, responsable du traitement et de l'évaluation des
rapports en provenance des Stations à l'étranger.

Au bout d'un an, noue une relation avec Lothar
Quinz (41 ans), étoile montante des Affaires étrangères
de RDA. Grossesse. Mariage civil.

Six mois après le mariage, Quinz née Gamp
accouche d'un fils qu'elle appelle Gustav, du nom de
son père. À l'insu de son mari, elle le fait baptiser
par un prêtre orthodoxe russe retraité et *starets* (saint
errant) de 87 ans, Raspoutine autoproclamé rattaché à
la caserne de l'Armée rouge à Karlshorst. Le contexte
de cette possible conversion à l'orthodoxie russe n'est
pas connu. Pour échapper à la surveillance de Quinz,
Gamp lui dit qu'elle rend visite à sa sœur à Potsdam et
va voir Raspoutine à vélo avec Gustav dans son panier.

10 juin 1957, après cinq ans à son poste,
nouvelle promotion, cette fois au poste d'assistante
d'Emmanuel Rapp, directeur des opérations à
l'étranger formé par le KGB.

Obligée de lui accorder des faveurs sexuelles pour
ne pas perdre sa protection. Quand elle s'en plaint
à son mari, il lui dit que la volonté d'un camarade
aussi puissant que Rapp doit être respectée. Elle pense
que c'est une attitude partagée par ses collègues de
la Stasi. Selon elle, ils sont au courant de la liaison
et du grossier manquement à la discipline de la Stasi
qu'elle constitue. Mais, étant donné tout le pouvoir

dont jouit Rapp, ils ont eux aussi peur d'en subir les conséquences s'ils la dénoncent.

Expérience opérationnelle à ce jour :
En entrant à la Stasi, a suivi le cours d'endoctrinement destiné à tous les employés subalternes. Contrairement à la plupart de ses collègues, a une bonne maîtrise du russe écrit et oral. Sélectionnée pour suivre une formation complémentaire en techniques de dissimulation,
rendez-vous clandestins, recrutement et désinformation + écriture secrète (carbone et fluides), photo clandestine (microfilms, micropoints), surveillance, contre-surveillance, transmissions radio de base.
Notes bonnes à excellentes.

En tant qu'assistante personnelle et « fille en or » de Rapp (l'expression est de lui), Tulipe le suit régulièrement à Prague, Budapest et Gdansk quand il assiste à des séminaires sur le renseignement pour les services de liaison du bloc de l'Est organisés par le KGB. Deux fois employée comme sténographe officielle lors de ces séminaires. Malgré l'antipathie qu'elle éprouve pour Rapp, rêve de l'accompagner à Moscou pour voir la place Rouge de nuit.

Conclusions de l'officier traitant :
Dir. OC Berlin à Dir. OC Marylebone [nul doute avec l'assistance de Stas de Jong]
Les relations de la seconde main Tulipe avec notre Service se font exclusivement par l'intermédiaire de Mayflower. Il est son médecin, son officier traitant, son confident, son confesseur personnel et son meilleur ami (dans l'ordre). Nous avons donc une fille exclusive tombée sous le charme de notre agent principal, et

à mon avis les choses doivent rester ainsi. Comme vous le savez, nous lui avons récemment fourni son Minox, fixé dans le fermoir de son sac à main, et des cassettes dans la base d'une boîte de talc, sans compter le double de la clé et du *Petschaft* pour la serrure à scellés du coffre de Rapp.

Il est donc rassurant que Mayflower nous rapporte que Tulipe ne présente aucun signe inquiétant de stress. Au contraire, selon lui, elle n'a jamais eu meilleur moral, elle semble se repaître du danger, et la seule inquiétude de Mayflower est qu'elle ne devienne trop confiante et ne prenne des risques inutiles. Aussi longtemps qu'ils pourront se rencontrer naturellement à Berlin sous couverture médicale, il n'a pas trop d'inquiétude.

En revanche, un problème opérationnel totalement différent se présente quand elle accompagne Rapp à des séminaires en dehors de la RDA. Puisque les boîtes aux lettres mortes ne permettent pas de répondre à des demandes ad hoc, les OC pourraient-elles mettre un facteur en stand-by pour assister Tulipe au pied levé dans les villes du bloc de l'Est hors Allemagne ?

Je tourne une page. Ma main ne tremble pas. Elle ne tremble jamais sous l'effet du stress. Ceci est un échange opérationnel normal entre le QG des OC et Berlin.

George Smiley à Alec Leamas à Berlin, note
personnelle manuscrite, copie au dossier :

Alec, en prévision du prochain séjour d'Emmanuel Rapp à Budapest, veuillez faire en sorte que la photo jointe de Peter Guillam, qui lui servira de facteur, soit montrée au plus vite à la seconde main Tulipe.

Bien à vous, G

George Smiley à Peter Guillam, note manuscrite, copie au dossier :

Peter, voici votre dame de Budapest. Étudiez-la bien !
Bon voyage*, G

« Z'avez dit quelque chose ? demande soudain Nelson en levant les yeux de son livre.
– Non, pourquoi ?
– Ah, ça devait être un bruit dans la rue, alors. »

Quand on examine le visage d'une inconnue pour des motifs opérationnels, les pensées charnelles sont suspendues. On ne cherche pas le charme, on se demande si elle aura les cheveux longs ou courts, teints ou pas, cachés sous un chapeau ou détachés, et ce que son visage offre en termes de traits distinctifs : large front, pommettes hautes, yeux grands ou petits, ronds ou enfoncés. Après le visage, on se concentre sur la silhouette, la taille, et à quoi ressemblera le corps s'il porte quelque chose de plus distinctif que le classique tailleur-pantalon du Parti avec des gros souliers à lacets. On ne cherche pas le sex-appeal, sauf s'il peut attirer l'œil d'un guetteur impressionnable. Mon seul souci, à ce stade, était de savoir comment la femme qui avait ce visage et ce corps se comporterait face à un facteur par une chaude journée d'été dans les rues étroitement surveillées de Budapest.

La réponse en un mot : impeccablement. Talentueuse, habile, anonyme, déterminée. Et moi, en tant que facteur, aussi. Une journée ensoleillée, une rue animée, deux étrangers qui avancent l'un vers l'autre et sont sur le point de se rentrer dedans, j'oblique à gauche, elle à droite, contact momentané. Je grommelle des excuses, elle les ignore et continue son chemin. Je repars plus riche de deux cassettes de microfilms.

Le deuxième contact, dans la vieille ville de Varsovie quatre semaines plus tard, quoique plus délicat, se déroule également sans encombre, comme en témoigne mon rapport manuscrit à George avec copie à Alec :

PG à Dir. OC Marylebone, cc : AL à Berlin.
Objet : Treff à l'aveugle avec seconde main TULIPE

Comme la fois précédente, nous nous sommes repérés
de loin. Le contact corporel a été rapide et indétectable.
Je pense que pas même une surveillance rapprochée
n'aurait pu percevoir le moment du transfert.

Il était clair que Tulipe avait été très bien briefée
par Mayflower. Ma livraison subséquente au chef de
Station de Varsovie n'a présenté aucune difficulté.

PG

Et la réponse manuscrite de Smiley :

Encore une affaire rondement menée, Peter ! Bravo !

GS

Mais peut-être pas aussi rondement menée que Smiley le pense, ni si simplement que mon mémo manuscrit s'évertue à le faire croire.

116

*

Je suis un touriste français originaire de Bretagne qui voyage avec un groupe suisse. Mon passeport me décrit comme étant chef d'entreprise, mais, interrogé par mes compagnons de voyage, je me révèle être un humble VRP en engrais agricoles. Avec mon groupe, je visite les sites de la vieille ville magnifiquement restaurée de Varsovie. Une grande jeune femme en jean trop large et gilet écossais avance d'un pas énergique dans notre direction. Ses cheveux auburn, cachés par un béret la dernière fois, volent aujourd'hui au vent et ondulent au soleil à chaque pas. Elle porte un foulard vert. Pas de foulard aurait signifié pas de livraison. Je porte une casquette du Parti ornée d'une étoile rouge, achetée à un étal dans la rue. Si je range ma casquette dans ma poche, pas de livraison. La vieille ville grouille de groupes de touristes. Le nôtre est moins gérable que ne le souhaiterait notre guide polonaise, qu'ont déjà lâchée trois ou quatre d'entre nous qui discutent entre eux au lieu d'écouter ses explications sur la renaissance miraculeuse de la ville après les bombardements nazis. Une statue de bronze m'a attiré l'œil. Et elle a aussi attiré l'œil de Tulipe, puisque c'est ainsi que notre rencontre a été chorégraphiée. Nous ne sommes pas censés ralentir. Le secret, c'est la nonchalance, sauf que point trop n'en faut. Pas de contact visuel, mais rien de trop étudié non plus dans la façon dont nous nous ignorons. Varsovie est une ville très surveillée, et les attractions touristiques arrivent en tête de liste.

Alors c'est quoi, ce déhanchement allègre qu'elle nous fait tout d'un coup, et cette lueur de bienvenue explicite dans les grands yeux en amande ? Pendant une courte seconde (mais moins courte que je ne l'aurais voulu), nos mains droites se rencontrent. Sauf que ses doigts, au lieu de me lâcher sitôt après avoir déposé leur contenu miniature, se lovent dans ma paume et auraient continué à s'y lover si je n'avais retiré ma main. Est-elle folle ? Suis-je fou ? Et c'est quoi ce petit sourire amical que j'ai aperçu ? Ou bien me fais-je des illusions ?

Nous poursuivons chacun notre chemin, elle vers son séminaire d'espiocrates du pacte de Varsovie, moi avec mon groupe vers un bar en sous-sol où il se trouve que le secrétaire culturel de l'ambassade britannique et son épouse se gobergent à une table en coin. Je commande une bière et je vais aux toilettes pour hommes. Le secrétaire culturel, qui a été mon contemporain à la Nursery de Sarratt dans une autre vie, me suit. La livraison est rapide et muette. Je rejoins mon groupe. Mais le contact des doigts de Tulipe est toujours sensible.

Et il l'est encore aujourd'hui, alors que je relis l'éloge écrit par Stas de Jong de la source de seconde main Tulipe, étoile la plus brillante au firmament du réseau Mayflower :

> Tulipe a été clairement informée du fait qu'elle
> travaille pour notre Service et que Mayflower est
> notre assistant officieux ainsi que son coupe-circuit.
> Elle a décidé qu'elle aimait l'Angleterre d'une
> passion inconditionnelle. Elle est particulièrement
> impressionnée par la qualité de nos techniques sur
> le terrain, et elle a décrit son récent treff à Varsovie
> comme un exemple de l'excellence britannique.
> Les conditions de réinstallation de Tulipe pour
> le jour où son travail sera terminé sont : mille livres
> par mois de service accompli, plus un paiement
> forfaitaire à titre gracieux de dix mille livres, approuvé
> par le Dir. OC [GS]. Mais son souhait principal est
> que, le moment venu, son fils Gustav et elle puissent
> obtenir la nationalité britannique.
> Ses propres talents opérationnels sont peut-être
> encore plus impressionnants. Elle a réussi à installer
> un appareil à microfilm sous le piétement de la douche

dans les toilettes pour femmes de son couloir, ce qui lui évite le stress de l'apporter et de le faire sortir du Bâtiment 3 dans son sac à main. Son *Petschaft* et sa clé fournis par le Service lui permettent d'ouvrir et de refermer à son gré le coffre de Rapp dès que l'occasion s'en présente. Samedi dernier, elle a confié à Mayflower que son rêve le plus récurrent était d'épouser un jour un bel Anglais !

« Il y a un souci ? me demande Nelson, cette fois de façon insistante.
– Je suis arrivé à une rosette », je réponds, ce qui se trouve être la vérité.

Bunny, vêtu d'un costume sombre et équipé d'une mallette, arrive tout droit d'une réunion au Trésor, sans préciser avec qui ou à quel sujet. Laura est installée dans le fauteuil de Control, jambes croisées. Bunny sort une bouteille de sancerre tiède de sa mallette et nous en remplit tous un verre. Puis il ouvre un sachet de noix de cajou salées en nous disant de nous servir.
« Alors, pas trop rude, Peter ? demande-t-il aimablement.
– Vous vous attendiez à quoi ? lui dis-je du ton agacé que j'ai décidé d'adopter. Ce n'est pas franchement ce qu'on peut appeler un heureux voyage dans le souvenir.
– Du moment qu'il est utile... Pas trop stressant, de retrouver les temps anciens et les visages du passé ? »
Je laisse couler. L'interrogatoire commence sur une base alanguie.
« Puis-je d'abord vous poser des questions sur Riemeck, personnage étonnamment attirant pour un agent, non ? »
Je hoche la tête.
« Et médecin, en plus. Un bon médecin. »

Nouveau hochement de tête.

« Dans ce cas, pourquoi les comptes rendus de l'époque sur Mayflower, tels que distribués aux heureux destinataires à Whitehall, décrivent la source comme étant, je cite, "un officiel bien placé dans les échelons intermédiaires du Parti socialiste unifié de RDA ayant régulièrement accès à des documents hautement classifiés de la Stasi" ?

– Désinformation.

– De la part de ?

– George, Control, Lacon au Trésor. Ils savaient tous que le matériau Mayflower allait faire des vagues à la seconde où il se répandrait. La première chose qu'allaient réclamer les destinataires serait l'identité de la source. Donc ils ont inventé une source fictive de calibre équivalent.

– Et votre Tulipe ?

– Quoi, Tulipe ? »

Trop rapide. J'aurais dû attendre. Est-ce qu'il me provoque ? Sinon, pourquoi m'accorde-t-il ce rictus entendu qui me donne envie de le frapper ? Et pourquoi le même rictus sur le visage de Laura ? Est-elle en train de se venger de notre dîner raté au restau grec ?

Bunny se met à lire un document posé sur ses genoux, dont l'objet est toujours Tulipe.

« "La source de seconde main est secrétaire en chef au ministère de l'Intérieur, avec accès aux plus hauts cercles." Ce n'est pas un peu exagéré, ça ?

– Comment ça, exagéré ?

– Cela ne lui confère-t-il pas un peu plus de… euh, de respectabilité que ce qu'elle mérite ? Déjà, pour commencer, ne faudrait-il pas préciser secrétaire en chef *volage* ? Ou même *nympho des bureaux*, si on veut rendre compte de la réalité des faits ? Voire *putain dévote*, peut-être, eu égard à ses inclinations religieuses ? »

Il me guette, il attend que j'explose de colère, d'indignation, de déni. Je ne sais comment, j'arrive à le priver de ce plaisir.

« Enfin, je suppose que vous connaissez votre Tulipe, vous qui l'avez satisfaite si diligemment, enchaîne-t-il.
– Je ne l'ai pas "satisfaite" et elle n'est pas "ma" Tulipe, dis-je avec un détachement calculé. Tout le temps qu'elle était sur le terrain, Tulipe et moi n'avons pas échangé un mot.
– Pas un seul ?
– Pas un pendant tous nos treffs. Nous nous sommes frôlés, nous ne nous sommes jamais parlé.
– Alors comment connaissait-elle votre nom ? demande-t-il avec son sourire juvénile le plus engageant.
– Elle ne connaissait pas mon nom, enfin ! Comment aurait-elle pu le connaître puisqu'on n'a jamais échangé ne serait-ce qu'un bonjour ?
– Un de vos noms, je veux dire, persiste-t-il sans se laisser impressionner.
– Tiens, par exemple, *Jean-François Gamay*, Pete, intervient Laura avec la même jovialité. Associé dans une entreprise française d'électronique basée à Metz, en voyage organisé sur les rives de la mer Noire avec l'agence de voyages de l'État bulgare. Ça va un tout petit peu au-delà de "bonjour". »

Mon éclat de rire est irrépressible, et à juste titre car il émane d'un soulagement aussi spontané qu'authentique.

« Oh non mais je rêve ! m'exclamé-je en appréciant à mon tour la plaisanterie. Ce n'est pas à Tulipe que j'ai dit ça, c'est à Gustav ! »

Or donc, Bunny et Laura, je vous espère confortablement installés pour écouter cet édifiant récit sur la façon dont les plans secrets les plus soigneusement élaborés peuvent échouer en raison de l'innocence d'un enfant.

Mon nom de travail est en effet Jean-François Gamay et oui, je fais partie d'un gros groupe de touristes surveillés de près qui profitent à peu de frais du soleil et de la mer dans une station balnéaire bulgare moyennement salubre sur la mer Noire.

Face à notre hideux hôtel, de l'autre côté de la baie, se dresse l'Auberge des Travailleurs du Peuple, bloc de béton brutaliste à la soviétique couvert de drapeaux communistes, dont la batterie de haut-parleurs crache par-delà les flots une musique militaire assourdissante ponctuée d'inspirants messages de paix et de bonne volonté. Quelque part derrière ses murs, Tulipe et Gustav, son fils de cinq ans, prennent des vacances collectives de travailleurs, grâce aux influentes relations de l'odieux camarade Lothar, le mari de Tulipe, qui a mystérieusement réussi à circonvenir la réticence de la Stasi à permettre à ses membres de s'ébattre sur des sables étrangers. Elle est accompagnée de sa sœur Lotte, l'institutrice de Potsdam.

Sur la plage, entre 16 heures et 16 h 15, Tulipe et moi réaliserons un contact en frôlé, qui inclura cette fois son fils Gustav. Lotte sera confinée en sécurité à l'auberge, où elle assiste à un conseil de travailleurs. L'initiative repose toujours sur l'agent de terrain, en l'occurrence Tulipe. Ma mission est de réagir à son approche avec créativité. Et la voilà d'ailleurs qui avance vers moi au bord de l'eau, vêtue d'une robe de plage informe et portant un cabas sur l'épaule. Elle attire l'attention de Gustav sur un coquillage ou un galet précieux à mettre dans son seau. Elle a ce même déhanché frivole que j'ai refusé de noter dans la vieille ville de Varsovie (à ceci près que je prends grand soin de ne pas mentionner ses hanches à Bunny et Laura, qui absorbent mes paroles guillerettes avec un scepticisme non dissimulé).

En s'approchant, elle farfouille dans son cabas. D'autres adorateurs du soleil et d'autres enfants pataugent, bronzent, mangent des hot-dogs et jouent aux échecs. Tulipe, telle une actrice sur scène, accorde bien volontiers un sourire ou un mot aimable à tel ou tel camarade. Je ne sais par quelle ruse elle persuade Gustav de m'aborder, ni ce qu'elle dit qui le fait éclater de rire et relever le défi de courir vers moi et de me coller dans la main un morceau de bonbon à la noix de coco bleu, blanc et rose.

Mais je sais que je dois me montrer charmant, que je dois exprimer mon ravissement, que je dois faire semblant de manger le bonbon, que je dois laisser tomber ce qui reste dans ma poche, m'accroupir, découvrir comme par magie dans les vaguelettes le coquillage que je cachais dans ma main et l'offrir à Gustav en paiement.

Et tout cela fait rire gaiement Tulipe (un peu trop gaiement, mais je ne le dis pas non plus à Bunny et Laura), et elle le rappelle d'un geste, allez reviens maintenant, mon chéri, et laisse le gentil camarade tranquille.

Mais Gustav ne veut pas laisser le gentil camarade tranquille, ce qui constitue l'argument central de mon récit humoristique à Bunny et Laura. Gustav, enfant effronté s'il en est, a complètement dévié du scénario. Il a l'impression d'avoir conclu un marché avec le gentil camarade, bonbon contre coquillage, et il a besoin de faire la connaissance de son nouveau partenaire commercial sur un plan social et économique.

« Tu t'appelles comment ? demande-t-il.

– Jean-François. Et toi ?

– Gustav. Jean-François comment ?

– Gamay.

– Tu as quel âge ?

– Cent vingt-huit ans. Et toi ?

– Cinq ans. D'où tu viens, camarade ?

– De Metz, en France. Et toi ?

– De Berlin, en République démocratique. Tu veux que je te chante une chanson ?

– Avec grand plaisir. »

Et voilà Gustav, les pieds dans l'eau, qui se met au garde-à-vous et bombe le torse et me régale d'une chanson apprise à l'école qui remercie nos bien-aimés soldats soviétiques d'avoir versé leur sang pour une Allemagne socialiste. Pendant ce temps, sa mère, debout derrière lui, déboutonne nonchalamment la ceinture de sa robe de plage et, ses yeux plantés dans les miens, exhibe son corps nu dans toute sa splendeur avant de reboucler sensuellement sa ceinture et de m'accompagner dans mes applaudissements nourris pour la prestation de son fils ; puis elle observe avec un œil de maman fière la poignée de main que j'échange avec Gustav, avant que je recule d'un bon pas et que, poing droit levé, je lui rende son salut communiste.

Mais la splendeur du corps nu de Tulipe est également une information que je garde par-devers moi, tandis que je réfléchis à une question qui a commencé à me turlupiner avant même que je me lance dans mon histoire amusante : *comment diable saviez-vous que Tulipe connaissait mon nom ?*

7

Je ne sais quel type de trouble dissociatif s'empara de moi quand, précocement libéré de mes tâches, je quittai la pénombre des Écuries pour me retrouver dans l'agitation de l'après-midi à Bloomsbury et prendre, sans trop savoir pourquoi, la direction du sud-ouest vers Chelsea. Il y avait de l'humiliation, c'est certain. De la frustration, de la perplexité, cela ne fait aucun doute. L'affront de voir mon passé exhumé pour qu'on me le jette au visage. De la culpabilité, de la honte et de l'appréhension en quantités variables. Et tous ces sentiments se combinaient en une explosion de douleur et d'incompréhension visant George Smiley pour s'être rendu introuvable.

Mais était-ce bien le cas ? Et si Bunny me mentait comme je lui mentais à lui ? Et si George n'était pas tout à fait aussi introuvable qu'il le prétendait ? Et s'ils l'avaient déjà débusqué et passé au gril, en admettant que cela soit possible ? Et si Millie McCraig savait où il était (ce que je soupçonnais fort), mais qu'elle soit tenue au silence par sa propre variante de la loi sur les secrets d'État interdisant toute mention de George Smiley, qu'il fût mort ou vif ?

En approchant de Bywater Street, jadis tranquille voie sans issue pour les moins-que-riches, aujourd'hui banal ghetto londonien pour millionnaires, je me refuse à tenir compte de la vague de nostalgie qui me submerge ou à me livrer à l'exercice mental obligatoire consistant à observer les voitures garées et à vérifier s'il y a des passagers à bord, puis à regarder l'air de rien les portes et fenêtres des maisons d'en face. De quand date ma dernière visite ici ? Ma mémoire ne remonte pas au-delà de la soirée où, ayant éventé le petit stratagème de George (des éclisses en bois coincées sous le linteau de la porte d'entrée), je me suis installé chez lui en attendant son retour pour l'emmener au gigantesque château rouge d'Oliver Lacon à Ascot, première étape de son angoissant périple pour retrouver son vieil ami Bill Haydon, traître majuscule et accessoirement amant de sa femme.

Mais en cette tranquille fin d'après-midi automnal, le 9 Bywater Street ne sait rien de tout cela, il n'en a rien vu. Volets fermés, jardin de devant livré aux mauvaises herbes, occupants partis ou morts. Je monte les quatre marches menant à la porte, je sonne, je n'entends retentir ni le timbre familier ni des pas, lourds ou légers. Pas de George nettoyant les verres de ses lunettes sur la doublure de sa cravate, les yeux plissés par le plaisir – « Bonjour Peter, on dirait que vous avez besoin d'un verre, entrez donc ». Pas d'Anne à moitié maquillée et visiblement en retard – « Je m'apprêtais à sortir, mon chou, bisou, bisou, mais entrez donc, venez refaire le monde avec ce pauvre George ».

Je repars au pas cadencé vers King's Road, où je hèle un taxi qui me dépose sur Marylebone High Street en face de la librairie Daunt, qui s'appelait « Maison Francis Edwards, fondée en 1910 » du temps de Smiley, et où celui-ci avait tué avec bonheur bien des heures de déjeuner. Je plonge dans un dédale d'allées pavées et de petites maisons collées les unes aux autres, qui abritait autrefois l'annexe du Cirque pour les Opérations clandestines, connue sous le simple surnom de *Marylebone* dans le jargon.

Contrairement aux Écuries, qui n'avaient jamais été qu'une maison sûre réservée à une seule et unique opération, *Mary-*

lebone, avec ses trois portes d'entrée, constituait un Service à lui seul : il avait ses propres agents de bureau, ses propres codes, employés du chiffre et messagers, et sa propre armée secrète d'occasionnels recrutés dans tous les milieux et ne se connaissant pas entre eux, prêts à tout lâcher pour le bien de la cause dès qu'on les appelait.

Existe-t-il dès lors la moindre possibilité que les Opérations clandestines y soient encore installées ? Dans mon état second, je choisis d'y croire. George Smiley est-il toujours en train de bouder derrière ses stores fermés ? Dans mon état second, je me persuade que oui, sans doute. Une seule des neuf sonnettes fonctionnait ; seuls les initiés savaient laquelle. Je l'actionne. Pas de réponse. J'essaie les deux autres de la même porte, puis je passe à l'entrée suivante et j'appuie sur les trois boutons. Une voix de femme me hurle dessus.

« Elle est pas là, Sammy, merde ! Elle s'est cassée avec Wally et le môme. Si tu sonnes encore, j'appelle les flics, j'hésiterai pas ! »

Cette mise en garde me calme. Sans savoir comment, je me retrouve dans la quiétude de Devonshire Street, assis dans un café devant un sirop de fleur de sureau, au milieu de toubibs en costume qui se font des messes basses. J'attends que ma respiration s'apaise. Ma tête s'éclaircit et ma résolution avec. Depuis deux jours et deux nuits, malgré les distractions constantes, je ne peux me défaire de l'image de Christoph, délinquant, criminel, brillant fils d'Alec, en train d'interroger sans ménagement ma Catherine sur le seuil de ma ferme de Bretagne. Jusqu'à ce matin-là, jamais je n'avais perçu les accents de la peur dans la voix de Catherine. De la peur non pour elle-même, mais pour moi. *Il n'était pas agréable, Pierre...* Farouche*... *Une carrure de boxeur... Il a demandé si tu étais descendu dans un hôtel à Londres. Et il voulait l'adresse...*

Je dis « ma » Catherine car, depuis la mort de son père, je la considère comme ma pupille, et au diable les insinuations de Bunny. Je la regarde grandir depuis toute petite. Elle a vu mes conquêtes arriver et repartir jusqu'à ce qu'il n'en reste plus une seule. Quand elle s'est instaurée en rebelle du village pour se démarquer de sa sœur plus jolie et qu'elle a couché avec tous les bonshommes qu'elle pouvait dégoter, j'ai ignoré les sermons moralisateurs du curé, qui rêvait sans doute de se la garder pour lui. Je ne suis pas à l'aise avec les enfants, mais la naissance d'Isabelle m'a rempli de joie, autant que Catherine. Je ne lui ai jamais dit ce que je faisais dans la vie. Elle ne m'a jamais dit qui était le père. J'étais le seul de tout le village à ne pas le savoir et à m'en moquer. Si elle le souhaite, un jour la propriété lui reviendra, et Isabelle trottera à ses côtés, et peut-être qu'il y aura un homme plus jeune pour Catherine, et peut-être que la petite Isabelle voudra bien le regarder dans les yeux.

Sommes-nous amants, malgré la différence d'âge ? Avec le temps, cela s'est fait. L'arrangement fut scellé un soir d'été par Isabelle, qui traversa la cour avec ses couvertures dans les bras et, sans un regard pour moi, s'installa pour dormir par terre sous la fenêtre du palier face à ma chambre. J'ai un grand lit ; la chambre d'amis est sombre et froide ; impossible de séparer la mère de son enfant. Dans mon souvenir, Catherine et moi avons dormi innocemment côte à côte pendant des semaines avant de nous mettre face à face. Mais peut-être n'avons-nous pas attendu aussi longtemps que je voudrais le croire.

Une chose au moins est sûre : je n'aurai aucun problème à identifier mon poursuivant. En vidant la miteuse garçonnière d'Alec à Holloway après sa mort, j'étais tombé sur un album photo format poche, orné d'un edelweiss séché glissé sous la cellophane de la couverture. J'étais sur le point de le jeter quand je me rendis compte que j'avais entre les mains un résumé photographique de la vie de Christoph du berceau à la fac. Je supposai que les légendes en allemand écrites à l'encre blanche sous chaque cliché avaient été ajoutées par sa mère. Je fus frappé par le fait que cette expression butée que j'avais remarquée lors du match de football à Düsseldorf ne l'avait pas quitté jusqu'à ce qu'il devienne ce sosie d'Alec en habit du dimanche, râblé, renfrogné, agrippé à son diplôme comme s'il s'apprêtait à vous le balancer dans la figure.

Et à l'inverse, qu'est-ce que Christoph sait de moi ? Que je suis à Londres pour l'enterrement d'un ami. Que je joue les bons Samaritains. Je n'ai aucune adresse connue, je n'appartiens à aucun club. Même un enquêteur aussi chevronné que Christoph ne me trouvera pas sur la liste des membres du Travellers ou du National Liberal Club, ni dans les dossiers de la Stasi. Nulle part. Mon dernier domicile connu en Grande-Bretagne est un deux-pièces à Acton que j'avais occupé sous le nom de Peterson. Quand j'ai donné mon préavis, je n'ai laissé aucune adresse où faire suivre le courrier. Alors où donc, après la Bretagne, Christoph, fils d'Alec, criminel rustre, tenace et endurci, va-t-il venir me chercher ? Quel serait l'endroit, le seul endroit, où, avec beaucoup de chance, il pourrait, si les planètes s'alignaient, finir peut-être par me débusquer ?

Réponse (du moins, seule réponse plausible selon moi) : la Loubianka-sur-Tamise de mon ancien Service. Non pas le vieux Cirque introuvable de son père, mais son abominable successeur, le bastion où je m'apprête à partir en reconnaissance.

*

Vauxhall Bridge grouille de banlieusards pressés de rentrer chez eux et, en contrebas, le fleuve au débit rapide est embouteillé. Je ne suis plus en voyage organisé en Bulgarie, je suis un touriste australien qui visite les monuments de Londres, affublé d'un chapeau de cow-boy et d'un gilet multipoche kaki. Lors de ma première reconnaissance, je portais une casquette et une écharpe écossaise, lors de la deuxième, un bonnet de laine à pompon aux couleurs d'Arsenal. Coût total de la garde-robe acquise sur le marché aux puces de la gare de Waterloo : quatorze livres. À Sarratt, on appelait ça un « changement de silhouette ».

J'avais l'habitude d'expliquer à mes jeunes apprentis que tout guetteur doit se méfier des sources potentielles de distraction, de ces choses que votre regard refuse de lâcher, comme la jolie fille qui bronze vaillamment sur son balcon ou le prédicateur habillé en Jésus-Christ. Ce soir, ce que mon regard refuse de lâcher, c'est un rectangle de frais gazon vert de la taille d'un mouchoir de poche entièrement ceint d'une grille hérissée de pointes. Qu'est-ce donc ? Une cellule à ciel ouvert où jeter les mécréants du Cirque ? Un jardin des plaisirs secret réservé aux officiers supérieurs ? Mais comment font-ils pour y entrer ? Plus important, comment font-ils pour en sortir ?

Sur une minuscule plage de galets au pied des remparts extérieurs du bastion, une famille indienne vêtue de soieries colorées est en train de pique-niquer parmi les bernaches du Canada. Non loin, un véhicule amphibie jaune remonte pesamment la rampe et s'immobilise dans un cahot. Aucun touriste n'en sort. Il est bientôt 17 h 30. Les horaires de travail au Cirque me reviennent : de 10 heures à pas d'heure pour les patriciens, de 9 h 30 à 17 h 30 pour la plèbe. Un discret exode de subalternes va bientôt commencer. Je recense les points de sortie potentiels, évidemment éparpillés pour éviter d'attirer l'attention. Au début de son occupation par ses locataires actuels ont circulé des histoires de tunnels secrets rejoignant Whitehall sous le fleuve. De fait, le Cirque a fait creuser quelques tunnels en son temps, la plupart sous le territoire des autres, alors pourquoi pas sous le sien ?

La première fois que je me suis présenté devant Bunny, on m'a fait emprunter un guichet que rendaient minuscule les vantaux d'un portail en fer indestructible orné d'un motif Art déco, mais je suppose qu'il s'agit d'un accès réservé aux visiteurs. Parmi les trois autres sorties que j'ai repérées, mon intuition m'oriente vers une double porte peinte en gris ouvrant sur un perron de pierre qui descend jusqu'à un quai encombré de piétons. Au moment où j'arrive, les portes grises s'écartent pour laisser passer une demi-douzaine d'hommes et de femmes d'une moyenne d'âge de vingt-cinq à trente ans, unis par une expression de farouche anonymat. Les portes se referment, sans doute électroniquement. Elles se rouvrent. Un second groupe en émerge.

Étant à la fois la proie de Christoph et son poursuivant, je suppose qu'il fait la même chose que moi depuis une demi-heure : il se familiarise avec le bâtiment ciblé, repère les sorties potentielles, attend son heure. Je pars du principe que, comme son père, il est mû par des instincts opérationnels justes et qu'il a anticipé les actions probables de sa proie pour définir sa stratégie. Si je me suis rendu à Londres pour enterrer un ami, ainsi que le lui a dit Catherine (et pourquoi en douterait-il ?), alors il y a toutes les chances pour que je sois aussi passé discuter avec mes anciens employeurs de l'agaçant procès historique intenté par Christoph et sa nouvelle amie Karen Gold au Service et à certains de ses agents nommément cités, dont votre serviteur.

Un autre groupe d'hommes et de femmes descend le perron. Je leur emboîte le pas quand ils arrivent sur le quai. Se disant qu'elle devrait me reconnaître, une femme aux cheveux gris me gratifie d'un sourire poli. Des piétons se mêlent à nous. Un panneau indique VERS BATTERSEA PARK. Nous approchons d'une arche. En levant les yeux vers le pont, je remarque la silhouette d'un homme imposant portant un chapeau et un trois-quarts sombre, qui observe les passants en contrebas. Depuis cet emplacement, choisi volontairement ou au hasard, il bénéficie d'un panorama imprenable sur les trois sorties du bastion. Ayant joui tout à l'heure du même point de vue, je peux en confirmer la valeur tactique. Comme sa tête et son chapeau – un feutre noir à couronne haute et bord étroit – sont orientés vers le bas, son visage est dans l'ombre. Mais sa carrure de boxeur ne laisse aucun doute : épaules larges, dos massif et au moins dix centimètres de plus que ce à quoi je m'attendais pour le fils d'Alec ; en même temps, je n'ai jamais vu sa mère.

Nous sommes arrivés de l'autre côté de l'arche. « Trois-quarts sombre et feutre noir » a quitté le pont pour se joindre à la procession. Malgré son gabarit, il se déplace vite, comme Alec. Il est à quinze mètres derrière moi, le feutre dodelinant de droite et de gauche. Il tente de garder un contact visuel avec quelqu'un ou quelque chose qui le précède, et j'aurais tendance à penser que c'est moi. Est-ce qu'il veut que je le repère ? Ou bien ai-je la contre-surveillance paranoïaque, un autre de ces péchés qui me faisaient souvent pester ?

Joggeurs, cyclistes et bateaux passent à vive allure. À ma gauche, des immeubles d'habitation avec en rez-de-chaussée des terrasses de restaurants et de cafés branchés, ainsi que des stands de nourriture à emporter. J'utilise les reflets. Je le ralentis. Je me rappelle mes propres sermons aux nouveaux : c'est à vous de donner le rythme, pas à votre suiveur. Prenez votre temps. Soyez indécis. Ne courez pas si vous pouvez flâner. Le fleuve bourdonne de bateaux pour touristes, de ferries, de canots, de barques, de péniches. Sur la rive, des hommes-statues posent, des enfants soufflent des bulles de savon et font voler des drones. Si tu n'es pas Christoph, tu es un guetteur du Cirque. Sauf que, même aux pires moments de notre histoire, les guetteurs du Cirque n'étaient pas aussi nuls.

Arrivé sur St George's Wharf, je me déporte sur la droite pour examiner ostensiblement la grille des horaires. On identifie un poursuivant en lui offrant plusieurs choix. Préférera-t-il sauter dans le bus après vous ou lâcher l'affaire et continuer à pied ? S'il prend la seconde option, c'est peut-être qu'il vous laisse aux bons soins d'un autre. Mais « feutre et trois-quarts » ne me laisse pas aux bons soins de quiconque, il me veut pour lui tout seul. Il piétine devant un stand de saucisses en m'épiant dans le miroir décoré placé derrière les bouteilles de ketchup et de moutarde.

Une queue se forme devant le distributeur de tickets pour les ferries qui partent vers l'est. Je m'y glisse, j'attends mon tour, j'achète un aller simple pour Tower Bridge. Le ferry se range contre le ponton qu'il fait tanguer et nous laissons sortir les passagers. Mon poursuivant, qui a décidé de ne pas s'acheter de saucisse, a traversé le quai et se penche devant le distributeur. Il gesticule, l'air irrité. Aidez-moi, s'il vous plaît. Un rasta coiffé d'un ample bonnet lui montre comment faire. Argent liquide, pas de carte de crédit, et le visage toujours dans l'ombre du feutre. Nous embarquons. Le pont supérieur est comble. La foule est ton amie, fais-en bon usage. Dont acte. Je déniche un espace entre les touristes appuyés contre le bastingage en attendant que mon poursuivant en fasse autant. Se rend-il compte que je sais qu'il est là ? Sommes-nous conscients l'un de l'autre ? M'a-t-il calculé en train de le calculer, comme auraient dit mes étudiants de Sarratt ? Dans ce cas, on décroche.

Non, pas question de décrocher. Nous virons de bord. Un rai de soleil tombe sur lui, mais son visage reste dans l'ombre, même si, dans la partie gauche de mon champ de vision, je constate qu'il me jette quantité de regards à la dérobée, comme s'il craignait que je prenne la poudre d'escampette ou que je me jette à l'eau.

Es-tu vraiment Christoph, fils d'Alec ? Ou bien es-tu un quelconque huissier chargé de me remettre une assignation à comparaître ? Mais si tel est le cas, pourquoi me suivre ? Pourquoi ne pas me tomber dessus tout de suite pour qu'on s'explique ? Le bateau vire de nouveau, et de nouveau le soleil le trouve. Sa tête se relève. Pour la première fois, je vois son visage de profil. Je sens bien que je devrais être ébahi et ravi, mais rien ne se passe. Je n'éprouve aucune affinité, juste la prescience d'un affrontement imminent : Christoph, fils d'Alec, avec le même regard dur qu'au stade de foot à Düsseldorf et la même mâchoire prognathe d'Irlandais.

*

Christoph anticipe peut-être mes gestes, mais j'anticipe aussi les siens. S'il ne s'est pas fait connaître, c'est qu'il veut me *loger*, comme disent les guetteurs, découvrir où je vis, puis choisir son heure. Je dois donc l'empêcher d'obtenir les informations opérationnelles qu'il recherche et lui imposer mes conditions, un endroit bondé de passants innocents. Mais les mises en garde de Catherine combinées à mes propres appréhensions m'obligent à envisager qu'il puisse s'agir d'un homme violent souhaitant me faire payer mes péchés supposés contre son défunt père.

Avec cette éventualité en tête, je me rappelle que ma mère française m'avait fait visiter la Tour de Londres au son des exclamations d'horreur aussi sonores que gênantes qu'elle poussait devant tout ce qu'elle voyait. Je me souviens particulièrement du grand escalier de Tower Bridge. C'est cet escalier qui m'attire à présent, non pour sa valeur architecturale, mais pour assurer ma survie. À la Nursery de Sarratt, on n'apprend pas la self-défense. On apprend diverses manières de tuer, certaines silencieuses, d'autres moins, mais la self-défense ne figure pas en bonne place au menu. Ma seule certitude est que, si nous en venons vraiment aux mains, il me faudra le poids de mon adversaire au-dessus de moi et toute l'aide que la loi de la gravitation universelle pourra m'apporter. Christoph est un bagarreur aguerri en prison auquel je rends vingt kilos d'os et de muscles. Il me faut utiliser son poids contre lui, et pour cela, pas de meilleur endroit qu'un escalier pentu, avec ma vieille carcasse positionnée quelques degrés en contrebas pour le propulser plus vite. J'ai déjà pris quelques précautions dérisoires, parmi lesquelles placer toute ma monnaie dans ma poche droite pour m'en servir comme mitraille à bout portant ou passer mon majeur gauche dans l'anneau de mon porte-clés pour improviser un poing américain. Personne n'a jamais perdu une bataille en s'y préparant, hein, fiston ? Non, chef, jamais, chef.

Nous faisons la queue pour débarquer. Christoph est à une dizaine de mètres derrière moi, j'aperçois son reflet inexpressif dans la porte vitrée. Cheveux gris, avait précisé Catherine. Je comprends pourquoi : une masse de cheveux gris qui s'échappe en tous sens du feutre, raides, rebelles, comme ceux d'Alec, avec au centre une natte qui descend dans le dos du trois-quarts noir. Pourquoi Catherine a-t-elle omis la natte ? Peut-être l'avait-il cachée sous son manteau. Peut-être les nattes ne sont-elles pas une priorité pour Catherine. Nous progressons en rang par deux sur une passerelle. Tower Bridge est abaissé, un feu vert invite les piétons à l'emprunter. En arrivant au pied du grand escalier, je me retourne et plonge les yeux dans les siens pour lui signifier : si tu veux parler, ce sera ici avec tout ce monde autour. Il s'est arrêté lui aussi, mais tout ce que je vois, c'est le regard implacable du spectateur au match de foot. Je descends une dizaine de marches sur l'escalier, qui est vide à l'exception de quelques SDF. J'ai besoin d'un point médian ; une fois qu'il m'aura dépassé, il faut que sa chute soit longue car je ne veux pas qu'il puisse remonter.

L'escalier se remplit. Deux jeunes filles qui se tiennent par la main passent rapidement près de moi en gloussant. Deux moines en toge orange sont engagés dans une conversation philosophique très sérieuse avec un mendiant. Christoph se tient au faîte de l'escalier, silhouette chapeautée en pardessus. Marche après marche, il se met à descendre à pas prudents avec une démarche de lutteur, pieds écartés, bras légèrement décollés du corps. Tu es trop lent, arrive, j'ai besoin de ton élan. Mais il s'immobilise quelques marches au-dessus de moi et, pour la première fois, j'entends sa voix d'adulte, germano-américaine et haut perchée, ce qui me choque quelque peu.

« Bonjour, Peter. Bonjour, Pierre. C'est moi, Christoph. Le petit garçon d'Alec, tu te souviens ? Ça te fait pas plaisir de me voir ? On se serre la main ? »

Je lâche ma monnaie et tends la main droite vers lui. Il l'attrape et la tient assez longtemps pour que je ressente sa force, malgré la moiteur de sa paume poisseuse.

« Que puis-je pour toi, Christoph ? »

Ma question me vaut un de ces rires caustiques typiques d'Alec, puis une réponse avec ce je-ne-sais-quoi d'intonation irlandaise qu'il utilisait quand il voulait se faire remarquer :

« Ben pour commencer, tu pourrais pt'êt m'offrir un coup à boire, mon pote ! »

*

La salle de restaurant se trouve au premier étage d'une « taverne à l'ancienne » autoproclamée, avec fausses poutres mangées par les termites et fenêtres d'angle offrant une vue en biais de la Tour de Londres. Les serveuses sont affublées d'une charlotte et d'un tablier, et nous pouvons avoir une table si c'est pour déjeuner. Christoph s'installe sur sa chaise, son gigantesque corps tout courbé, le feutre rabattu sur les yeux. La serveuse nous apporte des bières, comme il l'a demandé. Il boit une gorgée, fait la grimace et pousse le verre de côté. Ongles noirs et abîmés. Des bagues à chaque doigt de la main gauche, et sur la droite, juste au majeur et à l'annulaire. Le visage d'Alec, mais avec des paupières bouffies par le ressentiment là où auraient dû se trouver les rides creusées par la souffrance. Même mâchoire pugnace. Dans les yeux marron, quand ils daignent s'arrêter sur vous, mêmes étincelles charmeuses de boucanier.

« Alors, que deviens-tu ces temps-ci, Christoph ?

– Ces temps-ci ? répète-t-il après un instant de réflexion.

– Oui.

– Eh bien, pour aller vite, disons : ça ! répond-il avec un large sourire.

– Et "ça", c'est quoi exactement ? Il me faut un résumé des épisodes précédents, je crois. »

Il secoue la tête comme pour dire que c'est sans importance et se redresse uniquement quand la serveuse nous apporte nos steaks-frites.

« Sympa, ta baraque en Bretagne, lance-t-il tout en mangeant. Combien d'hectares ?

– Une cinquantaine ? Pourquoi ?

– C'est à toi ?

– De quoi tu me parles, là, Christoph ? Pourquoi tu me cherchais ? »

Il mâche une bouchée, puis incline la tête en souriant pour concéder que ma question est justifiée.

« Pourquoi je te cherchais ? Depuis trente ans, je donne dans la chasse au trésor. J'ai traversé le monde de part en part. J'ai fait dans les diamants. J'ai fait dans l'or. J'ai fait dans la came. J'ai fait un peu dans les armes. J'ai fait de la taule, trop d'ailleurs. Est-ce que j'ai trouvé mon trésor ? Macache, oui. Et puis je reviens dans ma chère vieille Europe et je te trouve, toi. Ma mine d'or. Le meilleur ami de mon père. Son meilleur camarade. Et tu lui as fait quoi, à ton meilleur camarade ? Tu l'as envoyé se faire tuer. Et là, il y a du fric à la clé, mon pote. Un gros paquet de fric.

– Je n'ai pas envoyé ton père se faire tuer.

– Lis les dossiers, vieux. Lis les dossiers de la Stasi. C'est de la dynamite. George Smiley et toi, vous avez tué mon père. Smiley était le chef de bande et toi son principal porte-flingue.

Vous avez piégé mon père et vous l'avez tué. Directement ou indirectement, c'est ce que vous avez fait. Et après vous avez impliqué Mlle Elizabeth Gold. Tout est dans les dossiers, mon pote ! Cette super machination que vous aviez montée s'est retournée contre vous et a tué tout le monde. Vous avez menti à mon père ! Toi et ton grand George. Vous avez menti à mon paternel et vous l'avez envoyé à la mort. Délibérément. Demande aux avocats. Tu sais quoi ? Le patriotisme est mort. Le patriotisme, c'est pour les mômes. Si cette affaire arrive devant une cour internationale, l'alibi du patriotisme ne passera pas. Comme circonstance atténuante, le patriotisme est officiellement foutu. Comme les élites. Comme vous. »

Sur le point d'avaler une bonne gorgée de bière, il se ravise et fourrage dans la poche de son manteau noir, qu'il n'a pas ôté malgré la chaleur. Il fait tomber d'une petite boîte métallique bosselée un peu de poudre blanche sur son poignet et, se bouchant une narine de sa main libre, la renifle sans la moindre considération pour les clients qui pourraient le regarder, ce que certains ne se privent pas de faire.

« Qu'est-ce que tu cherches ?

– Je cherche à te sauver la vie, mon pote, répond-il avant de tendre les deux mains pour m'agripper le poignet dans un geste d'allégeance sincère. Je t'explique mon plan, mon plan en or, OK ? Mon offre spéciale rien que pour toi. La meilleure de toute ta vie. Tu es mon ami, d'accord ?

– Si tu le dis. »

J'ai dégagé ma main des siennes, mais il continue à me fixer d'un regard de cocker.

« Tu n'as pas d'autre ami. Il n'y a aucune autre offre sur la table. Elle est à prendre ou à laisser. Sans recours possible. Non négociable. »

Il s'empare de sa chope, la vide d'un trait et fait signe à la serveuse de lui remettre la même.

« Un million d'euros. À moi directement, sans intermédiaire. Un million d'euros le jour où les avocats abandonnent les poursuites, et tu n'entendras plus jamais parler de moi. Ni avocats, ni droits de l'homme, ni rien de toutes ces conneries. C'est un blot. Pourquoi tu me regardes comme ça ? T'as un problème ?

– Aucun problème. C'est juste que ça me semble donné. J'avais cru comprendre que tes avocats avaient déjà refusé une somme supérieure.

– Tu entends ce que je te dis ? Je te le fais à prix cassé. C'est ça, le deal. Un seul versement, à moi, un million d'euros.

– Et la fille de Liz Gold, Karen, j'imagine que ça lui convient ?

– Karen ? Oh, je la connais, t'inquiète. Tout ce que j'ai à faire, c'est aller la voir, lui chanter la sérénade, comme je sais faire, lui parler de mon âme, pleurer un peu éventuellement, lui dire que je ne peux pas aller jusqu'au bout finalement, que c'est trop douloureux, la mémoire de mon père, inutile de réveiller les morts. J'ai un baratin tout prêt. Karen est sensible. Tu peux me faire confiance. »

Et comme je ne montre aucun signe extérieur de confiance, il reprend :

« Écoute, cette nana, c'est moi qui l'ai faite. Elle me doit tout. J'ai abattu le boulot, j'ai graissé des pattes, j'ai récupéré les dossiers. C'est moi qui l'ai contactée, moi qui lui ai appris la bonne nouvelle, moi qui lui ai dit où était la tombe de sa mère. Là, on va voir des avocats. Les siens. Des bénévoles. C'est les pires. Où est-ce qu'elle les dégote ? Dans une ONG quelconque de défense des droits de l'homme, genre Amnesty. Ces avocats bénévoles, ils contactent vos autorités et ils leur font tout un sermon. Et vos autorités, elles nient toute responsabilité, mais elles leur font une offre officieuse, sans témoins, du style on vous a rien dit, un million de livres sans recours ultérieur possible. UN MILLION ! Et ce n'est qu'une base de discussion, on peut négocier. Entre nous, si ce n'était que moi, je refuserais des livres sterling de nos jours, mais bref. Réaction des avocats de Karen ? Sermon 2, le retour. On s'en fout de votre million. Nous, on a des principes. Nous, ce qu'on veut, c'est vous voir à genoux. Et si vous refusez de vous mettre à genoux, on vous colle un procès au cul, et s'il le faut on ira jusqu'à Strasbourg, jusqu'à la Cour européenne des droits de l'homme, putain ! Du coup, vos autorités disent OK, alors partons sur deux millions, mais les bénévoles de Karen, ils marchent toujours pas. Ils sont comme elle. Ce sont des croisés. Des purs et durs. »

Un fracas métallique fait se retourner tout le monde dans le restaurant. La main gauche crasseuse de Christoph et toutes ses bagues viennent de s'abattre à plat sur la table devant moi. Il est penché en avant, son visage ruisselle de sueur. Une porte où est indiqué PRIVÉ s'ouvre, une tête ahurie apparaît puis, à la vue de Christoph, disparaît.

« Il va te falloir mes coordonnées bancaires, hein, mon pote ? Tiens, les voilà. Et n'oublie pas : tu dis à vos autorités que c'est un million d'euros le jour où on lâche l'affaire, sinon on vous massacre en justice. »

Il lève la main posée sur la table, découvrant une feuille de papier réglé pliée, et me regarde la glisser dans mon portefeuille.

« C'est qui, Tulipe ? demande-t-il du même ton menaçant.

– Pardon ?

– Pseudo de Doris Gamp, agente de la Stasi. Elle avait un môme. »

Je m'emploie à lui assurer que le nom de Gamp-Tulipe ne m'évoque rien, mais, au moment où une courageuse serveuse se hâte de nous apporter l'addition, il part sans prévenir et dévale l'escalier. Le temps que je sorte dans la rue, je ne peux qu'apercevoir son ombre gigantesque à l'arrière d'un taxi en train de démarrer et une main alanguie qui fait au revoir par la fenêtre.

Je sais que je suis rentré ensuite à Dolphin Square. Sur le chemin, j'ai dû me souvenir du morceau de papier réglé portant son numéro de compte et le jeter dans une poubelle, mais je serais bien incapable de vous dire laquelle.

8

Le temps clément d'hier a été chassé par une pluie battante qui crible les rues de Pimlico comme de la mitraille. J'arrive en retard pour ma séance aux Écuries, et je trouve Bunny debout tout seul sur le seuil, abrité sous un parapluie.

« On se demandait si vous n'aviez pas pris la tangente, annonce-t-il en affichant son sourire de garçon timide.

– Et si cela avait été le cas ?

– Disons juste que vous ne seriez pas allé bien loin. »

Sans se départir de son sourire, il me tend une enveloppe brune portant la mention en rouge *Au Service de Sa Majesté*.

« Félicitations, votre présence est courtoisement requise devant nos maîtres. La Commission d'enquête parlementaire multipartite veut vous dire un mot. Date à préciser.

– Et elle veut aussi vous dire un mot à vous, j'imagine ?

– Aussi, mais moins. Nous ne sommes pas les stars, nous. »

Une Peugeot noire arrive. Il monte à l'arrière. La Peugeot s'éloigne.

« Alors, prêt pour votre marathon lecture, Pete ? me demande Pepsi, déjà installée sur son trône dans la bibliothèque. J'ai comme l'impression que ça va être une longue journée. »

Elle fait référence à l'épais dossier beige qui m'attend sur la table à tréteaux : mon chef-d'œuvre inédit de quarante pages.

*

« Je suggère que vous rédigiez un rapport officiel sur cette affaire, Peter », m'annonce Smiley.

Il est 3 heures du matin. Nous sommes assis côte à côte dans le salon d'une maison sise sur un lotissement HLM de New Forest.

« Je pense que vous êtes l'homme idéal pour cette mission, poursuit-il du même ton délibérément impersonnel. Un rapport complet, je vous prie, trop long, trop foisonnant de détails inutiles, et qui passera sous silence l'unique information que seuls vous, moi et quatre autres personnes au monde connaîtrons jamais, si Dieu le veut. Quelque chose qui pourra satisfaire les appétits voraces du Comité de pilotage et qui agira comme un écran de fumée lors de l'autopsie que la Direction générale ne manquera pas de réclamer (notez que j'emploie le mot "autopsie" au sens figuré). Premier jet à soumettre à ma seule approbation, je vous prie. Confidentiel. Vous voulez bien faire ça ? Vous vous en sentez capable ? Avec Ilse à vos côtés, naturellement. »

Ilse, linguiste vedette des Opérations clandestines : guindée, pointilleuse, maîtrisant l'allemand, le tchèque, le serbo-croate et le polonais sur le bout de ses jolis doigts, qui vit chez sa mère à Hampstead et qui joue de la flûte le samedi soir. Ilse sera à mes côtés et corrigera mes transcriptions des enregistrements en allemand. Nous sourirons tous deux de mes petites erreurs, nous discuterons ensemble du choix de tel mot ou telle expression, nous enverrons chercher des sandwiches, nous nous pencherons au-dessus du magnétophone, parfois nous nous cognerons la tête, nous nous excuserons simultanément. Et à 17 h 30 précises, Ilse retournera à Hampstead rejoindre sa mère et sa flûte.

*

JOHN LE CARRÉ

DÉFECTION ET EXFILTRATION DE LA SOURCE
DE SECONDE MAIN TULIPE.
Rapport préliminaire établi par P. Guillam, Asst. du Dir.
OC Marylebone, à l'att. de Bill Haydon, Dir. CPI, et
d'Oliver Lacon, Trésor. Pour approbation du Dir. OC.

Les premiers éléments indiquant que la seconde main
Tulipe se trouvait peut-être en danger d'être grillée ont
émergé pendant un treff de routine entre Mayflower et
son officier traitant Leamas (PAUL) à Berlin-Ouest,
dans la maison sûre K2 (Fasanenstrasse) le 16 janvier
vers 7 h 30.

Utilisant son identité de Friedrich Leibach,
Mayflower avait traversé à vélo[1] la zone frontalière
pour entrer à Berlin-Ouest en même temps que la
« cavalerie matinale » des travailleurs de Berlin-Est.
Un somptueux « breakfast anglais » comprenant œufs
au plat, bacon et haricots, préparé par Leamas, est
devenu le menu habituel de ces treffs, qui se déroulent
à intervalles irréguliers en fonction des besoins
opérationnels et des engagements professionnels de
Mayflower. Comme d'habitude, la séance a commencé
par un débriefing de routine et des nouvelles diverses
du réseau.

1. Suite au recrutement de Mayflower par notre
Service, il a été décidé de limiter au maximum ses
entrées visibles à Berlin-Ouest. La Station de Berlin lui
a donc fourni l'identité de Friedrich Leibach, ouvrier en
bâtiment habitant le quartier de Lichtenberg à Berlin-Est,
où Mayflower a obtenu par ses propres moyens la mise à
disposition d'un abri de jardin pour entreposer sa bicyclette
et son bleu de travail.

La source de seconde main JONQUILLE est
retombée malade mais tient à continuer à œuvrer, à
réceptionner et faire suivre « des livres rares, brochures
et courriers personnels ».

Le rapport de *la source de seconde main VIOLETTE*
sur le renforcement des troupes soviétiques à la
frontière tchèque a été bien reçu par les destinataires à
Whitehall. Violette recevra la prime qu'elle réclamait.

La source de seconde main PÉTALE a un nouveau
petit ami, caporal dans les transmissions de l'Armée
rouge, âgé de vingt-deux ans, spécialiste du chiffre,
originaire de Minsk et récemment affecté à la même
unité que Pétale. C'est un philatéliste compulsif et
Pétale lui a raconté que sa vieille tante (fictive) possède
une collection de timbres russes prérévolutionnaires
dont elle s'est lassée et qu'elle pourrait vouloir s'en
débarrasser si on y met le prix. Elle a l'intention de
négocier sur l'oreiller que ce prix soit un livre de code.
Sur les conseils de Leamas, Mayflower l'a assurée que
Londres fournirait la collection de timbres requise.

C'est seulement à ce moment-là que la conversation
se porte sur la seconde main Tulipe. Verbatim :

Leamas : Et Doris ? Elle est dans une bonne phase ou
  pas ?
Mayflower : Paul, mon ami, je n'en sais rien et je suis
  incapable de poser un diagnostic. Avec Doris, il n'y a
  pas deux jours qui se ressemblent.
Leamas : Karl, vous êtes sa planche de salut.
Mayflower : Elle commence à trouver que son mari,
  M. Quinz, s'intéresse trop à elle.
Leamas : Eh ben, il y aura mis le temps ! Et ça se traduit
  par quoi ?

Mayflower : Il la soupçonne, mais elle ne sait pas de
    quoi. Il lui demande sans cesse où elle va, qui elle
    rencontre, d'où elle arrive. Il la surveille pendant
    qu'elle prépare les repas, qu'elle s'habille, qu'elle fait
    toutes les choses du quotidien.
Leamas : Peut-être qu'elle a enfin un mari jaloux.
Mayflower : Elle n'y croit pas. Elle dit que Quinz n'est
    jaloux que de lui-même, de sa brillante carrière et de
    son ego. Mais avec Doris, comment savoir ?
Leamas : Et au bureau, comment ça se passe ?
Mayflower : Elle dit que Rapp ne la soupçonne pas parce
    que ses propres manquements au règlement ne le lui
    permettent pas. Elle dit que si elle était suspecte aux
    yeux de la SI, elle serait déjà en cage au pénitencier
    du coin.
Leamas : La SI ?
Mayflower : La section Sécurité Interne de la Stasi. Tulipe
    passe devant leur porte chaque matin en se rendant au
    bureau de Rapp.

À midi le même jour, Leamas ordonne à de Jong de
faire une vérification de routine des plans d'urgence
existants pour l'exfiltration de la seconde main Tulipe.
De Jong confirme que les documents et les ressources
pour une exfiltration via Prague sont toujours valides.
Ayant attendu l'heure de pointe du retour des
travailleurs, Mayflower est retourné à vélo dans
Berlin-Est.

Pepsi ne tient pas en place. Elle n'arrête pas de descendre de
son trône pour arpenter la pièce sans raison ou venir se planter
derrière moi pour lire par-dessus mon épaule. J'imagine Tulipe
dans le même état d'agitation, tantôt à son domicile de Hohen-

146

L'HÉRITAGE DES ESPIONS

schönhausen, tantôt dans son bureau jouxtant celui d'Emmanuel Rapp dans le Bâtiment 3 de la Stasi sur la Magdalenenstrasse.

La deuxième indication d'un souci est arrivée sous la forme d'un appel de médecin à médecin. Avec l'aide de la police de Berlin-Ouest, un système de contact d'urgence avait été mis en place. Si Mayflower téléphonait à la Klinikum (Berlin-Ouest) depuis la Charité (Berlin-Est) et demandait son collègue imaginaire le Dr Fleischmann, l'appel serait aussitôt redirigé sur la Station de Berlin. À 9 h 20 le 21 janvier, la conversation suivante a eu lieu sous couvert médical entre Mayflower et Leamas :

Verbatim :

Mayflower (appelant de la Charité, Berlin-Est) *:* Docteur Fleischmann ?

Leamas : C'est moi-même.

Mayflower : Ici le Dr Riemeck. J'ai une patiente pour vous. Frau Lisa Sommer[1].

Leamas : Quels sont les symptômes ?

Mayflower : Hier soir, Frau Sommer est arrivée à mon service des urgences atteinte d'hallucinations. Nous l'avons mise sous sédatif, mais elle est partie pendant la nuit sans autorisation médicale.

Leamas : Des hallucinations de quel genre ?

Mayflower : Elle s'imagine que son mari la soupçonne d'avoir révélé des secrets d'État à des éléments fascistes anti-Parti.

Leamas : Merci, c'est noté. Malheureusement, ma présence est requise au bloc.

Mayflower : Compris.

1. Nom de couverture de Tulipe.

147

JOHN LE CARRÉ

Deux heures se passent, pendant lesquelles Mayflower sort de sa cachette son équipement Bloc[1], le branche sur la fréquence recommandée et finit par obtenir un faible signal. La qualité sonore sera inégale pendant toute la conversation. Résumé :

Tôt le matin même, Tulipe avait pour la première fois téléphoné en urgence au dispensaire de Mayflower en utilisant une série convenue de petits coups de crayon sur le combiné d'un téléphone neutre (en l'occurrence, une cabine téléphonique). En retour, Mayflower avait communiqué son accord : deux coups, une pause, trois coups.

Le lieu de rendez-vous (RV) en urgence était un bosquet près de Köpenick, le hasard voulant que ce soit celui où Mayflower avait choisi de cacher son équipement Bloc. Ils sont arrivés à vélo à quelques minutes d'intervalle. L'humeur initiale de Tulipe, à en croire Mayflower, était « triomphante ». Quinz était « neutralisé », il était « fait comme un rat ». Elle invitait Mayflower à se réjouir avec elle. Dieu lui était venu en aide. Voici le récit complet :

En rentrant tard du travail la veille, Quinz a attrapé l'appareil photo Zenit pendu par la bandoulière à un clou derrière la porte d'entrée, l'a ouvert, a marmonné quelque chose et l'a refermé d'un coup sec avant de

---

1. Bloc est un prototype américain de système de communications haute fréquence de faible portée, construit expressément pour les communications secrètes Est-Ouest au sein du périmètre de la ville de Berlin. Leamas a décrit ce système dans une lettre semi-officielle au chef du Service technique comme « pas pratique, plein de boutons, trop sophistiqué et typique des Amerloques ». Le système a depuis été abandonné.

148

L'HÉRITAGE DES ESPIONS

le raccrocher. Il a ensuite exigé de voir le contenu
du sac à main de Tulipe. Elle s'y est opposée, il l'a
envoyée valser à l'autre bout de la pièce et a procédé
à la fouille. Quand Gustav a volé au secours de sa
mère, Quinz l'a frappé au visage, lui ouvrant le nez et
la lèvre. Comme il ne trouvait visiblement pas ce qu'il
cherchait, Quinz a ensuite inspecté tous les placards et
les tiroirs de la cuisine, frénétiquement palpé toutes les
surfaces souples des meubles de la maison et mis sens
dessus dessous l'armoire à vêtements de Tulipe et le
coffre à jouets de Gustav, tout cela en vain.

Alors que Gustav était à portée d'oreille, Quinz a
intimé l'ordre à Tulipe de s'expliquer, en comptant sur
ses doigts les questions qu'il égrenait. Un : pourquoi
l'appareil photo familial Zenit ne contenait-il pas
de pellicule ? Deux : pourquoi n'y avait-il qu'une
pellicule neuve dans la poche de la housse alors qu'une
semaine plus tôt il y en avait deux ? Trois : pourquoi
une pellicule qui le dimanche encore se trouvait dans
l'appareil avec seulement deux vues utilisées avait-elle
aussi disparu ?

Questions subsidiaires : Qu'avait-elle photographié
avec les huit vues restantes ? Où avait-elle apporté
la pellicule à développer ? Où étaient les photos ?
Qu'était-il arrivé à la pellicule neuve manquante ?
Ou bien, comme il en était convaincu, avait-elle
photographié les documents classifiés qu'il rapportait
à la maison et les avait-elle vendus à des espions
occidentaux ?

La réalité, comme le savait bien Tulipe, était
la suivante. Depuis qu'elle dissimulait un Minox sous
le bac de douche des toilettes pour femmes de son
couloir dans le Bâtiment 3, Tulipe avait pour principe
de ne pas en détenir d'autre, ni dans la boucle de

149

son sac à bandoulière ni chez elle. Quand Quinz rapportait à la maison des documents intéressants du ministère des Affaires étrangères de RDA, Tulipe attendait qu'il soit endormi ou occupé avec ses amis pour photographier les documents grâce au Zenit familial. Le dimanche précédent, elle avait pris deux clichés de Gustav sur la balançoire au parc. Le même soir, pendant que Quinz buvait avec ses amis, elle avait utilisé les vues restantes pour photographier les documents rangés dans sa mallette. Elle avait ensuite retiré la pellicule du Zenit, l'avait cachée dans un pot de fleurs en attendant son prochain treff avec Mayflower, mais avait oublié de mettre une pellicule neuve dans l'appareil, et a fortiori d'en gâcher les deux premières vues en mettant le doigt sur l'objectif pour réaliser deux photos ratées de Gustav. Malgré tout, elle a réussi à exécuter ce qu'elle estime être une contre-attaque dévastatrice contre son mari. Elle a informé Quinz, au cas où il ne le saurait pas, que de nombreux employés de la Stasi continuaient à nourrir des soupçons sur lui en raison de son père odieux et de son homosexualité bien connue, que personne à la Stasi ne se laissait abuser par ses assurances exagérées de loyauté au Parti, et que oui, elle avait en effet photographié tous les documents de sa mallette sur lesquels elle avait pu mettre la main, non pas dans le but de les vendre à l'Ouest ou à quiconque, mais afin de le faire chanter dans la perspective d'un procès pour la garde de Gustav, qu'elle considérait comme imminent. Parce qu'une chose était sûre, lui dit-elle : si jamais il devait se savoir que Lothar Quinz rapportait chez lui des documents classifiés pour les éplucher pendant ses loisirs, son rêve de devenir ambassadeur de RDA à l'étranger serait détruit.

Retour à l'enregistrement :

Leamas à Mayflower : Et alors, ça en est où ?
Mayflower à Leamas : Elle est convaincue de l'avoir
réduit au silence. Il est allé travailler ce matin comme
si de rien n'était. Il était calme, voire affectueux.
Leamas : Où est-elle, à cette heure ?
Mayflower : Chez elle, à attendre Emmanuel Rapp. Il
doit passer la chercher en voiture à midi précis et
l'emmener à Dresde pour une session plénière du
Soviet de Sécurité intérieure. Il lui a promis que, cette
fois, elle assisterait à la réunion en qualité d'assistante
personnelle. Ce sera un honneur pour elle.
[Pause de quinze secondes.]
Leamas : Bon, OK, voilà ce qu'elle va faire. Elle va
téléphoner tout de suite au bureau de Rapp. Elle a été
malade comme un chien toute la nuit, elle a une fièvre
de cheval et elle est trop mal en point pour voyager,
elle en est désolée. Et après, elle ferme boutique. Elle
connaît la procédure. Elle va au lieu de rendez-vous et
elle attend.

Leamas a ensuite informé la Direction générale
par télégramme prioritaire que la demande d'une
exfiltration d'urgence pour la source de seconde main
Tulipe était passée de orange à rouge, et que, étant
donné qu'elle avait pleine connaissance de la source
Mayflower, tout le réseau devait être considéré comme
compromis. Puisque le plan d'exfiltration nécessitait
la collaboration des Stations de Prague et de Paris,
les ressources du Pilotage étaient vitales. Il a aussi
demandé l'autorisation immédiate de procéder à
l'exfiltration « en personne », sachant pertinemment

que, selon les règles en vigueur au Cirque, un agent
en activité détenant des informations hautement
sensibles qui se propose d'entrer en territoire ennemi
sans protection diplomatique doit obtenir à l'avance
le consentement écrit de la Direction générale, en
l'occurrence du Pilotage. Dix minutes plus tard,
il recevait sa réponse : « Demande rejetée. Accusez
réception. CPI. » Le télégramme ne portait pas de
signature nominative, conformément à la politique de
prise de décision collective du Dir. CPI [Haydon]. Au
même moment, les Renseignements électromagnétiques
ont signalé une augmentation massive de trafic sur
toutes les longueurs d'onde de la Stasi, tandis que
la Mission militaire britannique à Potsdam remarquait
un renforcement de la sécurité à tous les points de
passage vers Berlin-Ouest le long de la frontière
RDA-RFA. À 15 h 05 GMT, la radio est-allemande
a annoncé la traque à l'échelle nationale d'une
femme anonyme, « laquais de l'impérialisme fasciste
répondant à la description suivante ». (La description
correspondait à Tulipe.)

Entre-temps, au mépris des instructions du Pilotage,
Leamas avait pris plusieurs mesures de son propre
chef. Il ne s'en excuse en rien, affirmant juste qu'il
n'allait pas « rester assis sur son cul et regarder
Tulipe et tout le réseau Mayflower partir en fumée ».
Quand le Pilotage a insisté sur le fait que Mayflower,
au moins, devait lui-même être exfiltré sans délai,
la réponse de Leamas a été très claire : « Il peut sortir
quand il le souhaite, mais il ne le fera pas. Il préférera
un procès comme son père. » Moins clair est le rôle
joué par Stavros de Jong, récemment promu agent
subalterne de la Station, et par Ben Porter, agent de
sécurité et chauffeur de la Station.

Témoignage de Ben Porter (agent de sécurité, Station de Berlin) à PG, verbatim :

Alec est dans son bureau, en train de parler au Pilotage sur le bigophone sécurisé. Je suis en faction à la porte. Il repose le combiné, se tourne vers moi et me dit : « Ben, on a le feu vert. On passe par la route. Sortez la Land Rover et dites à Stas que je le veux en grand uniforme dans la cour d'ici cinq minutes. » À aucun moment M. Leamas ne m'a dit : « Ben, je dois vous informer que nous agissons en violation directe des instructions de la Direction générale. »

Témoignage de Stavros de Jong (stagiaire rattaché au Dir. OC Berlin) à PG, verbatim ·

J'ai demandé au directeur des Opérations clandestines : « Alec, on est bien sûrs que la Direction générale nous soutient, là-dessus ? » Il a répondu : « Stas, croyez-moi sur parole. » Donc c'est ce que j'ai fait.

Ces protestations d'innocence avaient été rédigées par moi, pas par eux. N'ayant aucun doute sur le fait que Smiley avait encouragé Leamas à effectuer lui-même l'exfiltration de Tulipe, j'ai pris grand soin de fournir à Porter et de Jong des cartes « sortie de prison » au cas où ils seraient contraints de se justifier par Percy Alleline ou l'un de ses sbires.

*

Trois jours plus tard. C'est Alec en personne qui reprend le fil de l'histoire. Il est 22 heures et il se fait débriefer, assis à une table en contreplaqué dans la salle sécurisée de l'ambassade britannique de Prague, où il est venu se réfugier une heure plus tôt. Il parle dans un magnétophone. Face à lui, le chef de la Station de Prague, un certain Jerry Ormond, époux de la redoutable Sally, qui se trouve être le numéro 2 de la Station aux termes d'un des partenariats monsieur-madame du Cirque. Également posée sur la table, ne serait-ce que dans mon imagination bien informée, une bouteille de scotch et un seul verre (pour Alec), que Jerry remplit à intervalles réguliers. Au ton monocorde de la voix d'Alec, on le devine épuisé, ce qui est aussi bien pour Ormond, puisque sa tâche de débriefeur est de consigner le récit du sujet avant que sa mémoire ait eu le temps de le modifier. Dans mon imagination, encore, Alec n'est pas rasé, il porte un peignoir d'emprunt après la douche rapide qu'on l'a autorisé à prendre. L'Irlandais en lui perce par moments dans sa voix.

Et moi, Peter Guillam, où suis-je ? Pas à Prague avec Alec, alors que j'aurais très bien pu m'y trouver. Non. Je suis assis dans une pièce à l'étage du QG des Opérations clandestines à Marylebone, en train d'écouter la cassette livrée en urgence à Londres par un avion de la RAF, et je me dis : *je suis le prochain sur la liste.*

AL : Il fait moins huit sur les marches du complexe
olympique, un vent d'est à vous geler les couilles
apporte une neige fine, les routes sont verglacées.
Je me dis que ce temps pourri nous arrange bien.
Un temps pourri, c'est un temps pour s'enfuir.
La Land Rover est en stand-by, Ben au volant.
Stas de Jong descend les marches d'un pas martial
en tenue de combat militaire, se plie en douze
pour caser son mètre quatre-vingt-dix et ses bottes
dans le compartiment sous le plancher. Ben et moi
refermons la trappe. Je m'assois à l'avant avec Ben.
Je suis vêtu d'une redingote et d'un képi d'officier
avec galon à trois bandes, et en dessous je porte un
bleu de travail d'ouvrier est-allemand. Une vieille
besace sous le siège avec tous les papiers. C'est

une de mes règles : on garde toujours les papiers de
côté pour le grand saut. 21 h 20, on arrive au point
de passage officiel de la Friedrichstrasse réservé au
personnel militaire, on montre nos laissez-passer aux
Vopos à travers les vitres fermées pour éviter que ces
enfoirés mettent leurs sales pattes dessus, ce qui, selon
les diplomates, est la façon de faire en vigueur. Sitôt
passés de l'autre côté, on est pris en chasse de façon
classique par deux Vopos dans une Citroën. La routine.
Ils ont juste besoin de vérifier que nous sommes bien
un de ces véhicules militaires britanniques exerçant
les droits que leur confère l'accord quadripartite,
et c'est précisément ce que nous souhaitons leur
montrer. Nous traversons Friedrichshain et je prie
Dieu que Tulipe soit déjà en route à l'heure qu'il est,
parce que sinon elle est morte (voire pire), et tout
le réseau avec elle. Nous roulons au nord en direction
de Pankow jusqu'à atteindre le périmètre militaire
soviétique, puis nous virons à l'est avec la même
Citroën aux fesses, ce qui nous convient très bien –
une relève de la garde serait synonyme d'yeux frais
et dispos, autant éviter. Je leur donne un peu de fil
à retordre, ce qui est exactement ce qu'ils attendent
de nous : un virage soudain, on revient sur nos pas,
on ralentit à mort, on appuie sur le champignon. On
vire au sud et on entre dans Marzahn. C'est toujours
l'agglomération de Berlin, sauf que tout est forêt,
routes de campagne et bourrasques de neige. On passe
devant l'ancienne station de radio nazie, notre premier
repère. La Citroën est à cent mètres derrière nous et
n'apprécie guère le verglas. On descend la colline en
accélérant. Devant nous, un virage serré à gauche et
une cheminée d'usine blanche qui émerge des arbres.
C'est notre second repère, une ancienne scierie. On

155

prend le virage à vitesse soutenue et on freine sec près
de la scierie le temps que je m'éjecte en roulé-boulé
du véhicule, avec ma besace mais sans ma redingote,
signal qu'attendait Stas pour sortir de sa boîte et venir
prendre ma place sur le siège passager. Je me retrouve
aplati dans un fossé et couvert de neige, ce qui veut
dire que j'ai dû rouler sur un ou deux mètres. Quand
je jette un œil à la route, la Land Rover remonte de
l'autre côté de la vallée et la Citroën fait son possible
pour la rattraper poussivement.

[Pause, ponctuée par le tintement d'un verre et le glouglou
d'un liquide.]

AL [suite] : Derrière l'ancienne scierie se trouvent un
parking poids lourds désaffecté et un appentis en tôle
rempli de sciure de bois. Et derrière le tas de sciure,
une Trabant marron et bleu avec une cargaison de
tubes en acier fixée sur le toit. Cent cinquante mille
kilomètres au compteur, une odeur de rat crevé, mais
le réservoir est plein, il y a des jerricans en plus à
l'arrière et les pneus ont même un genre de bande
de roulement. Entretenue par un patient fiable de
Mayflower qui ne veut même pas donner son nom.
Le seul souci, c'est que les Trabant détestent le froid.
Il me faut une heure pour la dégeler, et pendant tout
ce temps je me dis : Tulipe, où es-tu, t'es-tu fait
arrêter, es-tu en train de parler ? Parce que si tu parles,
on est tous foutus.

JO [Jerry Ormond] : Et votre identité ?

AL : Günther Schmaus, soudeur originaire de Saxe. Je fais
un assez bon Saxon. Ma mère était de Chemnitz, mon
père du comté de Cork.

JO : Et Tulipe ? Pour votre rencontre, elle est censée être
qui ?

AL : Ma très chère femme Augustina.

156

JO : Et elle est où, à ce moment-là, si tout va bien ?

AL : RV au nord de Dresde. Campagne profonde. Elle aura essayé de couvrir une partie du chemin à vélo malgré la météo, et puis elle aura abandonné son vélo parce qu'ils savent qu'elle en fait. Après elle aura pris un train régional et continué en stop jusqu'au RV, avec pour ordre de rester cachée le temps qu'il faudra.

JO : Et pour le passage de Berlin-Est en RDA, vous vous attendez à quoi ?

AL : C'est aléatoire. Il n'y a pas de checkpoints, juste des patrouilles volantes. On a du bol ou on n'en a pas.

JO : Et vous en avez eu ?

AL : Ça n'a pas été compliqué. Deux voitures de police. Ils vous font une queue de poisson, ils vous foutent une peur bleue, ils vous obligent à descendre de la voiture, ils vous rudoient, mais si les papiers passent l'inspection, ils vous laissent repartir.

JO : Et ils ont passé l'inspection, les papiers ?

AL : Sinon je serais pas là, c'te question !

[Changement de bande, passage abîmé de quarante-cinq secondes. Reprise. Leamas décrit le trajet de Berlin-Est à Cottbus.]

AL : Ce qu'il y a de mieux avec la circulation en RDA, c'est que, en gros, il n'y en a pas. Quelques chevaux, quelques carrioles, des vélos, des mobylettes, des side-cars, de rares camions déglingués. Un bout d'autobahn, et puis des petites routes. J'alterne. Si une petite route est enneigée, je reviens sur l'autobahn. Surtout, éviter Wünsdorf à tout prix.
Il y a un immense camp nazi, là-bas, et les Russkoffs l'ont repris en bloc : trois divisions de chars, plein d'artillerie et une station d'écoute énorme. Ça fait des mois qu'on le surveille de près. Je le contourne par le nord pour plus de sécurité, pas sur l'autobahn, juste

sur une route de campagne toute droite et plate. J'ai
de grosses bourrasques de neige qui m'arrivent dessus,
il y a des alignements d'arbres dépouillés remplis de
boules de gui, et je me dis qu'un jour je reviendrai
cueillir tout ça pour le revendre au marché de Covent
Garden. Et tout d'un coup (je ne sais pas si je rêve ou
non), je me retrouve en plein milieu d'un putain de
convoi militaire soviétique, et je roule à contresens.
Des camions bourrés de troufions, des chars T-34 sur
des remorques, six ou huit pièces d'artillerie, et moi
dans ma Trabant bicolore qui slalome entre tout ça en
essayant de quitter cette satanée route, et eux ils ne
me regardent même pas, ils continuent tout droit. Je
n'ai même pas eu le temps de relever les numéros de
plaque, c'est ballot, hein ?

[Rires des deux hommes. Pause. Leamas reprend sur un
rythme plus lent.]

AL : À 16 heures, je suis à cinq kilomètres à l'ouest de
Cottbus. Je cherche un ancien atelier de *Karosserie*
quelque part sur la route. C'est le lieu de RV. Et une
moufle de bébé coincée sur un grillage, le signal de
sécurité pour me dire que Tulipe est à l'intérieur. Et
elle est bien là. La moufle. Rose. Coincée là comme
un foutu drapeau au beau milieu de nulle part. Et
elle me fiche la trouille, cette moufle, je ne sais pas
pourquoi. Elle est juste trop visible. Peut-être que ce
n'est pas Tulipe, dans l'atelier, peut-être que c'est
la Stasi. Ou peut-être que c'est Tulipe ET la Stasi.
Alors, je me gare, le temps d'y réfléchir. Et pendant
que je réfléchis, la porte de l'atelier s'ouvre et la voilà,
debout sur le seuil, et elle tient par la main un gamin
de six ans tout sourire.

[Pause de vingt-deux secondes.]

AL : Je ne l'avais jamais rencontrée, cette bonne femme !
Tulipe travaillait pour Mayflower. C'était ça, le deal.
Je la connaissais en photo, c'est tout. Alors je dis :
« Comment ça va, Doris ? Je m'appelle Günther et je
suis votre époux le temps du voyage. Mais lui, c'est
qui, bon sang de bois ? » Sauf que je sais foutrement
bien qui c'est, lui. Et elle me répond : « C'est mon fils
Gustav et il vient avec moi. » Alors je dis : « Il vient
avec nous que dalle, oui ! On est un couple sans
enfants et il n'y aura pas moyen de le cacher sous une
couverture quand on arrivera à la frontière tchèque,
ça c'est sûr. Alors qu'est-ce qu'on fait ? » Elle répond
que, dans ce cas, elle ne vient pas, et le garçon
intervient en ajoutant que lui non plus. Alors je dis à
Gustav de rentrer dans l'atelier et j'attrape Tulipe par
le bras pour l'emmener derrière et lui annoncer ce
qu'elle sait déjà mais qu'elle ne veut pas entendre : il
n'y a pas de pièce d'identité pour lui, ils vont arrêter
la bagnole, vérifier nos papiers, et si on ne s'est pas
débarrassés de lui, vous êtes foutue et moi avec, et
aussi le bon Dr Riemeck, parce qu'une fois qu'ils vous
auront mis la main dessus, à Gustav et à vous, ils vous
arracheront son nom en cinq minutes. Pas de réponse.
Il commence à faire sombre et la neige redouble,
alors nous entrons dans l'atelier, qui est aussi mahous
qu'un hangar à avions et rempli de machines-outils
déglinguées, et le moutard, là, le Gustav, croyez-le ou
non, il a préparé le dîner ! Il a déniché ce qu'elle avait
pris comme provisions et il a tout étalé par terre :
saucisse, pain, un thermos de chocolat chaud, plus des
caisses pour s'asseoir dessus, et c'est la fête ! Alors on
s'installe en cercle pour notre pique-nique en famille,
et Gustav nous chante un chant patriotique, et ils se
couchent sous des manteaux et d'autres vêtements, et

moi je reste assis dans un coin à fumer, et dès le petit
matin, je les fourre tous les deux dans la Trabant et on
retourne au village que j'avais traversé la veille au soir
parce que j'y avais repéré un arrêt de bus. Et grâce à
Dieu, il y a là deux vieilles mémés en jupe blanche,
fichu noir sur la tête et panier de concombres sur
le dos, et Dieu merci ce sont des Sorabes.

JO : Des Sorabes ? C'est quoi ce...

AL [fou furieux] *:* Des Sorabes, bordel de Dieu ! Vous
avez jamais entendu parler des Sorabes ? Mais enfin
il y en a soixante mille ! C'est une espèce protégée,
même en RDA. Une minorité slave disséminée le long
de la Spree, ils sont là depuis des siècles, ils cultivent
leurs concombres à la con, là. Essayez plutôt d'en
recruter un... Non, mais on croit rêver !

[Pause de dix secondes. Retour au calme.]

AL : Je me gare, je dis à Tulipe et Gustav de rester
sagement dans la voiture sans bouger. Je sors, une des
vieilles mémés m'observe, l'autre ne se donne même
pas cette peine. Je lui sers mon numéro de charme.
Parle-t-elle allemand ? Ça, c'est par respect. Oui, elle
parle allemand, mais elle préférerait parler sorabe.
Cette bonne blague. Je lui demande où elle va.
En car jusqu'à Lübbenau, puis en train jusqu'à
l'Ostbahnhof de Berlin pour vendre ses concombres.
Ils rapportent plus, à Berlin. Je lui sers une histoire à
la mords-moi-le-nœud sur Gustav : famille à
problèmes, maman dans tous ses états, le garçon doit
retourner auprès de son père à Berlin, et pourraient-elles
l'emmener avec elles ? Elle soumet ma proposition
à sa copine, elles en débattent en sorabe, et moi je me
dis, d'une seconde à l'autre ce maudit car va arriver
en haut de la colline et elles n'auront toujours pas pris
leur décision. Et là, la première me dit on emmène

160

votre garçon si vous nous achetez nos concombres et
moi je dis quoi, tous ? Et elle me répond oui, tous.
Alors je dis mais si j'achète tous vos concombres,
vous n'aurez plus de putains de concombres à vendre
à Berlin alors pourquoi vous iriez ? Ça, ça les fait
bien rire en sorabe. Je lui fourre une liasse de billets
dans la main, voilà pour vos concombres, sauf que
gardez-les. Et ça c'est pour le billet de train du
gamin, et ça c'est un peu plus pour son trajet ensuite
jusqu'à Hohenschönhausen. Et voilà le car qui arrive,
et je vais aller chercher le garçon. Je retourne à
la voiture et je dis à Gustav de descendre, mais sa
mère reste assise, pétrifiée sur son siège, la main
sur les yeux, donc lui aussi refuse de bouger. Alors
je lui ordonne de descendre, je lui crie dessus et
il obéit. Et je lui dis tu viens avec moi jusqu'à
l'arrêt de bus et ces deux gentilles camarades vont
t'escorter jusqu'à l'Ostbahnhof. Et de là, tu rentreras à
Hohenschönhausen et tu attendras que ton père arrive.
Et c'est un ordre, camarade. Alors il me demande où
va sa mère et pourquoi il ne va pas avec elle, alors
je lui dis ta mère a un travail secret très important à
faire à Dresde, et il est de ton devoir, en tant que bon
petit soldat du communisme, d'aller retrouver ton père
et de continuer le combat. Et il y va. [Silence de cinq
secondes.] Quoi, qu'est-ce qu'il aurait pu faire d'autre,
de toute façon ? C'est un môme du Parti avec un père
du Parti et il a six ans, merde !

JO : Et Tulipe, pendant ce temps-là ?

AL : Assise dans notre tas de boue à regarder la scène
à travers le pare-brise comme si elle était en transe.
Je monte à bord, je roule sur un kilomètre, puis je
m'arrête et je la fais sortir fissa. Il y a un hélicoptère
qui bourdonne au-dessus de nos têtes. Non mais il

se croit où, lui ? Et comment il a réussi à trouver un hélico ? Il l'a emprunté aux Russes ? Écoutez, je lui dis, écoutez bien ce que je vous dis, parce qu'on a besoin l'un de l'autre. Renvoyer votre môme à Berlin, ce n'est pas la fin d'un problème, c'est le début d'un autre. D'ici deux heures, toute la Stasi saura que Doris Gamp épouse Quinz a été vue pour la dernière fois près de Cottbus alors qu'elle se dirigeait vers l'est avec son ami. Ils auront une description de la voiture, tout le toutim. Alors notre super plan de conduire ce tas de ferraille jusqu'en Tchéco avec des faux papiers, on peut s'asseoir dessus ! Parce que, à partir de maintenant, toutes les unités de la Stasi et du KGB et tous les postes-frontières entre Kaliningrad et Odessa vont guetter une Trabant en plastoc bicolore avec deux espions fascistes dedans. Et je dois reconnaître qu'elle encaisse bien le coup. Elle arrête son cirque, elle me demande juste direct quel est le plan B, et je lui réponds : une carte de contrebandier périmée que j'ai apportée au cas où, et qui avec un peu de chance et une prière pourra peut-être nous permettre de passer la frontière à pied. Elle prend le temps de la réflexion, et là elle me demande, comme si c'était ça qui allait faire pencher la balance : « Si je viens avec vous, quand est-ce que je reverrai mon fils ? », ce qui me laisse à penser qu'elle envisage sérieusement de se livrer aux autorités pour l'amour de son môme. Alors je l'attrape par les épaules et je lui jure tout net que j'obtiendrai que son fils nous soit rendu dans un échange d'espions si c'est la dernière chose que je fais sur cette terre. Et je sais aussi bien que vous qu'il y a autant de chances que ça arrive que... [Pause de trois secondes.] Et merde.

*

Était-ce purement par souci de concision ? Quoi qu'il en soit, dans ma transcription suivante, que je suis en train de relire, je n'ai pas repris mot pour mot les paroles prononcées par Alec, préférant à ce stade les paraphraser pour une plus grande... objectivité, dirons-nous ?

Dès l'instant où il laissa Gustav à la charge des deux Sorabes, Alec s'en tint aux petites routes chaque fois que la neige le lui permettait. Son problème, expliqua-t-il, c'était « d'en savoir foutrement trop » sur les périls du terrain qu'ils traversaient. Toute cette zone pullulait de stations d'écoute du renseignement militaire et du KGB, dont il connaissait l'emplacement par cœur. Il raconta qu'il avait emprunté des routes secondaires toutes droites ensevelies sous quinze centimètres de neige fraîche avec pour seul repère les alignements d'arbres de chaque côté ; qu'il s'était senti soulagé en pénétrant dans une forêt, jusqu'à ce que Tulipe pousse un cri d'horreur. Elle venait d'apercevoir l'ancien relais de chasse des nazis où l'élite de la RDA amenait des dignitaires de passage pour tirer les daims et les sangliers et se saouler. Ils firent un détour au débotté, perdirent leur chemin et virent une lumière qui brillait dans une ferme isolée. Leamas tambourina à la porte, que vint ouvrir une paysanne terrorisée qui serrait un couteau dans sa main. Elle lui fournit des indications et il la persuada de lui vendre du pain, de la saucisse et une bouteille de slivovitz. Quand il retourna à la Trabant, il se prit le pied dans un câble téléphonique qui pendouillait, sans doute là pour donner l'alerte en cas d'incendie. Il le sectionna de toute façon.

Le jour s'enténébrait, la neige redoublait, la Trabant bicolore arrivait en bout de course : « embrayage foutu, radiateur foutu, boîte de vitesses foutue, fumée qui sort du capot ». Il estima qu'ils devaient se trouver à une dizaine de kilomètres de Bad Schandau et une quinzaine du point de passage indiqué sur sa carte de contrebandier. Ayant vérifié leur position du mieux possible à l'aide d'une boussole, il choisit un sentier de bûcheron orienté vers l'est et l'emprunta jusqu'à ce qu'ils atteignent une congère. Blottis l'un contre l'autre dans la Trabant par un froid glacial, ils mangèrent le pain et la *Wurst*, burent la slivovitz, se gelèrent et observèrent les daims qui passaient, tandis que Tulipe, à moitié endormie, la tête posée sur l'épaule d'Alec, décrivait languissamment ses espoirs et ses rêves pour sa nouvelle vie avec Gustav en Angleterre.

Elle ne souhaitait pas que Gustav soit scolarisé à Eton. Elle avait entendu dire que les pensionnats anglais étaient dirigés par des pédérastes comme son mari. Elle préférait une école publique prolétarienne et mixte, avec beaucoup d'activités sportives et une discipline mesurée. Gustav commencerait à apprendre l'anglais dès son arrivée, elle y veillerait. Pour son anniversaire, elle lui achèterait une bicyclette anglaise. L'Écosse était paraît-il une région magnifique. Ils iraient faire du vélo tous les deux en Écosse.

Elle continuait dans cette veine tout en s'assoupissant, quand soudain Alec découvrit quatre silhouettes d'hommes armés de kalachnikovs qui encerclaient la voiture comme autant de sentinelles muettes. Il ordonna à Tulipe de ne pas bouger, ouvrit la portière et sortit lentement sous leur surveillance. Aucun ne devait avoir plus de dix-sept ans, et ils avaient l'air aussi effrayés que lui. Prenant l'initiative, il exigea de savoir ce qu'ils croyaient faire là, à venir déranger un couple d'amoureux. Au départ, aucun ne répondit. Puis le plus courageux expliqua qu'ils étaient des braconniers qui cherchaient de la viande. Ce à quoi Alec répondit que, s'ils n'en parlaient à personne, lui en ferait autant. Ce pacte fut scellé par une tournée générale de poignées de main, après quoi les quatre hommes disparurent sans un bruit.

Le jour se lève, clair, sans neige. Bientôt brille un pâle soleil. Ensemble, ils poussent la Trabant bicolore en bas d'une pente et la recouvrent de neige et de branchages. À partir de là, marche à pied. Tulipe porte de simples bottes en cuir fin qui lui montent aux genoux, pas de grosse semelle. Les souliers de chantier d'Alec sont un peu plus adaptés. Ils se mettent en route en se tenant fort par la main quand ils glissent. Ils se trouvent dans la « Suisse saxonne », un merveilleux paysage moutonnant de champs de neige pentus et de forêts parsemé de vieilles maisons à flanc de colline, tombées en ruine ou reconverties en orphelinats d'été. À en croire la carte, ils suivent un trajet parallèle à la frontière. Main dans la main, ils gravissent une pente à grand-peine et contournent un étang gelé. Ils arrivent dans un village montagnard de petits chalets.

> *AL :* Si la carte disait vrai, on était soit morts, soit en Tchéco.
> [Tintement de verres. Son de liquide versé.]

Mais l'histoire commence à peine, cf. les télégrammes du Cirque en annexe. Et c'est aussi la raison pour laquelle, après avoir écouté l'enregistrement d'Alec, je suis toujours assis au dernier étage du QG des Opérations clandestines à Marylebone au petit matin, à attendre avec appréhension ma convocation imminente par la Direction générale.

Sally Ormond, chef adjoint de la Station de Prague, épouse du chef de Station Jerry, est le type même de la battante grande-bourgeoise que le Cirque aime d'amour : Cheltenham Ladies' College, père dans le SOE pendant la guerre, deux tantes ayant travaillé au décryptage à Bletchley. Revendique une mystérieuse parenté par alliance avec George, ce qu'il supporte selon moi avec un peu trop de grâce.

JOHN LE CARRÉ

*Rapport de Sally Ormond, CA Station Prague,
à l'attention du Dir. OC* [Smiley], *Personnel
et Confidentiel. Priorité : MAXIMALE.*

Les ordres des OC reçus par notre Station étaient
d'accueillir, de soutenir et de loger en toute sécurité un
officier sous déguisement, Alec Leamas, et une agente
en fuite voyageant avec des papiers est-allemands
dans une Trabant immatriculée en Allemagne de l'Est,
numéros de plaque fournis, attendus à la nuit tombée.

Toutefois, la Station n'a PAS été avertie que cette
opération était exécutée en violation des instructions
du Comité de pilotage. Nous pouvions juste supposer
que, Leamas ayant opté pour une intervention en solo,
la DG avait consenti après coup à lui fournir un soutien
logistique.

La Station de Berlin (de Jong) nous avait avertis
que, une fois arrivé en territoire tchèque, Leamas se
signalerait par un appel anonyme à la Section visas de
notre ambassade pour demander si les visas britanniques
étaient valables en Irlande du Nord. La Station de
Prague lancerait alors une annonce préenregistrée lui
conseillant de rappeler pendant les heures d'ouverture
des bureaux. Ceci constituerait un accusé de réception
de son message.

Leamas et Tulipe se rendraient ensuite par tout moyen
praticable à un point sur la route reliant la ville de
Prague à l'aéroport et se gareraient sur une bande d'arrêt
d'urgence, référence sur la carte fournie.

Selon le plan élaboré par notre Station et approuvé
par le Dir. OC, le couple abandonnerait le véhicule
et un chauffeur officiel appartenant au réseau

166

L'HÉRITAGE DES ESPIONS

GODIVA de Prague réquisitionnerait le minibus de l'ambassade (plaques diplomatiques et vitres fumées) qui fait régulièrement la navette avec l'aéroport pour le personnel diplomatique. Il récupérerait Leamas et Tulipe au point de RV convenu. L'arrière du minibus contiendrait des tenues de soirée occidentales fournies par notre Station, qu'ils endosseraient afin de se faire passer pour des invités officiels à un dîner de Mme l'ambassadeur et entrer sous ce prétexte dans la résidence, qui est sous surveillance permanente de la sécurité tchèque.

À 10 h 40, une réunion d'urgence s'est tenue dans la salle sécurisée de l'ambassade, lors de laquelle Son Excellence Mme l'ambassadeur a gracieusement consenti à ce plan. Toutefois, à 16 h heure anglaise, ayant de nouveau consulté le Foreign Office, elle est arbitrairement revenue sur sa décision au motif que, puisque la fugitive avait entre-temps été présentée dans tous les médias de RDA comme une traîtresse à la patrie, les répercussions diplomatiques potentielles primaient sur toute considération antérieure.

Au vu de la position officielle de Son Excellence, il était impossible de déployer un véhicule et du personnel de l'ambassade pour le plan d'exfiltration. J'ai donc déconnecté le système de réponse automatique de la Section visas dans l'espoir que cela indiquerait à Leamas qu'aucun soutien logistique n'était disponible.

J'ai remis mes écouteurs. Je suis de retour avec Alec, non pas dans le confort impérial de notre ambassade britannique de Prague, mais coincé sur une route gelée avec Tulipe, sans soutien, sans voiture pour les récupérer et, comme dirait Alec, sans que dalle. Je me rappelle ce qu'il prêche depuis que je le connais : quand tu organises une opération, pense à toutes les façons dont le

Service va pouvoir t'entuber, et après, attends de découvrir celle à laquelle tu n'aurais jamais pensé mais eux oui. Et je devine que c'est exactement ce qu'il se dit à présent.

AL [reprise du verbatim] : Quand la navette n'est pas arrivée, quand la Section visas a coupé les ponts, je me suis juste dit, putain de merde, c'est Londres tout craché, ça, donc t'as plus qu'à improviser au fur et à mesure. On est un couple est-allemand en détresse sur le bord de la route, ma femme est malade comme un chien, s'il vous plaît, aidez-nous. Je dis à Doris de s'asseoir sur le trottoir en prenant un air misérable, ce qui lui va très bien, et, au bout d'un moment, un camion chargé de briques se gare et le chauffeur se penche par la fenêtre. Grâce au ciel, c'est un Allemand de Leipzig, et il veut savoir si je suis le maquereau de la jolie dame assise sur le trottoir. Je lui dis non, mon pote, désolé, c'est ma femme et elle est malade, alors il dit OK, montez, et il nous conduit jusqu'à l'hôpital en centre-ville. J'ai un passeport britannique au nom de Miller cousu dans la doublure de ma besace en cas de pépin. Je le récupère et je le fourre dans ma poche. Et puis je lui dis : vous êtes vraiment très malade, Doris. Vous êtes enceinte et vous allez de plus en plus mal à chaque minute qui passe. Alors, faites-moi plaisir, gonflez le bide et ayez l'air aussi ravagée que vous l'êtes intérieurement. Et là, on nous ouvre les portes et on nous laisse entrer. Désolé d'avoir dû vous faire ce coup-là.

JO : Ce n'est pas encore toute l'histoire, cela dit ? [Bruit de liquide.]

AL : Pfff, OK, d'accord. Ensuite, on prend l'allée magique qui mène chez vous. On débarque devant votre noble portail, avec le blason royal de Sa Majesté joliment peint en doré dessus. Il y a trois gorilles tchèques en costume gris ostensiblement désœuvrés qui traînent à l'extérieur, je ne sais pas si vous les avez repérés. Doris fait un numéro qui aurait rendu Sarah Bernhardt verte de jalousie. Je leur agite mon passeport britannique sous le nez : laissez-nous entrer, vite ! Mais ces salauds veulent aussi vérifier le sien. Écoutez, je leur dis dans mon plus bel anglais, appuyez juste sur ce fichu bouton que vous avez là-haut sur le mur, dites-leur que ma femme fait une fausse couche et qu'il faut appeler un toubib vite fait. Et si ça lui arrive ici en pleine rue, ce sera de votre faute, bordel ! Vous n'avez donc pas de mère, vous ? À croire que non... Et autres paroles à cet effet. Là, abracadabra, les portes s'ouvrent. Et on se retrouve dans la cour de l'ambassade. Et Tulipe se tient le ventre et remercie son saint patron de nous avoir délivrés du mal. Et vous et votre chère bourgeoise, vous vous confondez en excuses pour un nouveau foirage dans les grandes largeurs de la Direction générale. Alors merci à vous deux pour vos gracieuses excuses, je les accepte. Et si ça vous dérange pas, je vais aller pioncer un coup, moi.

Sally Ormond reprend le fil de l'histoire.

Lettre manuscrite semi-officielle, informelle et personnelle de Sally Ormond, CA Station de Prague, au Dir. OC [Smiley] *par la valise du Cirque. Priorité : MAXIMALE. (Extrait)*

Alors, on laisse entrer ces pauvres Tulipe et Alec dans l'enceinte de l'ambassade, et là, évidemment, c'est devenu vraiment folklo. Je crois honnêtement que Son Excellence et le Foreign Office se seraient beaucoup mieux portés si elle avait simplement été remise aux autorités de RDA et basta. Pour commencer, SE a tout bonnement refusé d'avoir Tulipe à l'intérieur de « sa résidence », même si légalement cela ne changeait rien du tout. Elle a même exigé que deux concierges soient relogés dans le bâtiment principal, histoire de caser cette pauvre Tulipe dans les quartiers des domestiques, ce qui, du strict point de vue de la sécurité, était une meilleure idée que le bâtiment principal, sauf que ce n'était pas du tout la raison pour laquelle elle a fait ça, comme elle nous l'a clairement expliqué à la seconde où nous nous sommes réunis à quatre, en nous tassant dans la salle sécurisée de l'ambassade, SE, Arthur Lansdowne, son secrétaire personnel très personnel, plus mon cher époux et moi-même. Alec n'était pas du tout *bien vu** par SE, j'y reviendrai, et de toute façon il était en train d'éponger le front de Tulipe dans le quartier des domestiques.

P.-S. : George, une petite requête, si je puis me permettre.

La salle sécurisée de l'ambassade est particulièrement étouffante et pose en permanence un risque potentiel pour la santé, comme je l'ai déjà signalé maintes fois en vain à l'Admin. de la DG. Le système de climatisation amerloque est complètement kaput. Il envoie de l'air à l'intérieur au lieu de l'expulser, mais selon Barker (le lourdaud en chef de l'Admin.), aucune pièce détachée n'est disponible depuis deux ans. Et puisque personne au FO n'a jugé bon de nous fournir une nouvelle clim, quiconque utilise cette salle mijote à petit feu et suffoque. La semaine dernière, ce pauvre Jerry a failli suffoquer pour de bon, mais bien sûr il est

L'HÉRITAGE DES ESPIONS

trop élégant pour se plaindre. J'ai déjà dû suggérer un million de fois que la salle sécurisée passe sous la responsabilité du Cirque, mais apparemment ce serait là une violation des droits territoriaux du FO !!!

Si tu pouvais officieusement aller secouer un peu l'Admin. (mais surtout pas Barker, hein !), je t'en serais très reconnaissante. Jerry se joint à moi pour vous assurer, toi et surtout Ann, de toute notre amitié et de notre fidélité.

S

Texte du télégramme Top secret Urgent de l'ambassadeur de Grande-Bretagne à Prague, à l'attention personnelle de sir Alwyn Withers, Dir. Service Europe de l'Est, Foreign Office, copie au Cirque (Comité de pilotage). Minutes de la réunion de crise dans la salle sécurisée de l'ambassade, qui s'est tenue à 21 heures. Présents : SE Mme l'ambassadeur (Margaret Renford), Arthur Lansdowne, secrétaire particulier de SE, Jerry Ormond (chef de Station), Sally Ormond (chef adjoint de Station).
Objet de la réunion : gestion et évacuation d'une résidente temporaire de l'ambassade. Priorité : MAXIMALE.

Cher Alwyn,

Lors de notre conversation téléphonique sur ligne sécurisée ce matin, nous avons tous deux avalisé la procédure suivante concernant la suite du voyage de notre invitée non sollicitée (INS) :

1. L'INS poursuivra son voyage en utilisant ce que nos Amis nous assurent être un passeport non britannique

en cours de validité. Ceci nous prémunira contre toute accusation ultérieure des autorités tchèques sur le fait que cette ambassade fournit des passeports britanniques au premier pékin venu de quelque nationalité qu'il soit qui tente d'échapper à la justice tchèque ou est-allemande.

2. Pour son départ, l'INS ne sera ni assistée, ni accompagnée, ni transportée d'aucune manière que ce soit par des membres de notre personnel d'ambassade, diplomates ou non. Aucun véhicule muni de plaques diplomatiques britanniques ne sera utilisé pour son exfiltration. Aucun faux papier britannique ne lui sera fourni.

3. Si l'INS, à quelque moment que ce soit, affirme être sous la protection de l'ambassade de Grande-Bretagne, il est entendu que cette déclaration sera immédiatement et fermement réfutée, à la fois au niveau local et à Londres.

4. Le départ de l'INS de l'enceinte de l'ambassade interviendra sous trois jours ouvrés, faute de quoi d'autres possibilités d'évacuation seront envisagées, y compris la remise de l'INS aux autorités tchèques.

Mon téléphone résonne et la lumière rouge clignote. C'est ce satané Toby Esterhase, homme à tout faire de Percy Alleline et Bill Haydon, qui me hurle dessus avec son fort accent hongrois de ramener mes fesses à la Direction générale et plus vite que ça. Je lui recommande de modérer son langage et je saute sur ma moto, qui m'attend devant la porte.

Minutes de la réunion d'urgence organisée dans la salle sécurisée du Comité de pilotage à Cambridge Circus. Président de séance : Bill Haydon (Dir. CPI).

Présents : colonel Étienne Jabroche (attaché militaire, ambassade de France à Londres, chef de liaison avec le renseignement français), Jules Purdy (bureau France au CPI), Jim Prideaux (bureau Balkans au CPI), George Smiley (Dir. OC), Peter Guillam (JACQUES). Secrétaire de séance : T. Esterhase. Enregistré, verbatim partiellement transcrit. Copie expresse au chef de Station de Prague.

Il est 5 heures du matin. La convocation est arrivée. J'ai quitté Marylebone à moto, George est venu direct du Trésor. Il n'est pas rasé et a l'air plus inquiet que d'habitude.

« Vous êtes parfaitement libre de dire non à l'instant où vous le souhaitez, Peter », m'a-t-il déjà répété deux fois.

Il m'a décrit l'opération comme étant « inutilement complexe », mais son plus gros souci, même s'il s'efforce de le dissimuler, est que toute l'organisation logistique résulte d'un travail collaboratif du Comité de pilotage. Nous sommes six autour de la longue table en contreplaqué de la salle sécurisée du Cirque.

Jabroche : Bill, mon cher ami. Mes supérieurs à Paris ont besoin d'être assurés que votre M. Jacques est capable de faire illusion sur des questions concernant le métayage en France.

Haydon : Dites-lui, Jacques.

Guillam : Cela ne m'inquiète pas, colonel.

Jabroche : Pas même en compagnie d'experts ?

Guillam : J'ai grandi dans une petite ferme française en Bretagne.

Haydon : C'est français, la Bretagne ? Vous me la baillez belle, Jacques.

[Rires.]

Jabroche : Bill, si vous permettez.

Le colonel Jabroche passe au français et engage une conversation animée avec Guillam sur le secteur agricole français, avec références particulières au nord-ouest du pays.

Jabroche : L'examen est satisfaisant, Bill. Il l'a réussi haut la main. Il parle même avec des inflexions bretonnes, pauvre homme.
[Nouveaux rires.]
Haydon : Mais ça passera, Étienne ? Vous pouvez vraiment le faire entrer ?
Jabroche : Entrer, oui. Sortir, ça dépendra de M. Jacques et de sa bonne amie. Vous arrivez juste à temps. La liste des délégués français doit être bouclée de façon imminente. Nous avons déjà demandé un délai. Je suggère que nous limitions au maximum la présence de M. Jacques au congrès. Nous l'inscrivons, il bénéficie du visa collectif, il est retenu chez lui pour raisons de santé, mais il tient absolument à assister à la séance de clôture. Fondu dans la masse de trois cents délégués internationaux, il ne devrait pas trop se faire remarquer. Vous parlez finnois, monsieur Jacques ?
Guillam : Pas trop, colonel.
Jabroche : Moi qui pensais que tous les Bretons parlaient finnois. [Rires.] Et la dame en question ne parle pas du tout français ?
Guillam : À notre connaissance, elle parle allemand et le russe qu'elle a appris à l'école, pas le français.
Jabroche : Mais elle a un certain panache, dites-vous ? Elle est avenante ? Elle a de la classe ? Elle sait s'habiller ?

Smiley : Jacques, vous qui l'avez vue ?

Je l'avais vue habillée et déshabillée. Je choisis la première option.

Guillam : Nous avons simplement eu un RV de contact, mais elle est impressionnante. Du métier, des réflexes, de la créativité, une forte personnalité.

Haydon : Oh, nom de Dieu ! De la créativité ? On s'en fiche bien, de la créativité ! Cette femme doit juste faire ce qu'on lui dit de faire et la boucler, non ? Bon, on y va alors ou pas ? Jacques ?

Guillam : Je suis partant si George l'est.

Haydon : Et il l'est, George ?

Smiley : Étant donné que le Pilotage et le colonel nous fournissent le soutien nécessaire sur le terrain, les OC sont prêtes à prendre ce risque.

Haydon : Eh bien, c'est pas franchement l'enthousiasme, mais bon, on y va. Étienne, je suppose que vous fournirez à M. Jacques son passeport français et ses billets, ou bien vous préférez qu'on s'en charge ?

Jabroche : Les nôtres sont de meilleure qualité. [Rires.] Veuillez aussi vous rappeler, Bill, que si les choses tournent mal, mon gouvernement sera très choqué de découvrir que vos perfides services secrets anglais encouragent leurs agents à se faire passer pour des citoyens français.

Haydon : Et nous réfuterons vigoureusement cette accusation et nous présenterons nos excuses. [À Prideaux :] Jim, mon garçon, un commentaire ? Vous êtes resté muet comme la tombe. Pourtant, la Tchéco, c'est votre turf. Ça ne vous dérange pas si on le piétine dans tous les sens ?

Prideaux : Je n'ai pas d'objection, si c'est ça que vous me demandez.

Haydon : Vous souhaitez ajouter ou retirer quelque chose ?

Prideaux : Là comme ça, non.

Haydon : Bien, messieurs, merci à tous. On part là-dessus, alors au boulot ! Jacques, nos pensées vous accompagnent. Étienne, un mot en privé, peut-être.

Mais George n'abandonne pas facilement ses appréhensions, témoin ce qui suit. L'horloge tourne. Je dois partir pour Prague dans six heures.

PG à Dir. OC

George,

Pendant notre conversation, vous m'avez demandé de consigner mes expériences à l'Antenne de régulation délocalisée du terminal 3 à Heathrow, actuellement sous le commandement du Comité de pilotage. En apparence, l'Antenne n'est qu'un bureau aéroportuaire miteux de plus au bout d'un couloir mal balayé. Une porte en verre dépoli indique INTERCONNEXION FRET, l'accès se fait via un interphone. À l'intérieur, l'atmosphère est déprimante : deux messagers fatigués jouent aux cartes, une femme beugle en espagnol au téléphone, une habilleuse solitaire fait un double service parce que sa collègue est en arrêt maladie, fumée de cigarettes, cendriers pleins, et seulement une cabine parce qu'ils attendent toujours les nouveaux rideaux pour la deuxième.

L'HÉRITAGE DES ESPIONS

La grande surprise fut le comité d'accueil qui
m'attendait : Alleline, Bland, Esterhase. Il ne
manquait plus que Bill H. pour que j'aie un carré
d'as. Ils étaient ostensiblement venus me dire au
revoir et me souhaiter bon voyage. Alleline, en
première ligne comme toujours, m'a tendu d'un
ample geste mon passeport français et mon badge
pour le congrès, merci Jabroche. Esterhase m'a
fourni ma valise et mes accessoires : vêtements
achetés à Rennes, traités sur l'agriculture, livre sur la
construction du canal de Suez par la France pour me
distraire un peu. Roy Bland a joué les grands frères et
m'a demandé perfidement s'il y avait une personne à
informer au cas où je resterais absent quelques années
de plus que prévu.

Mais la motivation cachée derrière toutes leurs
attentions n'aurait pu être plus claire : ils voulaient
en savoir plus sur Tulipe. D'où venait-elle ? Depuis
combien de temps travaillait-elle pour nous ? À qui
répondait-elle ? Ensuite, moment très étrange quand,
ayant éludé leurs questions, j'étais dans la cabine
à me faire habiller et que Toby E. a passé la tête
derrière le rideau pour me dire qu'il avait un message
personnel à me transmettre de la part de Bill :
« À la seconde où vous vous lasserez de votre Tonton
George, pensez chef de Station de Paris. » J'ai fait
une réponse évasive.

Peter

Et maintenant, voici George dans son rôle de parfait maniaque
opérationnel, soucieux d'anticiper jusqu'à la moindre défail-
lance dans l'organisation notoirement bâclée du Comité de
pilotage :

JOHN LE CARRÉ

Transmission du Dir. OC [Smiley] *au chef de Station de Prague* [Ormond]
TOP SECRET MAYFLOWER. Priorité : ABSOLUE.

A. Le passeport finlandais de la source de seconde main Tulipe arrivera demain par la valise au nom de Venla Lessif, née à Helsinki, diététicienne, nom du conjoint : Adrien Lessif. Le passeport comportera le tampon d'un visa d'entrée en Tchécoslovaquie dont la date coïncidera avec le congrès communiste parrainé par la France, *Les Champs de la Paix.*

B. Peter Guillam arrivera à l'aéroport de Prague par le vol 412 d'Air France demain matin à 10 h 40 heure locale, voyageant sous un passeport de ressortissant français au nom d'Adrien Lessif, conférencier invité en économie agricole de l'université de Rennes. Le visa d'entrée en Tchécoslovaquie coïncidera également avec le congrès. L'arrivée de Lessif au congrès aura été repoussée pour cause de maladie. Les deux Lessif figurent sur la liste des participants, un participant (empêché) et son épouse.

C. Arriveront également par la valise de demain deux billets Air France sur le vol Prague-Le Bourget, au nom d'Adrien et de Venla Lessif, départ à 6 heures le 28 janvier. Les données d'Air France confirmeront que le couple est arrivé par avion à Prague à des dates différentes (cf. tampons d'entrée), mais rentrera à Paris avec ses collègues universitaires du groupe.

D. Le professeur Lessif et son épouse ont une réservation à l'hôtel Balkan, où la délégation française logera

pour une nuit la veille de son départ au petit matin
pour Paris-Le Bourget.

Réponse de Sally Ormond, qui ne rate pas une occasion de
se faire mousser :

Extrait de la deuxième lettre personnelle de Sally
Ormond à George Smiley, « strictement personnelle
et confidentielle pour toi, pas pour les archives ».

À la lecture de ton message fort lucide,
dont j'accuse réception par la présente avec
reconnaissance, Jerry et moi avons estimé qu'il
fallait que j'aille préparer Tulipe pour son départ de
l'ambassade et l'épreuve qui l'attendait. J'ai dûment
traversé la cour jusqu'au logement que nous lui avons
fourni dans l'annexe : doubles-rideaux côté rue, un lit
de camp pour moi dans le couloir devant la porte de
la chambre, garde supplémentaire de la chancellerie
posté dans l'entrée au rez-de-chaussée en cas de
visiteurs indésirables.

Je l'ai trouvée assise sur son lit, le bras d'Alec
autour des épaules, mais elle semblait ne pas avoir
conscience de sa présence. Elle se contentait de
sangloter, de pousser des hoquets semi-silencieux.

Bref, j'ai pris l'affaire en main et, comme
convenu, j'ai envoyé Alec se promener au bon air,
entre hommes avec Jerry, le long de la rivière. Mon
allemand étant plus ou moins resté coincé au niveau
2, je n'ai d'abord pas pu tirer grand-chose de Tulipe,
même si je doute que cela aurait fait beaucoup de
différence puisqu'elle parlait à peine et écoutait
encore moins. Elle a murmuré « Gustav » plusieurs

fois et j'ai fini par comprendre, après des échanges par gestes, que Gustav n'était pas son *Mann* mais son *Sohn*.

J'ai au moins réussi à faire passer le message qu'elle quitterait l'ambassade le lendemain pour aller en Angleterre, mais de façon indirecte, et qu'elle serait rattachée à un groupe mixte d'universitaires et d'experts agricoles français. Sa première réaction, fort pertinente, a été de demander comment ce serait possible alors qu'elle ne parlait pas un mot de français. Et quand j'ai dit que cela n'avait pas d'importance parce qu'elle était censée être finlandaise (or, personne ne parle finnois, c'est bien connu), elle a eu pour deuxième réaction : *habillée comme ça ?* Ce qui fut mon signal pour déballer toutes les merveilles que la Station de Paris avait rassemblées au pied levé pour nous : un magnifique twin-set coquille d'œuf du Printemps, des chaussures ravissantes à la bonne taille, une chemise de nuit et des sous-vêtements sublimes, du maquillage à mourir, littéralement (la Station de Paris avait dû débourser une fortune), bref, tout ce dont elle avait dû rêver ces vingt dernières années, même si elle l'ignorait, et des jolies étiquettes de boutiques de Tours pour parfaire l'illusion. Et une ravissante bague de fiançailles qui ne m'aurait pas déplu, ainsi qu'une belle alliance en or pour remplacer ce pauvre ersatz en alu qu'elle portait – le tout à restituer après atterrissage, bien sûr, mais je me suis dit que ce n'était peut-être pas le moment de le lui annoncer là tout de suite.

Elle s'est vraiment prise au jeu. La professionnelle s'est réveillée en elle. Elle a examiné son joli passeport neuf (enfin, pas neuf, justement) et l'a déclaré d'assez bonne qualité. Et quand je lui ai dit

qu'un élégant Français l'accompagnerait pendant tout
le voyage en prétendant être son mari, elle a répondu
que cela paraissait être un arrangement raisonnable, et
à quoi ressemblait-il ?

Alors, conformément aux ordres, je lui ai montré
une photo de Peter G., qu'elle a examinée d'un
œil plutôt inexpressif, je dois l'avouer, considérant
que, en matière de faux maris, on peut tomber sur
nettement pire que PG. Elle a fini par demander :
« Il est français ou anglais ? » Je lui ai répondu :
« Les deux, et vous, vous êtes finlandaise et française. »
Ça l'a bien fait rire, ça !

Peu après, Alec et Jerry sont revenus de leur
promenade, et comme nous avions brisé la glace,
nous avons pu passer au briefing sérieux. Elle a
écouté attentivement et calmement.

À la fin de la séance, j'avais le sentiment que
toute l'idée lui plaisait bien, et même, de façon assez
atroce, qu'elle la trouvait amusante. Je me suis dit
qu'elle avait un côté tête brûlée et que, de ce point de
vue-là du moins, elle ressemblait beaucoup à Alec !

Prends soin de toi, et mes amitiés comme toujours
à notre sublime Ann,

S

*

Évite les mouvements brusques ou involontaires. Garde les
mains et les épaules dans leur position actuelle, et respire. Pepsi
est de retour sur son trône, mais elle ne te quitte pas des yeux,
et ce ne sont pas les yeux de l'amour.

*

*Rapport de Peter Guillam, provisoirement détaché
aux OC, sur l'exfiltration de la source de seconde main
TULIPE de Prague à Paris-Le Bourget, pour transfert
ultérieur en chasseur de la RAF jusqu'à la base
de Northolt, 27 janvier 1960.*

Je suis arrivé à l'aéroport de Prague à 11 h 25 heure locale (avion retardé) sous l'identité d'un professeur en économie agricole de l'université de Rennes.

J'avais bien compris que, grâce à la Liaison France, mon arrivée tardive pour cause de maladie avait été dûment signifiée au congrès et que mon nom avait été inclus dans la liste des participants à l'attention des autorités tchèques.

Pour consolider encore mes accréditations, j'ai été accueilli par l'attaché culturel de l'ambassade de France, qui a utilisé ses lettres de créance et m'a servi d'interprète afin d'accélérer mon passage en douane.

Il m'a ensuite amené dans sa voiture officielle jusqu'à l'ambassade de France. J'ai signé le registre des visiteurs avant d'être conduit (toujours par un véhicule de l'ambassade) au congrès, où un siège m'avait été réservé dans la dernière rangée.

La salle de conférences, paquebot grandiloquent surchargé de dorures construit à l'origine pour le Comité central des ouvriers des chemins de fer, permettait d'accueillir quatre cents délégués. Sécurité relâchée. À mi-hauteur du grand escalier, deux femmes harassées qui parlaient uniquement tchèque étaient assises à un bureau où elles cochaient le nom de délégués originaires d'une demi-douzaine de pays. Le congrès lui-même prenait la forme

L'HÉRITAGE DES ESPIONS

d'une table ronde avec des interventions scriptées
de la salle. Je n'avais pas à dire quoi que ce soit.
J'ai été impressionné par l'efficacité de la Liaison
France qui, sans beaucoup de temps pour se retourner,
avait authentifié mon identité aux yeux de la sécurité
tchèque mais aussi des délégués, car deux d'entre
eux, à l'évidence au courant de mon rôle, ont trouvé
un instant pour venir me serrer la main.

À 17 heures, clôture officielle du congrès.
Les délégués français ont été amenés en bus à l'hôtel
Balkan, petit établissement à l'ancienne réservé pour
notre seul groupe. En arrivant à l'accueil, je me
suis vu remettre la clé de la chambre 8, qualifiée
de « familiale », puisque j'étais en théorie la moitié
d'un couple. Le Balkan dispose d'un restaurant
pour les clients, relié à un bar où j'ai pris place à
la table centrale pour attendre l'arrivée de ma femme
imaginaire.

J'avais cru comprendre qu'elle serait exfiltrée de
l'ambassade britannique par une ambulance à notre
service, transportée jusqu'à une maison sûre en
banlieue, puis, de là, à l'hôtel Balkan par des moyens
qui m'étaient inconnus.

J'ai donc été impressionné de la voir arriver
dans une voiture de l'ambassade française, au bras
du même attaché culturel qui m'avait accueilli
à l'aéroport de Prague. Je souhaite renouveler
ici ma reconnaissance envers l'efficacité et le
professionnalisme de la Liaison France.

Sous le nom de Venla Lessif, Tulipe avait été
inscrite sur la liste comme épouse de délégué assistant
au congrès *in absentia*. Sa beauté et son élégance ont
provoqué un certain émoi chez les autres délégués
français logeant à l'hôtel, et de nouveau j'ai reçu

le soutien des deux hommes qui m'avaient salué
amicalement au congrès : ils sont venus embrasser
Tulipe comme une amie. En retour, Tulipe a accepté
ces compliments de bonne grâce dans un allemand
maladroit qui est devenu la *lingua franca* de notre
couple, puisque mon allemand est limité.

Après un dîner en compagnie des deux délégués
français qui ont joué leur rôle à la perfection, nous
ne sommes pas restés à traîner au bar avec le reste
de la délégation mais nous nous sommes retirés
tôt dans notre chambre, où, par accord tacite, notre
conversation s'est limitée à des banalités cohérentes
avec notre couverture, la présence de micros et
même de caméras dans un hôtel pour étrangers étant
quasiment assurée.

Heureusement, notre chambre était spacieuse, avec
plusieurs lits à une place et deux vasques. Pendant
l'essentiel de la soirée, nous avons dû subir les
conversations bruyantes des délégués au
rez-de-chaussée et même, au petit matin, leurs chants.

Dans mon souvenir, ni Tulipe ni moi n'avons
dormi. À 4 heures du matin, nous nous sommes
rassemblés pour être emmenés en car à l'aéroport
de Prague où, par miracle, me semble-t-il aujourd'hui,
nous avons été convoyés *en bloc** jusqu'au hall
des transits, puis par vol Air France jusqu'au
Bourget. Je souhaite une fois de plus adresser mes
plus vifs remerciements à la Liaison France pour
son soutien.

Je n'arrive pas à comprendre comment l'entrée suivante est
arrivée dans mon rapport, au point d'en conclure que j'avais
dû l'ajouter pour faire diversion.

*Lettre manuscrite semi-officielle personnelle et
confidentielle de Jerry Ormond, chef de la Station de
Prague, à George Smiley, à ne PAS verser au dossier.*

Cher George,

Eh bien, on peut dire que l'oiseau a quitté le nid, et
que les soupirs de soulagement ont été nombreux ici,
comme tu peux l'imaginer. Elle doit maintenant être
installée en sécurité, sinon avec bonheur, au château
Tulipe quelque part en Angleterre. Son exfiltration et
son voyage se sont déroulés à peu près correctement,
semble-t-il, malgré le fait que, à la dernière minute,
JONAH a exigé 500 dollars en plus de son salaire
avant de consentir à véhiculer Tulipe au RV dans
son ambulance, le petit saligaud. Mais ce n'est pas
de Tulipe que je veux te parler, et encore moins de
Jonah. Il s'agit d'Alec.

Comme tu l'as souvent dit par le passé, en tant que
professionnels liés par le secret, nous avons le devoir
de nous soucier les uns des autres. Ce qui veut dire
être attentifs aux autres, et quand l'un d'entre nous
semble en voie de craquer sous la pression sans en
être conscient, il est de notre devoir de le protéger de
lui-même et par là même de protéger le Service.

Alec est le meilleur agent de terrain que toi et moi
connaissons. Il est affûté à l'extrême, dévoué, excellent
sur le terrain, il a toutes les compétences voulues. Et
il vient de réussir une opération des plus risquées avec
une efficacité que j'ai eu le plaisir de constater, même
s'il est passé par-dessus la tête du Pilotage,
de notre bien-aimée ambassadrice et des mandarins de
Whitehall. Alors, quand il descend les trois quarts d'une

bouteille de scotch d'un coup et qu'il provoque une bagarre avec un garde de la chancellerie dont la tête ne lui revient pas, notre indulgence est sans limites.

Mais nous avons marché, Alec et moi. Le long de la rivière, pendant une heure, et puis jusqu'au château, et puis retour à l'ambassade. Donc une promenade de deux heures alors qu'il était encore parfaitement sobre (selon ses propres critères). Et pendant tout ce temps, son unique thème, c'était : le Cirque a été infiltré. Pas juste par un préposé au courrier avec un prêt immobilier à payer, mais tout au sommet de la pyramide, au Pilotage, là où ça compte vraiment. Et c'est plus qu'une idée fixe, c'est une véritable obsession. C'est disproportionné, cela ne repose sur aucun fait avéré et franchement, c'est de la paranoïa. Quand ça se combine à sa haine viscérale pour tout ce qui est américain, ça donne une conversation pénible, ce n'est rien de le dire, et ça devient encore plus alarmant. Et selon les principes en vigueur dans notre profession, établis par rien moins que toi-même, et avec toute l'affection et le respect que je te porte, je suis dûment en train de te faire part de mes inquiétudes.

Bien à toi,

Jerry

P.-S. : Et pour Ann, comme toujours, mes hommages et toute mon affection, J.

Et de la part de Laura, une rosette qui m'intime l'ordre d'arrêter.

*

« Bonne lecture ?

– Supportable, merci, Bunny.

– Enfin quoi, c'est vous qui l'avez écrit, non ? Ça a dû vous rappeler des souvenirs, après tout ce temps ? »

Il est venu avec un ami, en cette fin d'après-midi. Un jeune homme blond, souriant, propre sur lui, complètement aseptisé.

« Peter, je vous présente Leonard, annonce Bunny d'un ton cérémonieux, comme si je devais savoir qui est Leonard. Il sera l'avocat du Service si jamais notre petite affaire finit devant un tribunal, ce qui, espérons-le, n'arrivera jamais. Il nous représentera aussi lors de la réunion préliminaire de la Commission d'enquête multipartite la semaine prochaine. Où, comme vous le savez déjà, votre présence est requise, précise-t-il avec un rictus. Leonard, Peter. »

Nous nous serrons la main. La sienne est aussi douce que celle d'un enfant.

« Si Leonard représente le Service, qu'est-ce qu'il fait ici avec moi ?

– Eh bien, comme ça, vous vous connaîtrez, répond Bunny d'un ton conciliant. Leonard est un avocat hyper pointu, précise-t-il avant d'ajouter, en me voyant hausser les sourcils : Ça veut juste dire qu'il est versé dans tous les arcanes du droit établi, et même du droit non établi. Les avocats de base comme moi, on est à la ramasse, à côté de lui.

– Oh, allons, allons, intervient Leonard.

– Et la raison pour laquelle Laura n'est pas là aujourd'hui, Peter, puisque vous ne me le demandez pas, c'est que Leonard et moi étions tous les deux d'avis que ce serait préférable pour toutes les parties, y compris vous, d'avoir une discussion entre hommes.

– Ce qui veut dire ?

– Le bon vieux tact à l'ancienne, déjà. Le respect pour votre intimité. Et la possibilité improbable que pour une fois nous vous arrachions la vérité, conclut-il avec un sourire vicieux. Ce qui permettrait à Leonard de se faire une idée globale de la marche à suivre. C'est une remarque adaptée, Leonard, ou j'en fais trop ?

— Oh, c'est tout à fait adapté, d'après moi.

— Et bien sûr aussi, creuser un peu plus la question de savoir si vos intérêts personnels seront mieux défendus en ayant votre propre avocat, enchaîne Bunny. Par exemple dans le cas malheureux où les Multipartites se contentent de quitter la scène sur la pointe des pieds (ce qui, à ce qu'on nous raconte, ne serait pas une première), en laissant la Justice aveugle faire ce qu'elle veut de vous. Enfin, de nous.

— Pour ma défense, il ne vaudrait pas mieux une ceinture noire ? »

Aucun des deux ne relève ma petite boutade. Ou peut-être que si, ne serait-ce que comme symptôme de ma grande tension aujourd'hui.

« Dans cette éventualité, le Cirque a établi une liste restreinte de candidats potentiels, de candidats acceptables, devrais-je dire. Et Leonard, je crois que vous avez indiqué que vous seriez disposé à aider Peter dans son choix si on en arrivait là, tout en espérant et en priant que non, ajoute-t-il avec un sourire déférent à l'intention de Leonard.

— Tout à fait, Bunny. Le problème, c'est que nous ne sommes pas très nombreux à être habilités à ce niveau de confidentialité. Comme vous le savez, j'ai la nette impression que Harry mène magnifiquement sa barque. Il a posé sa candidature pour devenir avocat-conseil de la Couronne et les juges l'adorent. Donc à titre personnel, et sans vouloir vous influencer d'aucune manière, moi je choisirais Harry. C'est un homme, et ils aiment ça, quand c'est un homme qui défend un homme. Ils n'en sont peut-être pas conscients, mais c'est le cas.

— Et qui paierait cet avocat ? Ou cette avocate ? »

Leonard regarde ses mains en souriant, donc c'est Bunny qui me répond.

« Eh bien, de façon générale, Peter, je pense que beaucoup dépendra du tour que prendra l'audience et, dirons-nous, de votre attitude, de votre sens du devoir, de votre loyauté envers votre ancien Service. »

Mais Leonard n'a pas entendu un mot de cette tirade, à en juger par le fait qu'il sourit toujours intensément à ses mains.

« Donc, Peter, oui ou non ? lance Bunny avec un clin d'œil, comme si on en arrivait à la partie facile. Entre hommes. Vous avez baisé Tulipe ou pas ?

– Non.

– Non, absolument ?

– Absolument.

– Irrévocablement non, ici et maintenant en la présence d'un témoin cinq étoiles ?

– Bunny, veuillez m'excuser, intervient Leonard, qui lève la main en un geste de reproche amical. Je crois que vous avez momentanément oublié vos notions de droit. Étant donné mes obligations envers la Cour et mon engagement à conseiller mon client, je ne peux absolument pas être cité comme témoin.

– Soit. Une fois de plus, Peter, je vous le demande. *Moi, Peter Guillam, déclare ne pas avoir sauté Tulipe à l'hôtel Balkan de Prague la nuit qui a précédé son exfiltration vers le Royaume-Uni.* Oui ou non ?

– Oui.

– Ce qui est un soulagement pour nous tous, comme vous l'imaginerez sans mal. D'autant que vous avez apparemment baisé tout ce qui bougeait, par ailleurs.

– Un soulagement immense, confirme Leonard.

– Et encore plus dans la mesure où la règle numéro 1 d'un Service qui par ailleurs n'en compte pas beaucoup stipule que les officiers d'active ne baisent jamais, au grand jamais, leurs *Joes*, comme vous les appelez, même par politesse. Les *Joes* des autres quand c'est souhaitable pour l'opération, oui, c'est open bar. Mais jamais, jamais les leurs. Vous connaissez cette règle ?

– Oui.
– Et vous la connaissiez à l'époque ?
– Oui.
– Et vous conviendrez avec moi que, si vous l'aviez baisée, ce que nous savons maintenant ne pas être le cas, cela constituerait non seulement une violation monumentale des règles du Service, mais aussi une preuve flagrante de votre nature incontrôlable et *louche** ainsi que de votre mépris total pour les sentiments d'une mère fugitive en danger de mort qui vient juste de se faire arracher son fils unique. Vous êtes d'accord avec cette affirmation ?
– Je suis d'accord avec cette affirmation.
– Leonard, une question ? »
Leonard tripote du bout des doigts sa jolie lèvre inférieure et fronce les sourcils sans que son front se ride.

« Vous savez, Bunny, ça va vous paraître atrocement grossier, mais je crois vraiment que je n'ai pas de question, avoue-t-il avec un sourire étonné. Pas après ça. Je crois que *pro tempore* nous sommes allés aussi loin que nous le pouvions, voire plus, dit-il avant d'ajouter en confidence à mon intention : Je vais vous envoyer cette liste, Peter. Et vous ne m'avez jamais entendu mentionner Harry. Ou plutôt, je vais la faire passer à Bunny. Sinon, collusion, explique-t-il en m'adressant un nouveau sourire d'adoration et en tendant le bras vers sa mallette noire pour indiquer que la longue réunion à laquelle je m'attendais est terminée. Mais je reste néanmoins convaincu qu'un homme, ce serait mieux, répète-t-il à Bunny en aparté. Quand on en arrive aux questions difficiles, les hommes sont avantagés dans ce genre de procédure. Ils sont moins puritains. On se voit au pince-fesses multipartite, Peter. *Tschüss.* »

*

190

Je l'ai baisée ? Non, absolument pas. J'ai fait l'amour avec elle, en silence, avec passion, dans le noir total, pendant six heures qui ont bouleversé ma vie, dans une explosion de tension et de désir entre deux corps qui se désiraient depuis la naissance et n'avaient qu'une nuit à partager.

Et j'étais censé leur dire ça, peut-être ? demandé-je à l'obscurité teintée d'orange, allongé sans dormir sur mon galetas de Dolphin Square.

Moi, à qui l'on a enseigné depuis le berceau à nier, nier encore et toujours, « on » étant ce même Service qui essaie de m'arracher des aveux ?

*

« Bien dormi, Pierre ? Tu es content ? Tu as prononcé un beau discours ? Tu rentres aujourd'hui ? »

Il faut croire que je l'ai appelée.

« Comment va Isabelle ?

— Elle est belle. Tu lui manques.

— Il est revenu, cet ami grossier à moi ?

— Non, Pierre, ton ami terroriste n'est pas revenu. Tu as vu un match de foot avec lui ?

— C'est du passé, ça. »

9

Rien de ce que j'ai pu lire dans les dossiers, Dieu merci, ne fait allusion aux jours et aux nuits interminables que je passai en Bretagne après avoir remis Doris à Joe Hawkesbury, le chef de notre Station de Paris, à l'aéroport du Bourget à 7 heures par un brumeux matin d'hiver. Quand l'avion atterrit et qu'on appela au micro le professeur Lessif et son épouse, je me trouvais dans un état de soulagement délirant, mais alors que nous descendions la passerelle côte à côte, la vision en contrebas de Hawkesbury assis dans une Land Rover noire portant des plaques du corps diplomatique avec une jeune assistante de sa Station à l'arrière me démoralisa instantanément.

« Et mon Gustav ? exigea Doris, me prenant le bras.

— Tout se passera bien. Ça se fera, répondis-je en m'entendant répéter comme un perroquet les vaines promesses d'Alec.

— Quand ?

— Dès qu'ils pourront. Ce sont des gens de confiance. Tu verras. Je t'aime. »

L'assistante de Hawkesbury tenait la portière ouverte. M'avait-elle entendu ? Avait-elle capté cette folle déclaration prononcée par quelqu'un d'autre en moi ? Même si elle ne parlait pas allemand, le premier imbécile venu sait ce que veut dire *Ich liebe dich*. J'attirai doucement Doris vers la voiture. À contrecœur, elle se laissa tomber sur la banquette arrière. La jeune femme entra après elle et claqua la portière. Je m'installai sur le siège passager à côté de Hawkesbury.

« Vous avez fait bon voyage ? » demanda-t-il tandis que nous foncions sur le tarmac dans les roues d'une Jeep équipée d'un gyrophare.

Nous pénétrâmes dans un hangar à avions. Devant nous, dans l'obscurité, un bimoteur de la RAF dont les hélices tournaient au ralenti. La jeune femme jaillit de la Land Rover. Doris, elle, resta à l'intérieur, marmonnant en allemand des mots que je ne saisis pas. Mes propres paroles insensées semblaient n'avoir eu aucun effet sur elle. Peut-être qu'elle ne les avait pas entendues. Peut-être que je ne les avais pas prononcées. La jeune femme tenta de la faire sortir mais Doris ne bougea pas. Je m'assis à côté d'elle et lui pris la main. Elle posa la tête sur mon épaule, sous l'œil de Hawkesbury qui nous observait dans le rétroviseur.

« *Ich kann nicht*, murmura-t-elle.

– *Du mußt*, tout ira bien. *Ganz ehrlich*, c'est promis.

– *Du kommst nicht mit ?* Tu ne viens pas avec moi ?

– Plus tard. Une fois que tu leur auras parlé. »

Je descendis de la voiture et lui tendis la main. Elle l'ignora et sortit toute seule. Non, elle ne m'avait pas entendu. Il était impossible qu'elle m'ait entendu. Une aviatrice en uniforme tenant un porte-bloc s'approcha de nous. Flanquée de l'assistante de Hawkesbury et de la militaire, Doris se laissa mener vers l'avion. Arrivée au pied de la passerelle, elle s'arrêta, regarda vers le haut puis, ayant pris un instant pour se blinder, commença à monter les marches en s'aidant de ses deux mains. J'attendis qu'elle se retourne. La porte de la cabine se referma.

« Une bonne chose de faite ! se réjouit Hawkesbury, toujours sans me regarder. On m'a dit de vous dire, et ça vient d'en haut : bravo, beau travail, maintenant rentrez chez vous en Bretagne, récupérez et attendez l'Appel, avec un grand A. La gare Montparnasse, ça vous ira ?

– Ça m'ira très bien, merci. »

JOHN LE CARRÉ

Et vous avez beau être le chouchou du Pilotage, frère Hawkesbury, ça n'a pas empêché Bill Haydon de me proposer votre poste.

*

Encore aujourd'hui, je serais bien en peine de décrire le torrent d'émotions contradictoires qui me submergea après mon retour à la ferme, que je sois sur mon tracteur, en train d'épandre du fumier dans les champs ou de tenter par tout autre moyen d'imposer ma marque en tant que jeune maître des lieux. Je pouvais me délecter du souvenir d'une nuit trop intense pour se laisser décrire, et l'instant d'après rester stupéfait de la monstrueuse irresponsabilité qui m'avait conduit à commettre un acte aussi inconscient et impulsif et à prononcer (ou pas) certains mots.

Invoquant la pénombre silencieuse qui avait abrité nos étreintes fougueuses, je tentais de me persuader que notre relation charnelle n'existait que dans mon esprit, n'était qu'une illusion créée par la peur de voir à chaque instant les services de sécurité tchèques défoncer la porte de notre chambre. Mais un simple regard sur les empreintes laissées par ses doigts sur mon corps m'indiquait que je me mentais à moi-même.

Aucun effort de mon imagination n'aurait pu inventer l'instant où, quand frappèrent les premiers rayons du jour et sans que nous ayons encore échangé un seul mot, elle dégagea son corps des draps et des couvertures, un membre après l'autre, pour se retrouver debout nue et au garde-à-vous devant moi, comme sur cette plage bulgare, avant de se couvrir petit à petit de ses atours français jusqu'à ce qu'il n'y ait plus rien à désirer, sinon un tailleur-jupe noir pratique et ordinaire boutonné jusqu'en haut. Sauf que je la désirai alors plus désespérément que jamais.

194

Ni le moment où, pendant qu'elle s'habillait, la lumière du triomphe ou du désir s'estompa de son visage et, sur sa décision, nous devînmes des étrangers l'un pour l'autre, d'abord dans le bus vers l'aéroport de Prague où elle refusa de me tenir la main, puis pendant le vol à destination de Paris où, pour des raisons qui m'échappent, on nous avait placés dans des rangées différentes, jusqu'à ce que l'avion s'immobilise, que nous nous levions pour faire la queue dans l'allée afin de débarquer et que nos mains se retrouvent avant de se séparer à nouveau.

Pendant le laborieux trajet ferroviaire jusqu'à Lorient – le TGV n'existait pas encore en ce temps-là – s'était produit un incident qui, avec le recul, me semble prémonitoire des catastrophes à venir. À peine une heure après le départ de Paris, notre train s'arrêta brutalement, sans la moindre explication. Des voix étouffées provenant de l'extérieur nous parvinrent, suivies d'un hurlement unique impossible à identifier, homme ou femme, je ne le sus jamais. L'attente se prolongea. Nous échangeâmes des regards avec certains passagers, tandis que d'autres demeuraient résolument plongés dans leur livre ou leur journal. Un contrôleur en uniforme, qui ne devait pas avoir plus de vingt ans, apparut alors dans l'encadrement de la porte du wagon. Je me souviens nettement du silence qui précéda le discours bien préparé qu'il déclama avec un calme louable après avoir pris une profonde inspiration :

« Mesdames et messieurs, nous sommes au regret de vous informer que notre trajet a été interrompu suite à une intervention humaine. Nous repartirons dans quelques minutes. »

Et ce n'est pas moi, mais le vieux monsieur engoncé dans un col blanc assis à côté de moi qui leva la tête et demanda sèchement : « Qu'entendez-vous par "intervention" ? »

Question à laquelle le jeune homme ne put que répondre d'une voix de pénitent :

« C'est un suicide, monsieur.

– Qui est-ce ?

– Un homme, monsieur. Il semblerait que ce soit un homme. »

Quelques heures après mon arrivée aux Deux-Églises, je descendis à la crique : ma crique à moi, mon lieu de réconfort. Tout d'abord, la pénible traversée jusqu'au bout de mon terrain en pente couvert d'herbe épaisse, puis le passage tout aussi pénible sur le chemin au bord de la falaise ; en contrebas, la petite parcelle de sable délimitée par des rochers affleurant à peine à la surface tels des crocodiles assoupis. C'est là que je venais réfléchir dans ma jeunesse. C'est là que j'ai amené mes conquêtes au fil des ans, mes grandes amours, mes simples amours, mes amourettes. Mais la seule femme pour laquelle je brûlais en cet instant, c'était Doris. Je me houspillais intérieurement en songeant que nous n'avions jamais eu une seule conversation qui ne fût sous couverture. Mais j'avais quand même bien partagé à distance le moindre instant de ses jours et de ses nuits pendant une année entière, quoi ! J'avais satisfait le moindre de ses élans, chacun de ses accès de pureté, de luxure, de révolte et de vengeance, non ? Trouvez-moi une seule autre femme que je connaîtrais depuis si longtemps et de façon si intime sans avoir encore couché avec elle.

Elle m'avait révélé. Elle avait fait de moi l'homme que je n'avais jamais été jusqu'alors. Au fil du temps, plus d'une femme m'avait dit, gentiment, abruptement ou franchement déçue, que je n'avais aucun talent au lit, que je ne savais ni prendre ni donner en m'abandonnant, que j'étais maladroit, coincé, qu'il me manquait ce feu vrai et instinctif.

Mais Doris savait tout cela avant même notre première étreinte. Elle le savait lors de nos rendez-vous de contact, elle le savait quand elle me prit nue dans ses bras, lorsqu'elle m'accueillit, m'absolut, m'apprit, puis s'enlaça autour de moi jusqu'à ce que nous soyons devenus de vieux amis, puis des amants attentifs, et enfin des rebelles triomphants délivrés de tout ce qui prétendait régir nos deux existences.

Ich liebe dich. J'étais sincère. Je le serais toujours. Et à mon retour en Angleterre, je le lui répéterais, et je dirais à George que je le lui avais dit, et aussi que j'avais fait plus que mon temps dans le Service et que s'il me fallait le quitter pour épouser Doris et livrer un noble combat pour Gustav, je le ferais aussi. Je tiendrais bon et pas même George, avec tous ses arguments mielleux, ne me ferait changer d'avis.

Mais à peine avais-je pris cette grande et irréversible résolution que la promiscuité sexuelle bien documentée de Doris vint me tourmenter. Était-ce là son vrai secret ? Qu'elle faisait l'amour à tous ses hommes avec la même générosité aveugle ? J'en vins même à me persuader à moitié qu'Alec était passé dans ses bras avant moi : ils avaient partagé deux nuits, nom de Dieu ! Bon, d'accord, la première avec Gustav dans les parages. Mais la seconde, dans l'étroitesse de la Trabant, pelotonnés l'un contre l'autre pour se réchauffer, elle la tête sur son épaule (Alec l'avait dit lui-même !) tandis qu'elle mettait son cœur (et le reste ?) à nu, et que moi, simple facteur, j'aurais pu dresser la liste intégrale de toutes les paroles que Doris et moi avions échangées pendant notre vie entière.

Tout en évoquant ce spectre d'une trahison imaginaire, je savais que je m'illusionnais, ce qui rendait l'ignominie encore plus douloureuse. Alec n'était pas comme ça. Si Alec, à ma place, avait passé la nuit avec Doris à l'hôtel Balkan, il serait resté assis placidement dans un coin, cigarette à la bouche, comme il l'avait fait cette nuit-là à Cottbus, quand Doris avait serré Gustav, et non Alec, dans ses bras.

Je contemplais toujours l'océan au loin, remâchant en vain toutes ces élucubrations, quand je pris conscience que je n'étais plus seul. Plongé dans mes pensées, je n'avais pas remarqué que j'avais été suivi. Pis encore, que j'avais été suivi par l'autochtone le moins appétissant du coin, Honoré le nabot teigneux, négociant en fumier, vieux pneus de voiture et autres denrées encore moins avouables. Il avait une allure d'elfe patibulaire : courtaud, large d'épaules, visage malfaisant, avec son bonnet et son caban bretons, pieds écartés au bord de la falaise, regard posé sur les flots.

Je le hélai et lui demandai avec une certaine condescendance s'il avait besoin de quelque chose. Ce que je lui demandais en réalité, c'était de s'en aller et de me laisser à mes pensées. Pour toute réponse, il descendit le chemin et, sans même me jeter un coup d'œil, se percha sur un rocher au bord de l'eau. L'obscurité tombait. De l'autre côté de la baie, les lumières de Lorient commençaient à scintiller. Au bout d'un moment, il leva la tête et me fixa d'un regard interrogateur. Devant mon absence de réaction, il sortit une bouteille du tréfonds de son caban et, ayant rempli deux gobelets en carton pêchés dans son autre poche, me fit signe de me joindre à lui, ce que je fis dûment pour sacrifier aux usages de la politesse.

« On pense à la mort ? demanda-t-il d'un ton léger.

– Pas consciemment, non.

– Une femme ? Encore une ? »

Je l'ignorai. Malgré moi, j'étais frappé par sa mystérieuse sollicitude. Était-ce nouveau ? À moins que je n'y aie pas prêté attention avant. Il leva son gobelet et j'en fis autant. En Normandie, on appelle ça du calva, mais pour nous autres Bretons, c'est du lambig. La variante d'Honoré, elle, on pourrait s'en servir pour durcir les sabots des chevaux.

« À votre auguste père, dit-il face à la mer. Le grand héros de la Résistance. Qui a dézingué un paquet de Fridolins.

– Il paraît, répondis-je d'un ton méfiant.

– Et qui a récolté des médailles.

– Quelques-unes, oui.

– Ils l'ont torturé et puis ils l'ont tué. Double héros. Bravo, ajouta-t-il avant de boire une autre gorgée, le regard toujours fixé sur l'horizon. Mon père aussi, c'était un héros. Un grand héros. Un immense héros. Plus grand que le vôtre d'au moins deux mètres.

– Que faisait-il ?

– Collabo. Les Fridolins lui avaient promis de donner l'indépendance à la Bretagne s'ils gagnaient la guerre, et ce con les a crus. Après l'armistice, les héros de la Résistance l'ont pendu haut et court sur la place du village, enfin, ce qui en restait. Gros succès public. On a entendu les applaudissements jusqu'à l'autre bout du patelin. »

Et lui, avait-il entendu ? Les mains plaquées sur les oreilles, recroquevillé dans la cave d'une âme charitable ? C'était fort possible.

« Alors, il vaudrait mieux acheter votre fumier à quelqu'un d'autre, reprit-il. Sinon, peut-être que vous finirez pendu, vous aussi. »

Il attendit que je réplique, mais comme rien ne me venait, il remplit à nouveau nos gobelets et nous continuâmes à contempler l'océan.

En ce temps-là, les paysans jouaient toujours aux *boules** sur la place du village et chantaient des chansons bretonnes quand ils étaient saouls. Bien décidé à me compter parmi les gens normaux, je partageais leur *cidre** en écoutant le *grand-guignol** des potins du coin : le couple de postiers barricadés à l'étage qui refusent de sortir depuis le suicide de leur fils ; le percepteur du canton que sa femme a quitté parce que son beau-père sénile descend tout habillé pour le petit-déjeuner à 2 heures du matin ; le producteur de lait du village voisin qui a fini en prison pour avoir couché avec ses filles. Autant d'anecdotes que je m'efforçais de ponctuer de hochements de tête placés au bon moment, même si les questions qui me taraudaient se multipliaient et se complexifiaient.

*

Nom de Dieu, la facilité confondante et irréelle du truc !

Pourquoi tout s'était-il déroulé sans le moindre accroc, alors que, dans toutes les autres opérations auxquelles j'avais participé, même quand elles avaient fini par réussir, ça avait toujours coincé aux entournures ?

Une femme employée par la Stasi en fuite dans un État policier voisin grouillant d'informateurs ? La Sécurité tchèque notoirement réputée pour être impitoyable et efficace ? Et malgré cela, au lieu d'être passés au crible, pris en filature, mis sur écoute voire interrogés, nous voilà obligeamment escortés vers la sortie ?

Et depuis quand, voulez-vous me le dire, les services français seraient-ils blancs comme neige, nom d'une pipe ? De ce que j'ai entendu dire, c'est plutôt rivalités intestines et compagnie. Incompétents et pourris jusqu'à la moelle du sommet à la base – tiens, qu'est-ce que ça me rappelle ? Tout d'un coup, ils seraient devenus des maîtres absolus de la discipline ?

Si tels étaient mes soupçons, et ils grossissaient à vue d'œil, comment comptais-je remédier à la situation ? Avouer tout cela aussi à Smiley avant de jeter l'éponge et de démissionner ?

À cet instant, pour autant que je sache, Doris était cloîtrée avec ses débriefeurs dans une planque au fin fond de la campagne. Leur racontait-elle nos étreintes enflammées ? En matière sentimentale, la retenue n'était pas vraiment son fort.

Et si ses débriefeurs devaient commencer à soupçonner, comme moi, que sa fuite via la RDA et la Tchécoslovaquie avait été d'une facilité irréelle, quelle conclusion allaient-ils en tirer ?

Que c'était un coup monté ? Qu'elle était un sous-marin, un agent double, un pion dans un jeu de dupes aux enjeux colossaux ? Et que Peter Guillam, imbécile parmi les imbéciles, avait couché avec l'ennemi ? Ce qui était exactement ce que je commençais à croire moi-même au moment où, à 5 heures du matin, Oliver Mendel me téléphona, m'ordonnant au nom de George de me rendre au plus vite dans la ville de Salisbury. Même pas un « comment ça va, Peter ? » ou un « désolé de vous tirer du lit à l'aube ». Rien qu'un « George demande que vous rappliquiez au Camp 4 en quatrième vitesse, fiston ».

Le Camp 4 étant la planque du Comité de pilotage dans le parc national de New Forest.

*

Coincé dans le dernier siège disponible d'un petit avion quittant Le Touquet, j'imaginais le procès sommaire qui m'attendait. Doris a avoué être un agent double. Elle utilise notre nuit de passion pour brouiller un peu les pistes.

Mais mon autre moitié reprit le dessus. C'est la même Doris, enfin. Tu l'aimes. Tu le lui as dit, ou tu crois le lui avoir dit, et, dans un cas comme dans l'autre, c'est la vérité. Alors ne t'empresse pas de la juger sous prétexte que tu es sur le point d'être jugé toi-même !

Au moment où j'atterris à Lydd, rien ne faisait sens. Pas plus que lorsque mon train entra en gare de Salisbury. Mais j'avais quand même trouvé le temps de cogiter sur le choix du Camp 4 pour le débriefing de Doris. Au vu des critères du Cirque, ce n'était ni la plus secrète ni la plus sûre de sa constellation de planques. En théorie, elle était parfaite : petite propriété au cœur de New Forest, invisible depuis la route, bâtiment à deux niveaux assez bas, jardin clos de murs, un ruisseau, un étang, cinq hectares de terrain en partie forestier, le tout entouré d'une clôture barbelée haute de près de deux mètres recouverte de végétation et dissimulée par des buissons.

Mais pour le débriefing d'un agent inestimable, arraché à peine quelques jours plus tôt aux griffes de ses employeurs à la Stasi ? Un peu compromise, assurément, un peu plus visible que ce que George aurait sans doute souhaité si le Pilotage n'avait pas géré l'opération.

À la gare de Salisbury, un chauffeur du Cirque prénommé Herbert, que je connaissais pour l'avoir croisé quand j'étais à la section des chasseurs de têtes, m'attendait avec un écriteau « Passager pour Barraclough », l'un des noms de code de George. Mais quand je voulus faire la conversation, Herbert me dit qu'il avait pour consigne de ne pas me parler.

Nous arrivâmes dans la longue allée trouée de nids-de-poule. Défense d'entrer sous peine de poursuites. Les branches basses des tilleuls et des érables effleuraient le toit du van. De l'obscurité surgit la silhouette improbable de Fawn, prénom inconnu, ancien instructeur de combat à mains nues à Sarratt et gros bras occasionnel au service des Opérations clandestines. Qu'est-ce qu'il fichait là, Fawn, alors que le Camp 4 disposait de ses propres vigiles, le fameux couple gay préféré de tous les stagiaires, MM. Harper et Lowe ? Je me souvins que Smiley tenait Fawn en haute estime professionnelle et qu'il l'avait utilisé dans maintes missions délicates.

Le chauffeur s'arrêta. Fawn me dévisagea sans sourire, puis d'un signe de tête nous indiqua de passer. Le chemin montait. Un portail composé de deux solides portes en bois s'ouvrit et se referma derrière nous. Sur notre droite, le bâtiment principal, une maison imitation Tudor construite pour un brasseur. Sur notre gauche, la remise à voitures, deux abris en tôle ondulée et une majestueuse grange dîmière au toit de chaume baptisée la Bûcherie. Trois Ford Zephyr et une camionnette Ford noire garées dans la cour. Et devant elles, seul être humain visible, Oliver Mendel, inspecteur de police en retraite et allié de longue date de George, un talkie-walkie collé à l'oreille.

Je m'extirpe du van, je tire mon sac à dos derrière moi, je lance un « Salut Oliver ! Je suis enfin là ! », mais Oliver Mendel ne bouge pas d'un cil, il se contente de murmurer dans son appareil en me regardant arriver jusqu'à lui. Je m'apprête à réitérer mes salutations, puis me ravise. Oliver murmure : « D'accord, George » et coupe la communication.

« Notre ami est quelque peu occupé pour l'instant, Peter, dit-il d'un ton grave. Nous avons eu un petit incident. Faisons le tour du domaine si cela vous convient. »

Message reçu. Doris a tout avoué, jusques et y compris *Ich liebe dich*. Notre ami George est « occupé », ce qui signifie qu'il est dégoûté, furieux, écœuré par le disciple qu'il s'était choisi et qui l'a déçu. Il n'arrive pas à se résoudre à venir me parler, alors il délègue à son toujours fidèle inspecteur Oliver Mendel la tâche de passer au jeune Peter le savon du siècle, et sans doute de lui annoncer sa mise à pied par la même occasion. Mais Fawn là-dedans ? Et cette impression de camp abandonné à la hâte ?

Après avoir grimpé un bout de terrain gazonné, nous nous tenons côte à côte, de biais, position sûrement calculée par Mendel. Nous avons les yeux fixés sur un objet indéfinissable non loin : deux bouleaux, un vieux pigeonnier.

« J'ai un triste message pour vous, Peter. »

Nous y voilà.

« Je suis au regret de vous informer que la seconde main Tulipe, cette femme que vous avez réussi à exfiltrer de Tchécoslovaquie, a été déclarée morte ce matin. »

Et comme en pareil instant personne ne se rappelle jamais vraiment ce qu'il a pu dire et que je ne fais pas exception, je ne m'attribuerai pas ici le cri de douleur, d'horreur ou d'incrédulité de rigueur. Je sais que j'ai cessé de voir quoi que ce soit nettement, pas plus les bouleaux que le pigeonnier. Je sais qu'il faisait soleil et chaud pour la saison. Je sais que j'ai eu envie de vomir mais que, fidèle à ma nature inhibée, j'ai réussi à me retenir. Je sais que j'ai suivi Mendel jusqu'au petit pavillon délabré situé à la pointe sud de la propriété, séparé de la maison principale par un épais taillis de cyprès. Et que, quand

JOHN LE CARRÉ

nous nous sommes assis sur la véranda croulante, nous avions vue sur un terrain de croquet non entretenu, parce que je me souviens que les arceaux rouillés dépassaient de l'herbe.

« Pendue par le cou jusqu'à ce que mort s'ensuive, désolé, mon garçon, disait Mendel comme s'il énonçait la sentence de mort. Du travail d'amateur. Sur une branche basse d'un arbre de l'autre côté de cette butte, là-bas. Près du petit pont. Cote 217 sur le plan. Décès constaté à 8 heures par le Dr Ashley Meadows. »

Ash Meadows, coqueluche des psychiatres de Harley Street, improbable ami de George, occasionnel du Cirque spécialisé dans les transfuges névrosés.

« Ash est ici ?

– Il est auprès d'elle en ce moment. »

Je digère lentement l'information. Doris est morte. Ash est auprès d'elle. Un médecin qui veille les morts.

« Elle a laissé un mot, quelque chose ? Elle a annoncé son geste à quelqu'un ?

– Elle s'est juste suicidée, fiston. Avec un morceau de corde d'escalade en nylon épissée qu'elle a visiblement trouvée sur les lieux. 2,75 mètres de long. Sans doute abandonnée lors d'un stage d'entraînement. Rudement négligent, si vous voulez mon avis.

– Alec a-t-il été averti ? demandé-je en pensant à la tête de Doris sur son épaule.

– George expliquera à votre ami Alec Leamas ce qu'il a besoin de savoir quand il aura besoin de le savoir et pas avant, mon garçon, énonce-t-il de sa voix de policier. Et George choisira le moment pour le faire. Compris ? »

Compris ? J'ai surtout compris qu'Alec pense toujours avoir mis Tulipe en sécurité.

« Où est-il à présent ? Pas Alec, George. »

Question stupide.

« À cet instant, George est en pleine discussion avec un Suisse rencontré par hasard, figurez-vous. Ledit Suisse s'est fait prendre dans un des pièges installés sur la propriété, le pauvre. Un piège

204

à hommes, pour être précis, probablement posé par un braconnier sans scrupule qui voulait attraper du gros gibier. Rouillé, dissimulé parmi les hautes herbes, d'après ce qu'on sait. Peut-être là depuis une éternité. Mais le ressort fonctionne toujours à merveille. Et les dents, elles auraient pu lui arracher le pied d'un seul coup, si j'ai bien compris. Bref, il s'en tire bien. »

Et comme je garde le silence, il enchaîne du même ton nonchalant :

« Le Suisse en question a pour hobby l'ornithologie – ce qui est tout à fait respectable, c'est aussi le mien – et il observait les oiseaux. Il n'avait aucune intention de pénétrer dans la propriété, mais hélas, il l'a fait, et il le regrette. Comme je le regretterais moi-même. Entre nous, ce qui me choque, c'est que Harper et Lowe ne soient pas tombés sur ce truc pendant leurs patrouilles. Ils ont de la chance de ne pas avoir marché dessus, moi je dis.

– Pourquoi George lui parle-t-il ? »

J'imagine que je voulais dire : pourquoi à ce moment précis ?

« Le Suisse ? Eh bien c'est un témoin oculaire, mon garçon, pas vrai ? Le Suisse, qu'on le veuille ou non, il était sur les lieux. Par erreur, d'accord, observateur d'oiseaux comme moi, ça peut arriver, mais il y était à l'instant fatal, malheureusement pour lui. Il est normal que George veuille savoir si ce monsieur a vu ou entendu quelque chose de nature à nous éclairer. Peut-être que cette pauvre Tulipe s'est adressée à lui d'une façon ou d'une autre. Situation délicate, quand on y pense. Nous nous trouvons dans une installation ultrasecrète et Tulipe n'a jamais officiellement atterri au Royaume-Uni, si bien que le Suisse s'est fourré dans ce qu'on pourrait qualifier de guêpier sécuritaire. Nous sommes bien obligés d'en tenir compte. »

Je l'entends sans vraiment l'écouter.

« Il faut que je la voie, Oliver. »

Requête à laquelle il répond sans marquer la moindre surprise.

« Restez ici, mon garçon, le temps que j'aille en référer à qui de droit, et surtout ne bougez sous aucun prétexte. »

Sur quoi, il traverse à grandes enjambées les herbes hautes du terrain de croquet à l'abandon en murmurant une fois encore dans son talkie-walkie. Quand il me fait signe, je le rejoins devant la gigantesque porte de la Bûcherie. Il toque et se recule. Au bout de quelques instants, la porte s'ouvre en grinçant sur Ash Meadows en personne, ancien rugbyman quinquagénaire en bretelles rouges et chemise à carreaux en flanelle, avec à la bouche son inévitable pipe.

« Désolé pour tout ça, mon vieux », me dit-il en s'écartant pour me laisser passer, ce à quoi je réponds que je suis moi aussi désolé.

Sur une table de ping-pong placée au centre de la spacieuse grange repose dans une housse mortuaire fermée le corps d'une femme mince, allongée sur le dos, les orteils vers le ciel.

« La pauvre ne savait pas qu'on l'appelait Tulipe avant d'arriver ici, fait remarquer Ash de cette voix feutrée qu'il a appris à utiliser en présence des morts. Quand on le lui a dit, il n'était plus question que personne l'appelle autrement. Vous êtes sûr de vouloir faire ça ? »

Ce qu'il veut savoir, c'est si je suis prêt à ce qu'il actionne la fermeture Éclair. Je le suis.

Son visage sans expression, comme je ne l'ai jamais vu. Ses cheveux auburn noués en une tresse attachée par un ruban vert et posée sur le côté de sa tête. Ses yeux clos. Je ne l'avais jamais contemplée endormie. Son cou marbré de bleu et de gris.

« C'est bon, Peter, mon vieux ? »

Il remonte la glissière sans attendre ma réponse.

Je suis Mendel à l'extérieur pour prendre l'air. Devant moi, la butte herbeuse s'élève jusqu'à un bosquet de marronniers. La vue est belle depuis son sommet : la maison principale, une forêt de pins, les champs environnants. Mais à peine ai-je entamé mon ascension que Mendel me barre la route de la main. « On va rester en bas, si ça ne vous dérange pas, Peter. Inutile de se faire remarquer. »

Et j'imagine qu'il n'y a rien d'étonnant à ce que je n'aie pas pensé à lui demander pourquoi.

Puis s'écoule un moment (combien de minutes, je ne saurais le dire) pendant lequel il me semble que nous errons sans but. Mendel me raconte qu'il élève des abeilles. Puis il me parle de son golden retriever Poppy, dont sa femme est folle. Je me rappelle confusément que Poppy est un mâle, pas une femelle. Je me rappelle aussi avoir été secrètement surpris, car je crois n'avoir jamais su qu'Oliver Mendel était marié.

Petit à petit, je commence à lui répondre. Quand il me demande comment vont les choses en Bretagne, si les récoltes se présentent bien, combien de vaches nous avons, je lui fournis des réponses précises et lucides, c'est-à-dire vraisemblablement ce qu'il attend, car lorsque nous arrivons au chemin de gravier qui longe la Bûcherie et mène à la remise, il s'écarte de moi et parle sèchement dans son talkie-walkie. Et quand il revient près de moi, il n'a plus rien de l'homme qui aime bavarder, il redevient flic :

« Écoutez-moi bien, mon garçon. Dans un instant, vous allez faire connaissance avec l'autre versant de l'histoire. Vous allez voir des choses, mais vous ne montrerez aucune réaction d'aucune sorte. Et après, vous garderez le silence sur ce que vous aurez vu. Ces ordres ne viennent pas de moi, mais de George, et ils vous sont spécialement destinés, mon garçon. J'ajoute que si par hasard vous continuez à culpabiliser pour le suicide de cette pauvre dame, vous pouvez arrêter tout de suite. Pigé ? Là, ce n'est pas George qui parle, c'est moi. Vous ne parleriez pas suisse, au fait ? »

Il sourit, et à ma grande surprise, moi aussi. La destination de notre petite promenade prend un tour glaçant. J'avais momentanément oublié le Suisse. J'étais parti du principe que Mendel me faisait juste poliment la conversation. À présent, le mystérieux ornithologue qui a pénétré par erreur dans la propriété fait un retour en force. À l'autre bout du chemin se tient Fawn. Derrière lui se dresse l'escalier de pierre au sommet duquel une porte vert olive affiche un écriteau DÉFENSE D'ENTRER – DANGER DE MORT.

Nous montons derrière Fawn et entrons dans un grenier à foin. Des harnachements moisis pendent à d'antiques crochets. Nous passons entre des ballots de paille en décomposition avant d'arriver au Sous-marin, une cellule d'isolement construite spécialement pour la formation des recrues aux arts peu ragoûtants de la résistance aux interrogatoires musclés et de leur pratique. Chaque fois que j'ai dû suivre une remise à niveau, j'ai eu droit à ses murs capitonnés dépourvus de fenêtre, à ses menottes pieds-mains et à ses effets sonores assourdissants. La porte en acier noirci est équipée d'un judas coulissant qui permet de voir depuis l'extérieur, mais pas de l'intérieur.

Fawn reste en retrait. Mendel avance jusqu'au Sous-marin, se penche en avant, fait glisser la protection du judas, se recule et m'adresse un signe de tête : à votre tour. Et tout bas, précipitamment, il me dit :

« Sauf qu'elle ne s'est pas pendue, hein, mon gars ? C'est notre amateur de piafs qui s'en est chargé. »

Quand je viens pour suivre une formation, il n'y a jamais de meubles dans le Sous-marin. Soit on s'allonge sur le sol de pierre, soit on l'arpente dans le noir complet avec le vacarme des haut-parleurs qui vous crève les tympans jusqu'à ce qu'on craque ou que les responsables décident que cela suffit. Mais les deux occupants inattendus du Sous-marin ont droit au luxe d'une table de jeu recouverte de feutrine rouge et de deux fauteuils tout à fait corrects.

Dans l'un des deux se trouve George Smiley, avec cet air que lui seul peut avoir quand il mène un interrogatoire : mi-contrarié, mi-chagriné, comme si la vie n'était pour lui qu'un long tunnel d'inconfort que personne ne saurait rendre supportable à part peut-être vous.

Et en face, dans l'autre fauteuil, un homme de mon âge, blond, costaud, les yeux ornés de coquards récents, une jambe nue bandée à l'horizontale devant lui, les mains menottées posées sur la table, paumes en l'air tel un mendiant qui demanderait la charité.

Quand il tourne la tête, je vois exactement ce que je m'attendais à voir : une ancienne cicatrice, semblable à une blessure causée par un sabre, qui lui traverse la joue droite de haut en bas.

Et même si je peux à peine les distinguer à cause des contusions, je sais qu'il a les yeux bleus, parce que c'est ce qu'indique le dossier criminel que j'ai volé voici trois ans pour George Smiley après le coup à la tête qui avait failli lui être fatal, porté par l'homme qui se trouve ici en face de lui.

Interrogatoire ou négociation ? Le nom du prisonnier – comment l'oublier ? – est Hans-Dieter Mundt. Ancien membre de la Mission est-allemande de l'acier basée à Highgate, qui bénéficiait d'un statut officiel quoique pas diplomatique.

Pendant son séjour à Londres, Mundt avait abattu un concessionnaire de l'est londonien qui en savait trop à son goût. Sa tentative d'assassinat sur George avait la même motivation.

Et voilà que le même Mundt se trouve assis dans le Sous-marin, lui, l'assassin de la Stasi formé par le KGB, se faisant passer pour un ornithologue suisse victime d'un piège à daim, alors que le cadavre de Doris qui souhaitait qu'on l'appelle uniquement Tulipe gît à moins de quinze mètres de lui. Mendel me tire par le bras. On y va, c'est tout près en voiture, Peter. George nous rejoindra plus tard.

« Où sont Harper et Lowe ? je lui demande une fois dans la voiture, car c'est le seul sujet de conversation qui me vienne à l'esprit.

– Meadows a envoyé Harper se faire recoudre le visage à l'hôpital et Lowe lui tient la main. Disons que notre ami l'ornithologue ne s'est pas laissé emmener gentiment quand ils l'ont sorti de son piège. Il avait sacrément besoin d'aide, comme vous l'aurez constaté. »

*

« J'ai deux documents pour vous, Peter », dit Smiley avant de me tendre le premier.

Il est 2 heures du matin. Nous sommes seuls dans le même salon de la même maison mitoyenne quelque part aux abords de New Forest. Notre hôte, un vieil ami de Mendel, nous a allumé le poêle à charbon et apporté un plateau avec du thé et des biscuits avant de se retirer à l'étage auprès de son épouse. Nous n'avons touché ni à l'un ni aux autres. Le premier document est une carte postale anglaise blanche toute simple, sans timbre. Elle porte des griffures, comme si on l'avait glissée dans quelque chose d'étroit, peut-être sous une porte. Rien d'écrit du côté adresse. Du côté correspondance, on peut lire un message en allemand tracé à la main à l'encre bleu-noir tout en capitales :

JE SUIS UN AMI SUISSE FIABLE QUI PEUT VOUS AMENER JUSQU'À VOTRE GUSTAV. REJOIGNEZ-MOI AU PETIT PONT À 1 H 00. TOUT SERA PRÊT. NOUS SOMMES CHRÉTIENS. [*sans signature*]

« Pourquoi attendre qu'elle ait fait tout le voyage jusqu'en Angleterre ? parviens-je à demander à George après un long silence. Pourquoi ne pas l'avoir tuée en Allemagne ?

– Pour protéger leur source, évidemment, répond Smiley d'un ton de reproche quant à ma lenteur d'esprit. L'info est venue du Centre de Moscou, qui a bien naturellement insisté sur la discrétion nécessaire. Pas d'accident de voiture ou d'incident tout aussi évident. Mieux vaut un suicide qui causera la consternation la plus totale dans le camp adverse. Je trouve cela d'une logique implacable, pas vous ? Eh bien Peter, pas vous ? »

Sa colère est perceptible dans la dureté d'airain de sa voix d'ordinaire si douce et dans la rigidité de ses traits d'ordinaire si mobiles. Une colère comme un dégoût de soi. Une colère dirigée contre la monstruosité de ce qu'il a dû faire au mépris de tout ce que la décence peut dicter.

« "Cornaquer", c'est le verbe qu'a employé Mundt, reprend-il sans attendre ni espérer une réponse de ma part. Nous la cornaquons jusqu'à Prague, nous la cornaquons jusqu'en Angleterre, nous la cornaquons jusqu'au Camp 4. Puis nous l'étranglons et nous la pendons. Jamais "je". Toujours le collectif, "nous". Je lui ai dit tout le mépris qu'il m'inspirait. J'aime à penser que cela a fait son effet, commente-t-il avant d'ajouter, comme s'il avait oublié : Au fait, l'autre document est pour vous. »

Il me tend une feuille de papier à lettres Basildon Bond pliée en quatre, portant la mention "Adrien" tracée en larges lettres au crayon gras. Écriture propre et appliquée. Pas de fioritures inutiles. Une écolière allemande sérieuse écrivant à son correspondant anglais.

> Mon Adrien adoré, mon Jean-François,
> Tu es tous les hommes que j'aime.
> Que Dieu t'aime aussi.
> Tulipe

« Je vous ai demandé si vous avez l'intention de la garder en souvenir ou de la brûler. »

Dans mes oreilles hébétées, Smiley répète sa phrase de cette même voix qui trahit sa colère froide.

« Je vous conseille la seconde solution, enchaîne-t-il. C'est Millie McCraig qui l'a trouvée. Elle était posée contre le miroir de la coiffeuse de Tulipe. »

Puis sans émotion apparente, il me regarde m'agenouiller devant le feu et déposer la lettre de Doris, toujours pliée, telle une offrande, sur les charbons ardents. Et, dans le tourbillon de sentiments qui me déchirent, il me vient à l'esprit que George Smiley et moi sommes plus proches que nous souhaitons nous l'avouer en matière d'amours contrariées. Je suis un piètre danseur. George, d'après sa volage épouse, refuse obstinément de danser. Et je n'ai toujours pas prononcé un seul mot.

« L'arrangement que je viens de conclure avec Herr Mundt comporte quelques conditions bien utiles, continue-t-il avec ténacité. L'enregistrement de notre conversation, par exemple. Il ne ravirait pas ses maîtres moscovites et berlinois, nous en sommes convenus. Nous sommes également convenus du fait que son travail pour nous, s'il est correctement géré des deux côtés, lui permettra d'avancer dans sa distinguée carrière à la Stasi. Il rentrera chez ses camarades en héros triomphant. Les huiles de la Direction seront fières de lui. Le Centre de Moscou sera fier de lui. Le poste d'Emmanuel Rapp est mis au recrutement. Il n'a qu'à candidater. Il m'a promis de le faire. À mesure que sa bonne fortune augmentera à Berlin comme à Moscou, et avec elle son niveau d'habilitation, peut-être sera-t-il un jour en mesure de nous dire qui a trahi Tulipe et d'autres agents à nous ayant connu une fin précoce. Nous avons largement de quoi nous réjouir, vous et moi, n'est-ce pas ? »

Et si je me rappelle bien, je ne pipe toujours pas mot, contrairement à Smiley qui, lui, pour conclure, a quelque chose d'important à dire.

« Vous, moi et quelques personnes triées sur le volet avons connaissance de cette information ultraconfidentielle, Peter. Pour le Comité de pilotage et le Service, nous avons été trop gourmands, nous avons fait venir Tulipe ici trop vite, sans aucune considération pour ses sentiments profonds. Résultat : elle s'est pendue. Ceci est la version qui doit être claironnée au ministère de l'Intérieur et dans toutes ses annexes, sans aucune exception là où le Pilotage règne en maître. Ce qui, hélas, inclut forcément notre ami Alec Leamas. »

Elle fut incinérée sous le nom de Tulipe Brown, une croyante d'origine russe ayant fui la persécution communiste et décidé de mener une vie solitaire en Angleterre. *Brown*, expliqua-t-on au prêtre orthodoxe à la retraite déniché par les employées des Opérations clandestines qui s'étaient également chargées des tulipes déposées sur le cercueil, était le patronyme qu'elle avait choisi par peur des représailles. Le prêtre, un vieil occasionnel, ne posa aucune question inopportune. Nous étions six : Ash Meadows, Millie McCraig, Jeanette Avon et Ingeborg Lugg – les femmes des Opérations clandestines –, Alec Leamas et moi. George était occupé ailleurs. Une fois le service terminé, les femmes repartirent et les trois hommes se mirent en quête d'un pub.

« Bon Dieu, mais pourquoi a-t-elle fait ça, cette pauvre conne ? gémit Alec, la tête entre les mains, alors que nous étions assis devant nos scotches. Quand on pense à tout ce qu'on a fait pour la sortir. Si elle m'avait dit ce qu'elle comptait faire, je ne me serais pas autant fait chier ! poursuivit-il sur le même ton d'indignation feinte.

– Moi non plus, renchéris-je loyalement en me levant pour aller commander au bar trois verres du même breuvage.

– Le suicide est une décision que certains prennent très tôt dans leur vie, pérorait le Dr Meadows à mon retour. Ils ne le savent peut-être pas, mais c'est en eux, Alec. Et puis un beau jour, il se passe quelque chose qui déclenche tout. Ça peut être quelque chose d'anodin, comme oublier son portefeuille dans l'autobus. Ça peut être violent, comme la mort de ton meilleur copain. Mais l'intention est déjà là. Et le résultat est le même. »

Santé ! Nouveau silence, rompu par Alec cette fois :

« Peut-être que tous les *Joes* sont suicidaires, sauf que certains n'arrivent pas à s'y résoudre, les pauvres. Au fait, qui va avertir le môme ? »

Le môme ? Bien sûr. Il pensait à Gustav.

« George pense qu'il faut laisser l'adversaire s'en charger, répondis-je.

– Et merde, dans quel monde on vit ! » grommela Alec avant de se replonger dans son whisky.

10

J'arrête de fixer le mur de la bibliothèque car Nelson, qui a remplacé Pepsi, est perturbé par mon manque de concentration. Je me replonge dûment dans la lecture du rapport que, malgré tout mon chagrin et mes remords, j'ai compilé sur ordre de Smiley, sans omettre le moindre détail jusqu'au plus superflu pour accomplir ma mission de dissimuler l'unique secret que seuls quelques rares privilégiés auraient jamais le droit de connaître.

SOURCE DE SECONDE MAIN TULIPE,
DÉBRIEFING ET SUICIDE.
Débriefing effectué par Ingeborg Lugg (OC) et Jeanette
Avon (OC). Présent par intermittence : Dr Ashley
Meadows, occasionnel des OC.
Rédigé et compilé par PG, validé par Dir. OC
Marylebone pour soumission au Comité de suivi du
Trésor.
Version préliminaire à l'attention du Dir. CPI
pour commentaire.

Avon et Lugg sont les meilleures débriefeuses des Opérations clandestines, des femmes pas trop jeunes, originaires d'Europe centrale et possédant une longue expérience opérationnelle.

1) Prise en charge de TULIPE et transfert au Camp 4

À son arrivée par avion de la RAF à Northolt, Tulipe n'a subi aucune formalité administrative et n'est donc jamais officiellement entrée sur le territoire britannique. Se présentant comme « l'émissaire désigné d'un Service qui est très fier de vous », le Dr Meadows a fait un bref discours d'accueil dans le salon VIP de la zone de transit et lui a remis un bouquet de roses anglaises qui a semblé la toucher considérablement, car elle l'a serré contre son visage en silence pendant tout le voyage.

Elle a été directement transférée en camionnette au Camp 4. Avon (nom de code ANNA), infirmière diplômée, douée d'un contact facile, était assise à ses côtés à l'arrière pour discuter avec elle et la mettre en confiance. Lugg (nom de code LOUISA) et le Dr Meadows (nom de code FRANK) sont montés à l'avant avec le chauffeur, car il a été estimé qu'un lien entre Avon et Tulipe aurait plus de chances de se nouer si elles étaient seules à l'arrière du véhicule. Nous parlons tous trois couramment allemand (niveau 6).

Pendant le trajet, Tulipe a alterné entre assoupissement et excitation en pointant du doigt certains sites qui pourraient plaire à son fils Gustav quand il arriverait en Grande-Bretagne, événement qu'elle semblait considérer comme imminent. Elle a aussi repéré avec enthousiasme les pistes cyclables et autres endroits où elle aimerait faire du vélo, également avec Gustav. Elle a demandé deux fois après « Adrien » et, lorsque nous lui avons dit que nous ne connaissions

personne de ce nom, a remplacé l'objet de sa demande
par Jean-François. Le Dr Meadows l'a alors informée
que Jean-François, le messager, avait été appelé pour
une mission urgente, mais qu'il se présenterait à elle
le moment venu.

Dans l'aile du Camp 4 réservée aux invités,
le logement se compose d'une grande chambre avec
salle de bains, d'un séjour, d'une kitchenette et
d'une véranda, extension en bois et en verre datant
du XIXᵉ siècle qui surplombe la piscine extérieure
(non chauffée). Tous les espaces, y compris la véranda
et la zone de la piscine, sont équipés de micros cachés
et autres équipements.

Juste derrière la piscine se trouve un taillis de
conifères dont certaines des branches basses ont été
élaguées. Les daims, qui vivent en grand nombre dans
la propriété, viennent souvent s'ébattre près de la piscine.
En raison de la clôture barbelée, ces animaux constituent
de fait un troupeau domestique confiné au domaine,
ce qui renforce l'atmosphère de charme et de tranquillité
raffinés du Camp 4.

Nous avons d'abord présenté Tulipe à Millie
McCraig (ELLA) qui, à la demande du Dir. OC, avait
été nommée le jour même gouvernante de la planque.
Également à la demande du Dir. OC, des microphones
avaient été installés à des emplacements stratégiques, et
ceux remontant à des opérations antérieures désactivés.

Les quartiers privés de la gouvernante se trouvent
au bout d'un petit couloir, derrière la suite invités.
Les deux appartements sont reliés par un téléphone
interne qui permet à l'invité de solliciter de l'aide à
tout moment pendant la nuit. Sur une idée de McCraig,
Avon et Lugg se sont installées dans des chambres de

la maison principale, afin que Tulipe évolue dans un environnement exclusivement féminin.

Harper et Lowe, les gardiens attitrés du Camp 4, partagent des quartiers dans la remise. Tous deux sont des jardiniers émérites. En tant que garde-chasse diplômé, Harper contrôle la faune du domaine.

La remise comprend aussi une chambre supplémentaire qui a été réquisitionnée par le Dr Meadows.

2) Débriefing, jours 1 à 5

La période initiale prévue pour le débriefing était de 2 à 3 semaines renouvelables, plus des séances de suivi d'une durée indéterminée, information non communiquée à Tulipe. Notre tâche immédiate était de l'aider à s'adapter, de la rassurer quant à la nature amicale de son environnement et de lui parler en termes positifs de son avenir (avec Gustav), objectif qui, à notre satisfaction mesurée, nous semblait avoir été atteint dès la fin du premier soir. Elle a été informée que le Dr Meadows (FRANK) était un interrogateur aux intérêts spécifiques et qu'il y en aurait d'autres comme lui qui interviendraient ponctuellement pendant nos séances. Elle a aussi été informée que le *Herr Direktor* (Dir. OC) était absent pour s'occuper d'affaires urgentes concernant le Dr Riemeck (MAYFLOWER) et d'autres membres du réseau, mais qu'il avait hâte de rentrer pour avoir l'honneur de la saluer personnellement.

La règle en vigueur pour les débriefings étant de questionner le sujet « à chaud », notre équipe s'est rassemblée dans le séjour de la maison principale le lendemain matin à 9 heures précises. La séance, entrecoupée de plusieurs pauses, s'est prolongée jusqu'à 21 h 05. L'enregistrement a été supervisé depuis son appartement par Millie McCraig, qui en a aussi profité pour effectuer une fouille en règle de la suite de Tulipe et de ses affaires. L'interrogatoire a été mené par Lugg (LOUISA), conformément aux instructions, Avon (ANNA) posant parfois des questions annexes et le Dr Meadows (FRANK) intervenant à l'occasion pour sonder l'état d'esprit et les motivations de Tulipe.

Cependant, malgré tous ses efforts pour dissimuler l'objectif de ses questions en apparence innocentes, Tulipe a eu tôt fait d'en identifier la nature psychologique et, apprenant sa qualité de médecin, l'a traité de disciple de « ce menteur invétéré et faussaire qu'était Sigmund Freud ». En proie à une fureur grandissante, elle a ensuite affirmé qu'elle n'avait jamais eu qu'un seul médecin dans sa vie, Karl Riemeck, que Frank était un connard, et que « si vous [Dr Meadows] voulez vous rendre utile, allez donc me chercher mon fils ! ». Ne souhaitant pas exercer une influence délétère, le Dr Meadows a jugé plus raisonnable de rentrer à Londres tout en demeurant disponible au cas où ses services seraient requis.

Pendant les deux jours suivants, en dehors de quelques crises périodiques, les séances de débriefing ont été efficaces et se sont déroulées dans un climat de calme relatif, les enregistrements étant expédiés chaque soir à Marylebone.

Question prioritaire pour le Dir. OC : le flux de renseignements soviétiques sur des cibles britanniques, qui, même limité, parvenait jusqu'au bureau de Rapp depuis Moscou. Même si peu d'informations à ce sujet figuraient dans les documents que Tulipe avait réussi à photographier, avait-elle lu ou entendu des

choses concernant les sources soviétiques actives au
Royaume-Uni qu'elle aurait oublié de mentionner dans
ses rapports ou jugées inintéressantes ? Y aurait-il
eu la moindre indication, la moindre vantardise par
exemple, sur des sources actives haut placées dans
le monde politique ou du renseignement ? Rien sur
des codes et des systèmes de cryptage britanniques qui
auraient été cassés ?

Bien que ces questions aient été posées de
nombreuses fois à Tulipe sous des formes différentes
(au prix de son agacement croissant, reconnaissons-le),
il ne nous est pas possible d'en tirer des conclusions
définitives. Néanmoins, nous estimons que la valeur
du matériau de Tulipe doit être considérée comme
élevée à très élevée, si l'on prend en considération
les conditions opérationnelles difficiles qui ont affecté
sa transmission. Pendant toute sa période d'activité,
elle rendait compte exclusivement à Mayflower,
jamais directement à la Station de Berlin. Les
questions potentiellement sensibles ne lui avaient pas
été soumises car, si elle les avait révélées pendant un
interrogatoire, cela aurait trahi des failles dans notre
armure. De telles questions pouvaient à présent lui
être posées sans risque, par exemple sur la fiabilité
d'autres secondes mains potentielles ou actives, sur
l'identité de politiciens et de diplomates étrangers
contrôlés par la Stasi, sur des explications possibles
quant à des réseaux de paiement occultes révélés
dans des documents qu'elle avait photographiés sur
le bureau de Rapp sans pour autant les manipuler,
sur l'emplacement et la description d'installations
de transmission secrètes qu'elle avait visitées en
compagnie de Rapp, leur plan, leurs procédures
d'accès, la taille, la forme et l'orientation de leurs

antennes, ainsi que sur toute preuve de présence soviétique ou non allemande sur ces sites, et plus largement sur toute autre information qui n'aurait pu être exploitée jusqu'ici en raison du manque de temps pour des treffs avec Mayflower, de la nature décousue de leurs conversations et des limites imposées par les modes de communication clandestins.

Malgré toute sa frustration, qui s'exprimait souvent en des termes grossiers, Tulipe a semblé prendre beaucoup de plaisir à être au centre de l'attention, se permettant même des plaisanteries graveleuses avec les deux gardiens du Camp 4, notamment le plus jeune, Harper. Cependant, chaque soir, à la tombée de la nuit, son humeur virait d'un coup à une culpabilité désespérée, qui avait pour objet principal son fils Gustav, mais aussi sa sœur Lotte, dont elle affirmait avoir brisé la vie par sa fuite.

La gouvernante de la planque, Millie McCraig, lui tenait parfois compagnie la nuit. Ayant découvert qu'elles étaient toutes deux chrétiennes, elles priaient souvent ensemble, le saint préféré de Tulipe étant Nicolas, dont une petite icône l'avait accompagnée pendant son exfiltration. Autre point commun : leur intérêt partagé pour la bicyclette. À la demande insistante de Tulipe, McCraig (ELLA) s'est procuré un catalogue de vélos pour enfants. Enchantée de découvrir que McCraig était écossaise, Tulipe a aussitôt réclamé une carte des Highlands pour qu'elles puissent discuter des trajets de cyclotourisme potentiels. Une carte d'état-major a été fournie par la Direction générale dès le lendemain. Cependant, l'humeur de Tulipe demeurait changeante et ses accès de rage étaient fréquents. Les sédatifs et

JOHN LE CARRÉ

somnifères que McCraig lui procurait à sa demande ne semblaient guère efficaces.

Au hasard de nos séances, il arrivait à Tulipe d'exiger de savoir la date à laquelle Gustav serait échangé, voire si l'échange avait déjà eu lieu. La réponse fournie, conforme aux instructions, était que le *Herr Direktor* négociait ce dossier au plus haut niveau et qu'il fallait laisser du temps au temps.

3) Exigences de TULIPE en matière de loisirs

Dès son arrivée au Royaume-Uni, Tulipe a clairement exprimé son besoin d'exercice physique Le chasseur de la RAF avait été très inconfortable, le trajet jusqu'au Camp 4 lui avait donné l'impression d'être une prisonnière, toute forme de confinement lui était insupportable, etc. Les chemins du Camp 4 étant non cyclables, elle voulait courir. Harper est allé lui acheter une paire de tennis à sa pointure et, les trois matins suivants, Tulipe et Avon (ANNA), qui est très sportive, ont couru ensemble avant le petit-déjeuner sur le chemin de pourtour qui longe l'intérieur de la clôture. Au cas où elle trouverait un fossile ou une pierre rare susceptible d'intéresser Gustav, Tulipe portait en bandoulière un sac léger qu'elle appelait, selon une expression russe, son « sac au cas où ». Le domaine est également équipé d'un petit gymnase qui, en dernier recours, permettait à Tulipe d'évacuer son stress apparent, accompagnée quelle que soit l'heure par Millie McCraig.

La routine de Tulipe était de se tenir prête et habillée devant la porte-fenêtre de son séjour à 6 heures en attendant l'arrivée d'Avon. Cependant, ce matin-là, Tulipe n'était pas à sa fenêtre. Avon est donc entrée dans la suite invités par le côté jardin en

222

l'appelant, avant de taper à la porte de la salle de bains et, faute de réponse, de l'ouvrir, tout ceci en vain. Avon a ensuite demandé à McCraig via le téléphone interne où se trouvait Tulipe, mais celle-ci a été incapable de la renseigner. Désormais très inquiète, Avon est partie au pas de course sur le chemin de pourtour. Pendant ce temps, par précaution, McCraig a averti Harper et Lowe que notre invitée était « allée se promener », sur quoi les deux gardiens ont aussitôt commencé à quadriller le domaine.

4) Découverte de TULIPE. Témoignage de J. Avon
Le chemin de pourtour, quand on le prend par le côté est, s'élève fortement sur une quinzaine de mètres, puis reste plat pendant quatre cents mètres environ avant d'obliquer au nord et de descendre vers une cuvette marécageuse traversée par une passerelle en bois menant à un escalier de bois comprenant neuf marches, celles du haut étant partiellement ombragées par la large ramure d'un châtaignier.

Au moment où j'ai viré au nord pour commencer ma descente, j'ai aperçu Tulipe accrochée par le cou depuis une branche basse du châtaignier, les yeux ouverts, les bras ballants. Dans mon souvenir, l'espace entre ses pieds et la marche en bois la plus proche n'excédait pas trente centimètres. Le nœud passé autour de son cou était si fin qu'à première vue elle semblait flotter dans les airs.

Je suis une femme de quarante-deux ans. J'insiste sur le fait que j'ai consigné ces impressions telles qu'elles me sont restées en mémoire. J'ai été formée par le Service et je possède une expérience en urgence opérationnelle. Il m'en coûte donc de devoir avouer que mon premier réflexe à la vue de Tulipe se

balançant à la branche a été de retourner à la maison
à toutes jambes pour demander de l'aide au lieu de
tenter de la décrocher pour la réanimer. Je regrette
profondément cette absence de sang-froid sur le terrain,
même si on m'a assuré depuis que Tulipe était décédée
depuis au moins six heures quand je l'ai découverte,
ce qui est pour moi un grand soulagement. En outre, je
n'avais pas de couteau sur moi et la branche était hors
d'atteinte.

*Rapport complémentaire de Millie McCraig,
gouvernante du Camp 4, officier de carrière échelon 2,
sur le suivi, la surveillance et le suicide de la source
de seconde main TULIPE. À l'unique attention de
George Smiley, Dir. OC.*

Millie telle qu'en elle-même à cette époque : mariée au Service, pieuse fille d'un pasteur de l'Église presbytérienne libre. Pratique l'escalade dans les Cairngorms et la chasse à courre, écume les sites naturels dangereux. A perdu son frère pendant la guerre, son père mort d'un cancer et son cœur, à en croire la rumeur, brisé par un homme marié plus âgé qui plaçait l'honorabilité au-dessus de tout. Certaines mauvaises langues insinuaient que l'homme en question était George, même si rien de ce que j'ai pu observer entre eux ne m'incite à le croire. Mais malheur à quiconque parmi la bleusaille tentait sa chance auprès d'elle, car Millie nous ignorait tous.

1) Disparition de TULIPE
Après avoir été informée par Jeanette Avon à 06 h 10
que Tulipe était partie courir seule, j'ai immédiatement
demandé à la sécurité (Harper et Lowe) d'entreprendre
une fouille du domaine, en se concentrant sur le chemin

de pourtour, qui, si j'en croyais Avon, était le trajet
favori de Tulipe. Puis, par précaution, j'ai effectué
une inspection de la suite invités et constaté que son
survêtement et ses chaussures de sport se trouvaient
toujours dans son armoire. En revanche, les vêtements
et sous-vêtements français qu'on lui avait fournis à
Prague n'y étaient plus. Même si elle n'avait ni papiers
d'identité ni argent en sa possession, son sac à main,
dont j'avais précédemment établi qu'il ne contenait rien
d'autre que quelques objets personnels, avait également
disparu.

La situation excédant les prérogatives des OC et
en l'absence du Dir. OC, retenu par une mission
urgente à Berlin, j'ai pris la décision de téléphoner
à l'officier de garde du Comité de pilotage pour lui
demander de prévenir nos contacts dans la police
qu'une déséquilibrée échappée d'un asile répondant
au signalement de Tulipe errait dans les environs,
qu'elle n'était pas violente, ne parlait pas anglais et
suivait un traitement pour troubles psychiatriques. Si
elle était retrouvée, elle devait être ramenée à notre
Institution.

J'ai ensuite appelé le Dr Meadows à son cabinet de
Harley Street pour l'enjoindre de revenir d'urgence au
Camp 4, mais sa secrétaire m'a informée que, mis au
courant par la DG, il était déjà en route.

2) Découverte d'un intrus non habilité dans
le Camp 4
À peine avais-je passé ces appels que Harper m'a
fait savoir via le système de communication interne du
Camp 4 que, pendant sa battue pour retrouver Tulipe, il
avait découvert dans un sous-bois près de la clôture un
individu blessé, de sexe masculin, visiblement un intrus

qui, après s'être introduit sur le domaine par un trou qu'il venait de ménager non loin de la rocade, avait activé, en marchant dessus, un vieux piège recouvert par les hautes herbes, sans doute laissé là par un braconnier avant que le Cirque ne fasse l'acquisition des lieux.

Le piège en question, dispositif illégal et très ancien, comportait des dents pointues rouillées et était toujours enclenché. Selon Harper, l'intrus avait pris sa jambe gauche dans le mécanisme et s'était enferré encore plus en se débattant. Il parlait bien anglais, quoique avec un accent étranger, et avait soutenu, en voyant le trou dans la clôture, l'avoir juste emprunté afin de satisfaire un besoin naturel. Il avait également précisé qu'il était passionné d'ornithologie.

À l'arrivée de Lowe, les gardiens avaient à eux deux extirpé l'intrus, sur quoi celui-ci avait frappé Lowe au ventre, puis donné un coup de tête au visage de Harper. Les deux gardiens avaient fini par maîtriser l'intrus et l'amener à la Bûcherie, fort heureusement proche. L'intrus se trouvait désormais enfermé dans la cellule de confinement (Sous-marin), avec un bandage improvisé sur la jambe gauche. Conformément au protocole de sécurité, Harper avait signalé l'incident et fourni une description aussi détaillée que possible de l'intrus directement à la Sécurité Interne de la DG et au Dir. OC, qui était en train de rentrer de Berlin. Lorsque j'ai demandé à Harper si lui-même ou Lowe avaient pu repérer Tulipe, toujours portée disparue, il a répondu que l'intrus les avait temporairement détournés de leurs recherches mais qu'ils allaient les reprendre sur-le-champ.

L'HÉRITAGE DES ESPIONS

3) Nouvelle de la mort de TULIPE

Sur ces entrefaites, Jeanette Avon est arrivée sur le perron de la maison principale dans un état de grande agitation pour annoncer qu'elle venait de trouver Tulipe pendue à une branche, sans doute morte, à la cote 217 sur le plan du domaine. J'ai aussitôt transmis cette information à Harper et Lowe et, m'étant fait confirmer que leur intrus était hors d'état de nuire, leur ai donné l'ordre de se rendre au plus vite à la cote 217 et d'intervenir si besoin.

J'ai ensuite déclenché une Alerte Rouge pour rassembler dans la maison principale tout le personnel présent sur les lieux, à savoir les deux cuisiniers, un chauffeur, un agent de maintenance, deux femmes de ménage et deux blanchisseurs (voir liste en Annexe 1). Je les ai informés qu'un cadavre avait été découvert sur le domaine et qu'ils resteraient confinés dans la maison principale jusqu'à nouvel ordre. Je n'ai pas jugé utile de leur dire qu'un intrus non habilité avait également été surpris.

Heureusement, à ce moment, le Dr Meadows est arrivé dans sa Bentley, qui lui avait permis de faire la route très rapidement. En sa compagnie, je suis aussitôt partie le long de la clôture est vers la cote 217. À notre arrivée, nous avons trouvé le corps de Tulipe, descendue de l'arbre et à l'évidence décédée, posé sur le sol, une corde autour du cou, Harper et Lowe montant la garde près d'elle. Harper, qui saignait du visage après le coup de tête infligé par l'intrus, a suggéré d'appeler la police et Lowe une ambulance. Vu les circonstances, j'ai recommandé de ne rien faire sans l'approbation du Dir. OC, qui était en chemin pour le Camp 4. Après un examen préliminaire du corps, le Dr Meadows a exprimé une opinion similaire.

En conséquence, j'ai ordonné à Harper et Lowe
de retourner à la Bûcherie, de ne contacter personne,
d'attendre les instructions et de n'inviter leur
prisonnier à parler sous aucun prétexte. Après leur
départ, le Dr Meadows m'a confié que Tulipe était
décédée depuis plusieurs heures.

Tandis qu'il continuait l'examen de la victime, j'ai
pris note des vêtements français qu'elle portait : twin-
set, jupe plissée, escarpins. Les poches du gilet étaient
vides, à l'exception de deux mouchoirs
en papier usagés. Tulipe s'était plainte d'un léger
rhume. Son « sac au cas où » contenait le reste de ses
sous-vêtements français.

Nos ordres, désormais relayés en permanence depuis
la Direction générale via le système de communication
interne du Camp 4, étaient de transférer le corps à
la Bûcherie sans plus attendre. J'ai donc rappelé Harper
et Lowe afin qu'ils fassent office de brancardiers.
La tâche a été promptement accomplie, malgré
la blessure de Harper qui saignait abondamment.

J'ai regagné la maison principale en compagnie du
Dr Meadows. Ayant recouvré ses esprits, ce qui est
tout à son honneur, Avon servait du thé et des biscuits
au personnel et s'efforçait de les distraire. L'équipe de
crise de la Direction générale, gérée par le Dir. OC,
était à présent censée arriver en milieu d'après-midi.
En attendant, tout le monde en dehors de Harper
et Lowe devait demeurer dans la maison principale
tandis que le Dr Meadows nettoyait les contusions sur
le visage de Harper et s'occupait de l'intrus blessé
détenu dans le Sous-marin.

Pendant ce temps, les discussions allaient bon
train entre les personnes confinées dans la maison
principale. Jeanette Avon se considérait comme

la principale responsable du suicide de Tulipe, mais
j'ai pris sur moi de la contredire. Tulipe souffrait
de dépression au sens clinique, son sentiment
de culpabilité et son désir de retrouver Gustav
étaient insupportables, elle avait détruit la vie de
sa sœur Lotte : elle devait donc déjà nourrir des
pensées suicidaires quand elle avait atteint Prague
et certainement quand elle était arrivée au Camp 4.
Elle avait fait certains choix et en avait payé le prix
ultime.

Entre alors George, porteur de fausses informations :

*4) Arrivée du Dir. OC [Smiley] et de l'inspecteur
Mendel*

Le Dir. OC (Smiley) est arrivé à 15 h 55 avec
l'inspecteur (en retr.) Oliver Mendel, occasionnel des
Opérations clandestines. Le Dr Meadows et moi-même
les avons aussitôt escortés à la Bûcherie.

Je suis ensuite retournée à la maison principale, où
Ingeborg Lugg et Jeanette Avon continuaient à calmer
les inquiétudes du personnel. Deux nouvelles heures
se sont écoulées avant que M. Smiley et l'inspecteur
Mendel reviennent de la Bûcherie. Après avoir
rassemblé les employés, M. Smiley leur a présenté
ses condoléances et les a assurés que la seconde
main Tulipe était seule responsable de sa mort et que
personne au Camp 4 n'avait quoi que ce soit à se
reprocher.

Le soir tombait. Tandis que la navette attendait dans
la cour et que nombre des employés étaient pressés de
rentrer chez eux à Salisbury, le Dir. OC a pris quelques
instants pour les tranquilliser quant à la découverte
d'un « mystérieux intrus » dont certains avaient

peut-être entendu parler. Avec à ses côtés l'inspecteur Mendel, qui arborait un sourire rassurant, il leur a confié qu'il était sur le point de leur « balancer » un secret auquel ils ne devraient normalement pas avoir accès, mais, vu les circonstances, il avait estimé qu'ils méritaient de connaître toute la vérité.

Le mystérieux intrus était tout sauf mystérieux. Il s'agissait d'un membre éminent d'une discrète brigade d'élite de nos homologues du MI5, chargé de pénétrer par tous les moyens, légaux comme illégaux, dans les installations les plus secrètes et les plus sensibles de notre pays. Le hasard voulait d'ailleurs qu'il soit un ami et collègue de l'inspecteur Mendel ici présent. (Rires.) Il était dans la nature même de semblables exercices de se dérouler sans que l'installation visée en soit informée, et le fait que celui-ci ait été prévu le jour même où Tulipe avait choisi de se donner la mort n'était rien d'autre que « l'œuvre d'une Providence malfaisante », selon l'expression de Smiley. Cette même Providence avait conduit l'intrus à marcher dans le piège à daim. (Rires.) Harper et Lowe s'étaient dignement acquittés de leur tâche. La situation leur avait été expliquée et ils l'avaient acceptée, quoique de mauvaise grâce, considérant, et on peut les comprendre, que « notre ami avait eu une réaction d'une violence quelque peu exagérée », a rapporté le Dir. OC, déclenchant de nouveaux rires.

Et pour bien nous duper davantage :

Le Dir. OC a également confié aux personnes présentes que l'intrus, qui en fait n'était pas un étranger, mais un bon Anglais pur jus natif de

Clapham, était déjà en route pour les Urgences à Salisbury, où il recevrait une injection antitétanique et ferait panser ses blessures. L'inspecteur Mendel rendrait visite sous peu à son vieil ami et lui apporterait une bouteille de whisky avec les compliments du Camp 4. (Applaudissements.)

*

Nouvel épisode du Bunny and Laura Show (sans Leonard). C'est Bunny qui mène la danse. Laura écoute d'un air sceptique.

« Vous avez donc rédigé votre rapport. Jusque dans les moindres détails les plus ennuyeux, si je puis me permettre. Vous avez réuni toutes les preuves disponibles et plus encore. Vous en avez envoyé une première version au Pilotage. Puis, vous avez récupéré cette même copie en la volant dans les archives du Cirque. Est-ce là un résumé conforme ?

– Non.

– Alors pourquoi votre rapport se trouve-t-il ici, aux Écuries, parmi de multiples documents que vous avez volés, eux ?

– Parce qu'il n'a jamais été soumis à qui que ce soit.

– À qui que ce soit ?

– À qui que ce soit.

– Aucune de ses parties ? Pas même sous forme abrégée ?

– Le comité du Trésor a décidé de ne pas tenir séance.

– Vous parlez du "comité des Rois mages", c'est bien ça ? Dont le Cirque avait, paraît-il, une peur bleue ?

– Ce comité était présidé par Oliver Lacon. Après mûre réflexion, ce dernier a conclu qu'un rapport n'aurait aucune utilité. Même sous forme abrégée.

– Et pour quel motif ?

– Au motif qu'une enquête sur le suicide d'une femme qui n'avait jamais pénétré sur le sol britannique ne constituait pas une dépense judicieuse de l'argent du contribuable.

JOHN LE CARRÉ

– Serait-il envisageable que Lacon ait pu être incité à prendre cette décision par George Smiley ?

– Comment pourrais-je le savoir ?

– Comment ? Oh, c'est très simple. Si c'était votre peau que Smiley essayait de sauver, entre autres ; par exemple (et ceci n'est qu'une hypothèse de travail émise totalement au hasard), si nous partons du principe que Tulipe s'est pendue à cause de vous. Y avait-il peut-être dans ce rapport un élément ou un épisode particulier que Smiley estimait trop dérangeant pour les oreilles délicates du Trésor ?

– Pour les oreilles délicates du Pilotage, c'est possible. Pas pour celles du Trésor. Le Pilotage était déjà bien trop impliqué dans l'opération Mayflower au goût de George. Il a peut-être pensé qu'une enquête ouvrirait la porte encore plus grand, et il en a avisé Lacon. Ce n'est qu'une théorie.

– Serait-il imaginable que la vraie raison pour laquelle l'enquête a été enterrée, c'est que Tulipe n'était pas la transfuge coopérative qu'on nous avait vendue, notamment vous dans vos rapports bien lèche-cul, et qu'elle en a fait les frais ?

– Les frais ? Quels frais ? Mais qu'est-ce que vous racontez ?

– C'était une femme d'une grande détermination. Nous le savons. C'était aussi, quand elle le décidait, une vraie harpie. Et elle voulait récupérer son enfant. Ce que j'entrevois, c'est qu'elle a refusé de coopérer avec l'équipe d'interrogateurs tant que son fils ne lui aurait pas été rendu, qu'ils se sont braqués et que leur rapport, votre rapport, a été bricolé et bidonné sur ordre de Smiley. Et le Camp 4, qui a été mis hors service depuis, abritait, nous le savons, une cellule de confinement spéciale pour des gens comme elle. Surnommée le Sous-marin. Utilisée pour ce que de nos jours on appelle plaisamment des interrogatoires "renforcés". Terrain réservé de deux gardiens plutôt pervers et peu réputés pour leur douceur. Je pense que Tulipe a fait l'objet de toutes leurs attentions. Vous semblez choqué. Aurais-je touché un point sensible ? »

Il me faut un moment pour comprendre.

232

« Mais bon sang, Tulipe n'a pas été interrogée ! Elle a pris part à un débriefing conduit de façon humaine et correcte par des professionnels qui l'appréciaient, qui lui étaient reconnaissants et qui comprenaient les affres d'une transfuge !

– Parfait, alors débrouillez-vous donc avec ce qui suit. Nous avons reçu une nouvelle notification de poursuites en justice, donc un nouvel accusateur, si on doit en arriver au procès. Un dénommé Gustav Quinz, fils de Doris, agissant apparemment (mais sans certitude) sur l'instigation de Christoph Leamas, a ajouté son nom à la liste de ceux qui ont l'intention de traîner notre Service devant les tribunaux. Nous, ce Service, essentiellement en la personne de vous-même, avons séduit sa pauvre mère, l'avons fait chanter afin qu'elle espionne pour notre compte, l'avons exfiltrée contre son gré et l'avons torturée à n'en plus finir jusqu'à ce qu'elle se pende à l'arbre le plus proche. J'ai raison ou pas ? »

Je pensais qu'il en avait fini, mais non.

« Et comme ces allégations, sanctuarisées par le passage du temps, ne peuvent être rejetées au moyen de la législation draconienne qui nous a aidés dans des affaires du même genre plus récentes, il y a toutes les chances pour que la Commission parlementaire multipartite et/ou toute comparution subséquente soient l'occasion de venir fouiner dans des affaires d'une importance bien plus grande pour nous aujourd'hui. Vous avez l'air amusé. »

Amusé ? C'est fort possible. Bien joué, Gustav ! pensais-je. Tu t'es enfin décidé à venir réclamer ton dû après tout, même si tu n'as pas sonné à la bonne porte.

*

Je viens de traverser la France et l'Allemagne à tombeau ouvert sous une pluie battante, qui m'a suivi jusqu'à la tombe d'Alec dans le petit cimetière de Berlin-Est. Je porte ma combinaison de moto, mais en signe de respect pour Alec, j'ai ôté mon casque et la pluie me dégouline sur le visage tandis que nous échangeons des banalités muettes. Le vieux sacristain, si telle est sa fonction, me fait entrer dans son local et me présente le livre de condoléances, où je repère le nom de Christoph parmi tous les autres.

Et c'est peut-être cela qui avait été le *point d'appui**, le déclencheur : d'abord pour Christoph, puis pour Gustav, le rouquin au large sourire qui m'avait servi ses chansons cocardières, et enfin pour Alec : ce même enfant que, du jour où sa mère était morte, j'avais secrètement pris sous mon aile, ne serait-ce que par la pensée, l'imaginant d'abord dans une atroce maison de redressement est-allemande, puis jeté dans un monde inhumain.

Toujours en secret, au mépris de toutes les règles en vigueur au Cirque, je l'avais parfois cherché dans les archives sous un prétexte quelconque, en me jurant (ou bien me berçais-je d'illusions ?) qu'un jour, si le monde se décalait jamais d'un centimètre ou deux sur son axe, je le retrouverais et, par amour pour Tulipe, je lui donnerais un coup de main quelconque, selon ce que la situation exigerait.

La pluie tombait toujours dru quand je remontai sur ma moto pour prendre la direction non pas de la France mais de Weimar, au sud. La dernière adresse connue dont je disposais pour Gustav datait de dix ans : un hameau situé à l'ouest de la ville, une maison appartenant officiellement à son père, Lothar. Après deux heures de route, je me trouvai sur le seuil d'une maison en béton de style soviétique construite à moins de dix mètres de l'église, comme un acte d'agression socialiste. Les blocs de béton ne jointaient plus. Certaines des fenêtres avaient été couvertes de papier depuis l'intérieur. Les tags de croix gammées ornaient le perron qui s'effritait. L'appartement de Quinz était le 8D. Je sonnai en vain. Une autre porte s'ouvrit et une vieille femme à l'air soupçonneux me scruta des pieds à la tête.

« *Quinz ?* répéta-t-elle avec une moue de dégoût. *Der Lothar ? Längst tot* » – mort depuis longtemps.

Et Gustav ? Le fils ?

« Vous voulez dire, le serveur ? » cracha-t-elle avec mépris.

L'hôtel L'Éléphant donnait sur la grande place historique de Weimar. Il n'était pas de prime jeunesse. Il se trouve que c'était l'hôtel préféré d'Hitler, comme la vieille m'en avait informé. Mais il avait été spectaculairement rénové et sa façade luisait tel un phare de prospérité occidentale jeté à la face de ses voisins plus pauvres et beaux. À la réception, une jeune femme en tailleur noir se méprit sur ma question : nous n'avons personne du nom de Quinz parmi nos clients actuels. Puis elle rougit et dit : « Oh, vous voulez parler de Gustav ? » Et elle m'expliqua que les employés n'avaient pas le droit de recevoir des visites et qu'il me faudrait attendre que Herr Quinz ait fini sa journée.

Et ce serait quand ? À 18 heures. Et où pourrais-je l'attendre ? Près de l'entrée de service, évidemment.

La pluie n'avait pas faibli, le jour s'assombrissait. Je me tenais près de l'entrée de service comme suggéré. Un homme austère au visage émacié, précocement vieilli, émergea d'un escalier remontant de la cave, en train d'enfiler un vieil imperméable militaire avec capuche. Un vélo était attaché à la grille. Il se pencha et commença à s'activer sur l'antivol.

« Herr Quinz ? Gustav ? »

Sa tête se releva jusqu'à ce qu'il se soit entièrement déployé sous la lumière blafarde d'un lampadaire. Ses épaules affichaient une voussure prématurée. Ses cheveux jadis roux se faisaient rares et gris.

« Que voulez-vous ?

– J'étais un ami de votre mère. Vous vous souvenez peut-être de moi. Nous nous sommes croisés sur une plage de Bulgarie il y a bien longtemps. Vous m'aviez chanté une chanson. »

Je lui donnai alors mon nom de code, celui-là même que je lui avais donné sur la plage tandis que sa mère se tenait nue derrière lui.

« Vous étiez un ami de ma mère ? répéta-t-il, en s'habituant à cette idée.

– C'est cela même.

– Français ?

– Exact.

– Elle est morte.

– Je l'ai appris. Je vous présente toutes mes condoléances. Je voulais savoir si je pouvais faire quoi que ce soit pour vous. Il se trouve que j'avais votre adresse et que j'étais à Weimar. C'était l'occasion. On pourrait peut-être boire un verre ensemble, en parler. »

Il me dévisagea.

« Avez-vous couché avec ma mère ?

– Nous étions amis.

– Donc, vous avez couché avec elle, dit-il d'une voix parfaitement neutre énonçant un fait établi. Ma mère était une pute. Elle a trahi la patrie. Elle a trahi la révolution. Elle a trahi le Parti. Elle a trahi mon père. Elle s'est vendue aux Anglais avant de se pendre. Elle était une ennemie du peuple. »

Puis il enfourcha sa bicyclette et s'éloigna.

11

« Je crois que la toute première chose à faire, mon cœur...,
commence Tabitha de sa voix éternellement hésitante. Ça ne
vous dérange pas que je vous appelle mon cœur, n'est-ce pas ?
C'est ainsi que j'appelle tous mes meilleurs clients. Cela leur
rappelle que j'en ai un, comme eux, même si le mien, par néces-
sité, est en mode pause. Je disais donc, la première chose à
faire, c'est d'établir une liste noire de toutes les accusations
scandaleuses de la partie adverse, et puis on les démolit l'une
après l'autre. Du moment que vous êtes bien installé. C'est
bon ? Parfait. Vous m'entendez correctement ? Je ne sais jamais
si ça marche, ces trucs-là. Ce sont ceux de la sécurité sociale
britannique ?
– Française. »

Dans mes souvenirs d'enfance de lectures de Beatrix Potter,
Tabitha était la mère épuisée de trois garnements. Je trouve
donc délicieusement ironique que, en apparence du moins, la
femme du même nom partage nombre de ses caractéristiques :
maternelle, visage doux, la quarantaine, bien en chair, un peu
essoufflée, supportant la fatigue avec héroïsme. Elle est aussi,
m'a-t-on laissé entendre, mon avocate. Leonard a fourni à Bunny
la liste promise, des gens que Bunny admire « énormément »
(ils se battront pour vous comme de vrais rottweilers, Peter) et
deux sur lesquels il a quelques petits doutes parce qu'il ne les

trouve pas assez aguerris, mais ça reste entre nous, et une... strictement entre nous, Peter, je compte sur vous là-dessus, une à éviter comme la peste : elle ne sait pas quand s'arrêter, elle n'a pas la moindre idée du fonctionnement des tribunaux, elle s'est mis les juges à dos. Celle-là, c'est Tabitha.

J'ai dit qu'elle me paraissait idéale pour moi et j'ai demandé à la rencontrer dans son cabinet. Bunny m'a rétorqué que son cabinet n'était pas considéré comme sûr et m'a proposé son quartier général à lui dans le bastion. J'ai répliqué que je ne considérais pas son QG comme sûr. Donc, retour à la bibliothèque, avec les silhouettes en pied de Hans-Dieter Mundt et de son grand rival Josef Fiedler qui nous toisent d'un air menaçant.

*

Dans la chronologie des faits, une seule nuit d'insomnie s'est écoulée depuis l'incinération de Tulipe, mais le monde que Tabitha essaie d'appréhender a fait un pas historique en arrière.

Le mur de Berlin a été construit.

Toutes les sources de première et de seconde main du réseau Mayflower ont été portées disparues, arrêtées, exécutées ou les trois.

Karl Riemeck, l'héroïque médecin de Köpenick, fondateur fortuit et inspirateur du réseau, a lui-même été froidement abattu en essayant de fuir vers Berlin-Ouest sur son vélo d'ouvrier.

Pour Tabitha, ces faits ne sont que de l'histoire ancienne. Pour ceux d'entre nous qui les ont vécus, c'est une période de désespoir, de confusion et de grande frustration.

Notre source Windfall œuvre-t-elle pour nous ou contre nous ? Depuis notre redoute des Écuries, nous, les quelques endoctrinés, avons été impressionnés par son ascension fulgurante dans les rangs de la Stasi jusqu'à sa position actuelle de chef de la branche des opérations spéciales.

Nous avons reçu, traité et transmis, sous le titre générique de Windfall, des renseignements de toute première qualité sur de multiples cibles économiques, politiques et stratégiques, pour le ravissement discret de nos clients de Whitehall.

Pourtant, malgré le pouvoir indubitable de Mundt, ou peut-être à cause de ce pouvoir, il n'a pu stopper ni même ralentir l'impitoyable massacre des sources de première et de seconde main des Opérations clandestines entrepris par son rival Josef Fiedler.

Dans ce macabre duel destiné à s'attirer les faveurs du Centre de Moscou et du commandement de la Stasi, Hans-Dieter Mundt, alias Windfall, se dit contraint de paraître encore plus zélote que Fiedler dans sa mission de purger l'utopique République démocratique allemande des espions, saboteurs et autres laquais de l'impérialisme bourgeois.

À mesure que succombent l'un après l'autre nos loyaux agents dans la compétition enragée entre Mundt et son grand rival, le moral de l'équipe Windfall sombre.

Et nul n'en est plus affecté que Smiley lui-même, enfermé nuit après nuit dans la Pièce du Milieu, avec seulement de rares visites de Control pour lui plomber encore plus le moral.

« Pourquoi n'ai-je pas accès aux déclarations des plaignants ? dis-je à Tabitha. Enfin, aux mises en demeure, là, ou je ne sais quoi.

– Parce que votre ancien Service, dans sa grande sagesse, a fait classer Top secret toute la correspondance pour raison de sécurité nationale et que vous n'avez pas l'habilitation. Ils ne l'emporteront pas au paradis, mais ça va bloquer les rouages et retarder la divulgation des pièces, et c'est ce qu'ils veulent. En attendant, j'ai récupéré pour vous tous les morceaux choisis sur lesquels j'ai pu mettre la main. On y va ?

- Où sont passés Bunny et Laura ?
- Ils ont le sentiment d'avoir tous les éléments voulus, je le crains. Et Leonard a accepté leur rapport. J'ai eu droit à un premier aperçu des biscuits de l'adversaire. Hélas, il semble que cette pauvre Doris Gamp ait craqué pour vous au premier regard. Elle s'est empressée d'aller tout raconter à sa sœur Lotte, qui elle-même a tout déballé à ses interrogateurs de la Stasi. Votre image en a pris un sacré coup. C'est vrai que vous avez folâtré nu sur la plage avec elle sous le clair de lune bulgare ?
- Non.
- Bien. Vous êtes aussi censés avoir passé ensemble une folle nuit d'amour dans un hôtel de Prague où, à nouveau, la nature a suivi son cours.
- Non plus.
- Bien. Maintenant, passons à nos deux autres morts : Alec Leamas et Elizabeth Gold, nos Berlinois. Commençons par Elizabeth, en reprenant les accusations de sa fille Karen. Elle prétend que vous l'avez personnellement contactée, de votre propre initiative ou à l'instigation de George Smiley et d'autres conspirateurs inconnus, que vous l'avez ensuite *manipulée, séduite ou convaincue par d'autres moyens* de devenir *de la chair à canon* (je reprends là les expressions répugnantes employées par la partie adverse) dans une *tentative avortée, ambitieuse et mal conçue* (où vont-ils chercher tout ça, je n'en ai pas la moindre idée) de miner le commandement de la Stasi. Est-ce le cas ?
- Toujours pas.
- Bien. Vous commencez à voir le tableau ? Vous êtes un don Juan professionnel recruté par les services secrets britanniques pour harponner des femmes crédules et en faire des complices involontaires dans des opérations insensées montées n'importe comment. Vrai ?
- Faux.

– Évidemment. Vous auriez aussi joué les maquereaux pour jeter Elizabeth dans les bras de votre collègue Alec Leamas. Est-ce vrai ?

– Non.

– Bien. Vous auriez aussi, parce que c'est une seconde nature, couché avec Elizabeth Gold. Ou, dans le cas contraire, vous l'auriez mise en condition pour Alec. Avez-vous fait l'un ou l'autre ?

– Non.

– Je n'y ai pas cru un seul instant. Et le résultat de vos perfides machinations, c'est qu'Elizabeth Gold est abattue devant le mur de Berlin et que son amant Alec Leamas essaie de la sauver ou, simplement, décide de mourir avec elle. Quoi qu'il en soit, il se fait descendre pour sa peine, et tout est de votre faute. Une tasse de thé ou on enchaîne ? On enchaîne. Passons aux allégations de Christoph Leamas, qui sont plus substantielles parce que son père est la victime de tout ce qui a précédé. Une fois que vous l'avez eu manipulé, attiré, suborné, roulé, etc., pour qu'il devienne le jouet malchanceux de votre nature pathologiquement fourbe, Alec était un homme brisé, incapable de traverser la rue tout seul, encore moins d'être en pointe dans une opération de désinformation diaboliquement compliquée, à savoir : prétendre passer à la Stasi tout en restant, de fait, sous votre influence néfaste. Vrai ?

– Non.

– Bien sûr que non. Alors ce que je vous suggère, si vous permettez, c'est de boire un grand coup de flotte et de poser vos yeux affûtés sur ce que j'ai déniché très tôt ce matin quand on m'a enfin autorisée à entrapercevoir une infime portion des archives historiques de votre cher Service. Première question : est-ce que cet épisode marque le début du déclin de votre ami Alec ? Seconde question : si c'est le cas, est-ce un vrai déclin ou un déclin simulé ? En d'autres termes, sommes-nous devant la première étape d'Alec se rendant invivable pour son propre

Service et extrêmement intéressant pour le Centre de Moscou ou les dénicheurs de talents de la Stasi ? »

*

*Télégramme du Cirque envoyé par le chef de
la Station de Berlin* [McFadyen] *au Dir. CPI, copie
au Dir. OC et au chef du Personnel, Très Urgent,
10 juillet 1960.
Objet : transfert immédiat d'Alec Leamas de la Station
de Berlin pour motifs disciplinaires.*

À 1 heure ce matin, l'incident suivant s'est produit au night-club Altes Fass de Berlin-Ouest entre le chef adjoint de la Station de Berlin Alec Leamas et Cy Aflon, chef adjoint de la Station de Berlin de la CIA. Aucune des deux parties ne conteste ces faits. Les deux hommes sont à couteaux tirés depuis longtemps, ce dont, comme je l'ai déjà signalé, je tiens Leamas pour entièrement responsable.

Leamas est entré seul dans le night-club et s'est dirigé vers la *Damengalerie,* un bar réservé aux femmes seules en quête de clients. Il avait bu mais estimait ne pas être ivre.

En compagnie de deux collègues femmes de sa Station, Aflon regardait le spectacle en buvant tranquillement un verre.

À la vue d'Aflon et de ses collègues, Leamas a changé de direction, est allé jusqu'à leur table et s'est adressé à Aflon à voix basse.

Leamas : Si vous essayez encore d'acheter une de mes sources, je vous tords le cou, sale connard.

242

L'HÉRITAGE DES ESPIONS

Aflon : Eh, ho, Alec ! Mollo ! Pas devant les dames,
si ça ne vous gêne pas.

Leamas : Deux mille dollars par mois pour qu'il
vous file ses infos en avant-première avant de nous
les vendre en seconde main. Et vous appelez ça se
battre dans le même camp, putain ? Peut-être qu'en
prime ces charmantes dames lui roulent des pelles,
aussi ?

Comme Aflon se levait pour protester contre cette
insulte flagrante, Leamas lui a flanqué son coude droit
dans la figure, ce qui l'a fait tomber, puis il lui a donné
un coup de pied dans l'aine. On a appelé la police
de Berlin-Ouest, qui a fait venir la police militaire
américaine. Aflon a été emmené à l'hôpital militaire
américain, où il est en convalescence. Heureusement,
aucune fracture ou blessure vitale n'a été signalée
pour le moment.

J'ai présenté mes plus plates excuses à Aflon en
personne et à Milton Berger, son chef de Station.
Ceci est le dernier en date d'une série d'incidents
regrettables impliquant Leamas.

Tout en reconnaissant que les pertes récentes du
réseau Mayflower ont été la cause d'une tension
considérable pour la Station en général et pour Leamas
en particulier, ceci ne justifie en aucun cas le préjudice
porté à nos relations avec notre allié majeur.
L'anti-américanisme de Leamas est évident depuis
longtemps, mais il est devenu totalement inacceptable.
Soit il part, soit c'est moi.

Et, sous le griffonnage à l'encre verte de Control, la réponse
lapidaire de Smiley : *J'ai déjà donné à Alec l'ordre de rentrer
à Londres.*

243

*

« Alors, Peter, dit Tabitha, simulé ou pas simulé ? Est-ce là le début officiel de sa déchéance ? »

Et lorsque, réellement dubitatif, je fais traîner, elle propose sa réponse à elle :

« Control a visiblement pensé que c'était le début, lui, dit-elle en montrant les lettres vertes au bas de la page. Regardez sa note à votre Tonton George : *Un début très prometteur*, signé C. On ne saurait être plus clair, non, même dans votre monde trouble ? »

Non, Tabitha, on ne saurait. Et pour être trouble, il l'est.

Ce sont des obsèques. C'est une veillée mortuaire. C'est une assemblée de voleurs désespérés, réunie au cœur de la nuit dans cette pièce même, sous les yeux de Josef Fiedler et de Hans-Dieter Mundt qui nous regardent de haut avec la même intensité lugubre. Nous sommes le club des six Windfall, selon le surnom que nous a donné Connie Sachs, notre dernière recrue : Control, Smiley, Jim Prideaux, Connie, moi-même et Millie, notre associée quasi passive. Jim Prideaux rentre tout juste d'une nouvelle mission clandestine, cette fois à Budapest, où il a réussi un rare treff avec notre inappréciable atout Windfall. Connie Sachs, une petite vingtaine mais déjà star incontestée de la recherche sur les agences de renseignement de l'URSS et de ses satellites, a récemment pris la mouche et claqué la porte du Comité de pilotage pour se jeter dans les bras grands ouverts de George. Vive d'esprit, petite et rondouillarde, bas-bleu issu d'une famille aisée, elle a une patience limitée envers les intellects moins brillants tels que le mien.

Millie McCraig, digne, distante, cheveux noir corbeau, se déplace parmi nous, telle une infirmière-chef dans un hôpital militaire, pour dispenser café et scotch aux nécessiteux. Comme d'habitude, Control réclame son immonde thé vert, en boit une gorgée et laisse le reste. Comme d'habitude, Jim Prideaux fume à la chaîne ses tout aussi immondes cigarettes russes.

Et George ? Il a l'air si renfermé, si inabordable, si austère dans son introspection qu'il faudrait être très courageux pour interrompre sa rêverie.

Lorsque Control prend la parole, il passe ses doigts tachés de tabac sur ses lèvres comme pour vérifier l'absence de gerçures. Les cheveux argentés, tiré à quatre épingles, il est sans âge et, dit-on, sans ami. Il a une épouse quelque part mais, d'après les bruits de couloir, elle croit qu'il travaille aux Charbonnages d'Angleterre. Quand il se lève, ses épaules voûtées surprennent. On attend qu'il les redresse, mais en vain. Il est dans la maison depuis la nuit des temps, mais je lui ai parlé très exactement deux fois et l'ai entendu prononcer un discours une seule fois, le jour où je finissais mes classes à Sarratt. La voix est aussi tranchante que l'homme, nasillarde, monotone et irritable comme celle d'un enfant gâté. Et elle ne répond pas chaleureusement aux questions, y compris aux siennes.

« Alors, sommes-nous toujours d'avis que ce satané Herr Mundt nous fournit des informations de qualité supérieure ? demande-t-il entre ses doigts aux mouvements fébriles. Ou bien est-ce du second choix ? De la roupie de sansonnet ? Du vent ? Est-ce qu'il nous mène en bateau ? George ? »

Avec Control, on n'utilise aucun nom de couverture, c'est la règle. Il n'aime pas ça. Il dit que ça nous valorise trop. Mieux vaut appeler un chat un foutu matou plutôt qu'un roi de la jungle.

« Le matériau de Mundt semble toujours d'aussi bonne qualité, Control, répond Smiley.

– Dommage qu'il ne nous ait pas rancardé sur ce fichu Mur, quand même. Ou alors il n'y a pas pensé ? Jim ? »

Après avoir enlevé à contrecœur la cigarette d'entre ses lèvres, Jim Prideaux répond :

« Mundt pense que Moscou l'a mis sur la touche. Ils ont prévenu Fiedler, ils n'ont pas prévenu Mundt. Et Fiedler a gardé ça pour lui.

– Cet enfoiré a tué Riemeck, non ? Ce n'était pas très amical. Qu'est-ce qui l'a poussé à faire ça ?

– Il dit qu'il s'est juste trouvé là une heure ou deux avant Fiedler », répond Prideaux de sa voix éternellement bourrue et monocorde.

Et de nouveau nous attendons Control qui, en retour, nous laisse attendre.

« Donc nous ne sommes pas d'avis que l'ennemi a retourné Mundt contre nous, articule Control avec irritation. Il est toujours dans notre camp. Il a sacrément intérêt, de toute façon. On peut le jeter aux loups quand on veut. Il est assoiffé de pouvoir. Il veut être l'enfant chéri du Centre de Moscou. Eh bien, nous, nous voulons qu'il soit l'enfant chéri de Moscou, et aussi notre enfant chéri à nous. Donc nous avons les mêmes intérêts. Mais ce fieffé Herr Josef Fiedler lui barre la route. Et du même coup notre route à nous. Fiedler soupçonne Mundt d'être à nous, et il l'est. Donc Fiedler a entrepris de le démasquer et de s'en attribuer le mérite. J'ai bien résumé la situation, George ?

– Il semblerait, Control.

– "Il semblerait" ! Toujours les apparences, jamais la réalité. Je croyais qu'on parlait de faits concrets, dans ce boulot. Oui ou non : Herr Josef Fiedler, un saint homme d'après les critères de la Stasi, nous dit-on, quelqu'un qui croit vraiment en la cause et qui, de plus, est juif, pense que son estimé collègue Hans-Dieter Mundt, nazi non repenti, est à la botte des services secrets britanniques. Et il n'a pas franchement tort, non ? »

George lance un coup d'œil à Jim Prideaux. Jim se frotte le menton et jette des regards menaçants au tapis usé.

« Alors, nouvelle question : est-ce que nous croyons Herr Mundt ? reprend Control. Ou bien est-ce qu'il nous sert juste de beaux discours, comme beaucoup d'autres agents de notre connaissance ? Est-ce qu'il vous embobine, Jim ? Vous, les officiers traitants, vous êtes un peu tendres quand il s'agit de vos *Joes*. Même cet enfoiré de première de Mundt a droit au bénéfice du doute. »

Sauf que Jim Prideaux, comme Control le sait très bien, est à peu près aussi tendre que le silex.

« Mundt a des gens infiltrés chez Fiedler. Il m'a dit qui. Il les a écoutés. Il sait que Fiedler s'est mis en tête de le faire tomber. Fiedler le lui a presque dit en face. Fiedler aussi a ses amis au Centre de Moscou. Mundt pense qu'ils pourraient bien passer à l'action très bientôt. »

De nouveau, nous attendons Control, qui décide qu'après tout il a besoin de boire une gorgée de thé vert froid, et qu'il a aussi besoin que nous le regardions faire.

« Ce qui appelle la question suivante, n'est-ce pas, George ? demande-t-il d'une voix lasse et plaintive. Si on était débarrassés de Josef Fiedler (reste à voir comment), est-ce que Mundt pourrait se faire aimer encore plus de Moscou ? Et si Moscou l'aime encore plus, pourrions-nous enfin découvrir qui est le salaud qui donne nos agents au Centre de Moscou ? lance-t-il sans obtenir de réponse de l'assistance. Qu'en pensez-vous, Guillam ? La jeunesse a-t-elle une réponse à cette question ? Enfin la jeunesse, c'est relatif...

– Désolé, monsieur, elle n'en a pas.

– Dommage. George et moi pensons avoir peut-être trouvé une réponse, voyez-vous. Sauf que George n'arrive pas à s'y résoudre, alors que moi, si. J'ai organisé une rencontre avec votre ami Leamas demain, pour tâter le terrain, pour voir comment il sent les choses maintenant qu'il s'est fait flinguer son réseau par le club de tir Mundt-Fiedler. Un type dans sa situation pourrait bien se réjouir d'avoir l'occasion de terminer sa carrière sur une note positive. Vous n'êtes pas d'accord ? »

*

Tabitha me provoque, et je soupçonne que c'est délibéré.

« L'ennui avec vous, les espions, et ceci n'a rien de personnel, c'est que vous êtes infoutus de reconnaître la vérité même quand vous l'avez sous le nez. Ce qui rend très difficile la tâche de vous défendre. Je vais faire de mon mieux, notez, c'est ce que je fais toujours. »

Et quand je lui rends son doux sourire sans réagir plus avant, elle enchaîne :

« Elizabeth Gold tenait un journal, c'est ça l'ennui. Quant à Doris Gamp, elle a tout raconté à la pauvre Lotte, sa sœur. Les femmes font ce genre de choses : elles papotent entre elles, elles tiennent des journaux intimes, elles écrivent des lettres bébêtes. L'équipe de Bunny en fait son miel. Ils vous comparent aux informateurs de police clandestins que nous avons de nos jours, ceux qui volent le cœur de leurs victimes et leur font des bébés. J'ai jeté un œil aux dates pour voir si vous pourriez être le père de Karen, mais vous êtes hors de cause, ce qui, franchement, nous soulage un peu. Et Gustav, Dieu merci, est trop vieux pour avoir été ne serait-ce qu'une étincelle dans vos yeux. »

*

C'est un bel après-midi d'automne à Hampstead Heath, une semaine après l'annonce faite par Control qu'il allait tâter le terrain avec Alec. Je suis assis avec George Smiley à une table en extérieur dans les jardins de Kenwood House, qui sont presque déserts en ce jour de semaine. Nous aurions tout aussi bien pu nous voir aux Écuries, mais George a réussi à laisser entendre que notre conversation est si confidentielle que nous avons besoin du grand air. Il porte un panama qui lui cache les yeux, et en conséquence, de même que je n'ai droit qu'à une partie du secret, je n'ai droit qu'à une partie de George.

Nous avons dû échanger les banalités d'usage. Suis-je heureux dans mon travail ? Oui, merci. Ai-je surmonté l'affaire Tulipe ? Oui, merci. C'est chic de la part d'Oliver Lacon d'avoir enterré le rapport préliminaire ; il y avait vraiment un risque que le Pilotage ne fasse toute une affaire de ce mystérieux intrus suisse dans le Camp 4. Je dis que je suis content, moi aussi, même si j'ai sué sang et eau en le rédigeant.

« Je veux que vous vous liiez d'amitié avec une jeune femme pour moi, Peter, me confie Smiley en fronçant les sourcils pour plus de sérieux, avant d'ajouter, comprenant que je pourrais mal interpréter sa requête : Oh, mon Dieu, pas pour satisfaire mes propres besoins, je vous rassure ! Pour des objectifs strictement opérationnels. Seriez-vous prêt à faire cela ? Sur le principe ? Pour le bien de la cause ? Obtenir sa confiance ?

– La cause étant Windfall ? dis-je avec circonspection.

– Oui, la seule et unique cause, la continuation et la conclusion heureuse de l'opération Windfall, sa préservation. Il s'agit d'une étape complémentaire urgente et indispensable, répond-il, tandis que nous sirotons notre jus de pomme en regardant les gens aller et venir sous le soleil. Et j'ajouterai que c'est une demande spécifique de Control, poursuit-il en guise d'incitation supplémentaire, ou peut-être pour se défausser de toute responsabilité. C'est même lui qui a suggéré votre nom : *ce jeune type, Guillam*. Il vous a repéré. »

Suis-je censé le prendre comme un compliment... ou comme un avertissement voilé ? Je soupçonne George de n'avoir jamais beaucoup aimé Control, et Control n'aime personne, lui.

« Je suis sûr qu'il y a des tas de moyens de la rencontrer par hasard, reprend-il d'un ton optimiste. Premièrement, elle est membre de la branche locale du Parti communiste. Elle vend le *Daily Worker* le week-end. Mais je ne vous vois pas trop le lui acheter. Et vous ?

– Si vous voulez dire que je ne donne pas naturellement l'impression d'être un lecteur du *Daily Worker*, c'est ce que je pense aussi.

– Oh ça non, et ne vous y employez pas. S'il vous plaît, n'essayez surtout pas d'être quelqu'un qui ne fera pas authentique. Il vaut beaucoup mieux rester l'aimable petit-bourgeois que vous êtes. Elle court, ajoute-t-il, comme s'il y pensait soudain.

– Elle court ?

– Tous les matins, de bonne heure, elle court. Je trouve ça charmant. Pas vous ? De la course pour la forme, pour le bien-être. Plusieurs tours de la piste d'athlétisme du coin. Seule. Et puis elle part travailler dans un dépôt de livres à Fulham. Pas une librairie, un dépôt. Mais des livres malgré tout. Elle les expédie en grandes quantités à des grossistes. Cela peut nous paraître ennuyeux à nous, mais elle voit ça comme une cause. Nous devons tous avoir des livres, mais les masses défavorisées en particulier. Et, bien sûr, elle marche aussi.

– Elle marche et elle court ?

– Elle marche pour la Paix, Peter. Pour la Paix avec un grand P. D'Aldermaston à Trafalgar Square, et ensuite jusqu'à Hyde Park Corner. Si seulement c'était si facile, la Paix ! »

Est-ce qu'il s'attend à me faire sourire ? Je m'y efforce.

« Mais je ne vous vois pas non plus l'aider à porter une bannière, non, cela va de soi. Vous êtes un chic type issu de la bourgeoisie qui fait son chemin dans le monde, une espèce qu'elle ne connaît guère et, par conséquent, d'autant plus intéressante. Une bonne paire de tennis, votre sourire mutin et vous serez amis en moins de temps qu'il n'en faut pour le dire. Et si vous adoptez votre personnage de Français, vous pourrez faire une sortie élégante le moment venu. Après, on n'en parlera plus. Vous pourrez l'oublier et elle de même. Point final. »

Je suggère qu'il pourrait m'être utile de connaître son nom.
Il y réfléchit avec une douloureuse perplexité.

« Oui, eh bien, ce sont des immigrés. La famille. Les parents sont de la première génération, elle de la seconde. Et ils ont opté, après mûre réflexion, pour le nom de Gold, annonce-t-il comme si je le lui avais arraché. Prénom : Elizabeth. Liz, pour ses amis. »

Moi aussi, je prends mon temps. Je suis en train de boire un jus de pomme en compagnie d'un monsieur grassouillet qui porte un panama par un après-midi ensoleillé. Rien ne presse.

« Et quand j'ai obtenu sa confiance, comme vous dites, qu'est-ce que je fais ?

– Eh bien, vous venez me le dire, bien sûr », répond-il d'un ton sec comme si toutes ses hésitations avaient soudain cédé la place à la colère.

Jeune VRP français du nom de Marcel Lafontaine, je suis descendu dans une pension tenue par un Indien et sise à Hackney dans l'est londonien – je suis même en possession de documents qui le prouvent. C'est le cinquième jour. Chaque matin, à l'aube, je prends le bus jusqu'au parc et je cours. La plupart du temps, nous sommes six ou sept. Nous courons, nous reprenons notre souffle sur les marches du gymnase, nous vérifions nos chronos, nous les comparons, nous échangeons quelques mots, nous nous séparons pour aller aux douches, nous nous saluons, à demain peut-être. Mon nom français amuse un peu mes compagnons, mais ils sont déçus que je n'aie pas d'accent. J'explique que ma mère était anglaise.

Dans une couverture, éliminez tout fil décousu avant qu'il ne provoque trop de nœuds.

Des trois femmes qui courent régulièrement, Liz (nous n'avons pas de noms de famille) est la plus grande, mais certainement pas la plus rapide. En vérité, elle n'est pas franchement douée pour la course. Elle s'y adonne pour s'endurcir, pour se discipliner ou pour se libérer. Discrète, elle semble ne pas avoir conscience de sa beauté, dans le genre garçon manqué. Elle a de longues jambes, des cheveux bruns coupés court, un large front et de grands yeux marron vulnérables. Hier, nous avons échangé nos premiers sourires.

« Une journée chargée vous attend ?

– Nous faisons grève, explique-t-elle, à bout de souffle. Il faut que je sois aux portes à 8 heures.

– De quelles portes s'agit-il ?

– À mon travail. La direction essaie de licencier notre chef d'atelier. Ça pourrait durer des semaines. »

Et puis c'est au revoir, au revoir, à la prochaine fois.

Et la prochaine fois, c'est demain, qui est un samedi, donc apparemment il n'y a pas de piquets de grève, les gens ont besoin de faire leurs courses. Nous prenons un café ensemble à la cafétéria, elle me demande ce que je fais. J'explique que je travaille pour un laboratoire pharmaceutique français, que je vends des produits aux hôpitaux et aux généralistes de la région. Elle dit que ça doit être vraiment intéressant. Je dis eh bien, pas vraiment parce que ce que j'aimerais faire, c'est étudier la médecine, mais mon père ne veut pas parce que le labo que je représente est une société familiale et il veut que j'apprenne sur le tas pour un jour prendre sa succession. Je lui montre ma carte professionnelle. Ma société porte le nom de mon père fictif. Liz l'étudie avec un froncement de sourcils et un sourire, mais c'est le froncement qui l'emporte.

« Vous trouvez ça normal, vous ? Je veux dire socialement ? Le fils de famille qui hérite de l'entreprise juste parce qu'il est le fils ? »

Et je réponds que non, je ne trouve pas ça normal, ça me tracasse. Et ça tracasse aussi ma fiancée, raison pour laquelle je veux devenir médecin comme elle, parce que je l'admire tout autant que je l'aime, je pense qu'elle est une bénédiction pour l'humanité.

Si je me suis inventé une fiancée, c'est que, bien que je trouve Liz attirante et troublante, je ne recommencerai plus jamais de ma vie une Tulipe. C'est aussi grâce à ma mythique fiancée que Liz et moi pouvons marcher ensemble au bord du canal et échanger avec sincérité nos aspirations, maintenant qu'elle me sait fou amoureux et éperdu d'admiration pour une femme médecin en France.

Après nous être confié nos espoirs et nos rêves, nous parlons de nos parents et de ce que cela fait d'être à moitié étranger, et elle me demande si je suis juif, et je dis non.

En partageant une carafe de vin rouge chez le Grec, elle me demande si je suis communiste et, au lieu de répondre de nouveau par la négative, j'opte pour la boutade : je lui explique que je n'arrive tout simplement pas à choisir entre être un bolchevik ou un menchevik et aurait-elle la gentillesse de me conseiller ?

Après cela, nous devenons sérieux, ou du moins elle le devient, et nous commençons à parler du mur de Berlin, si présent à mon esprit que je n'aurais jamais pensé qu'il puisse l'être également au sien.

« Mon père dit que c'est une barrière pour empêcher les fascistes d'entrer.

– On peut voir ça comme ça, j'imagine.

– Alors pour vous, c'est quoi ? lance-t-elle, agacée par ma réponse.

– Je pense que le Mur est moins là pour empêcher des gens d'entrer que pour en empêcher d'autres de sortir. »

À quoi je reçois la réponse après laquelle on ne peut rien dire, là encore prononcée au terme d'une sérieuse réflexion :

« Vous voyez, Marcel, Papa ne partage pas cet avis. Les fascistes ont exterminé sa famille et ça lui suffit. »

*

« Le journal de cette pauvre Liz chante vos louanges à chaque page, Peter, m'apprend Tabitha avec son doux sourire compatissant. Vous êtes un gentleman français si galant. Vous parlez si bien anglais qu'elle oublie tout le temps que vous êtes français. Si seulement il y avait plus d'hommes comme vous dans le monde. Vous êtes une cause perdue pour le Parti mais vous êtes un humaniste, vous connaissez le vrai sens de l'amour et, avec un peu de travail, vous pourriez peut-être voir la lumière un de ces jours. Elle ne dit nulle part qu'elle aimerait verser de l'arsenic dans le café de votre fiancée, mais c'est tout comme. Elle a aussi pris une photo de vous, au cas où vous auriez oublié. Celle-ci. Elle a emprunté exprès le Polaroid de son père. »

En tenue de sport, je suis debout contre une balustrade. C'est elle qui m'a demandé de prendre cette pose, et puis elle m'a dit d'être naturel, de ne pas sourire.

« Et je suis désolée mais ils l'ont aussi dans leur dossier. Pièce à conviction n° 1, en quelque sorte. Vous êtes le vilain Roméo qui a volé le cœur d'une pauvre fille et l'a menée au carnage. Tout juste si on n'a pas écrit une chanson sur vous. »

« Ça y est, nous sommes amis », dis-je à Smiley, non plus devant un jus de pomme sous le soleil de Hampstead Heath, mais de retour aux Écuries avec, en bruit de fond, les cliquetis de la machine à chiffrer au premier étage et ceux des machines à écrire des sœurs Windfall.

Je lui communique le reste des informations obtenues. Elle vit avec ses parents. Pas de frère ni de sœur. Elle ne sort jamais. Ses parents se disputent. Le père, qui navigue entre sionisme et communisme, ne manque pas plus la synagogue qu'une réunion des camarades. La mère est résolument laïque. Papa veut que Liz travaille dans la confection ; Maman veut que Liz suive une formation d'institutrice. Mais j'ai l'impression que George sait déjà tout ça car, sinon, pourquoi l'aurait-il choisie elle, pour commencer ?

« Mais qu'est-ce qu'Elizabeth veut pour elle-même ? se demande-t-il d'un air songeur.

– Elle veut une porte de sortie, George, dis-je plus sèchement que je n'en avais l'intention.

– Une porte de sortie vers une direction précise ? Ou juste pour sortir ? »

L'idéal pour elle serait une bibliothèque, dis-je. Peut-être une bibliothèque marxiste. Il y en a une à Highgate à laquelle elle a écrit, mais ils n'ont pas répondu. Elle travaille déjà comme bénévole à la bibliothèque municipale, et elle lit des histoires en anglais à des enfants d'immigrants qui sont encore en phase d'apprentissage de la langue. Mais sans doute George sait-il déjà cela aussi.

« Alors il faut voir ce que nous pouvons faire pour elle, non ? Il serait souhaitable que vous continuiez à la fréquenter encore quelque temps avant de lever l'ancre vers les côtes françaises. Ça vous convient ?

– Pas vraiment. »

Je ne crois pas que cela convienne à George non plus.

Cinq jours plus tard, deux promenades au bord du canal plus tard, c'est à nouveau la nuit, aux Écuries.

« Vous pourriez voir si ceci la tente, suggère George en me tendant une page arrachée à une publication trimestrielle intitulée *La Gazette du paranormal*. Vous êtes tombé dessus par hasard dans la salle d'attente d'un médecin pendant votre tournée. La paye est minable, mais je soupçonne que cela ne la gênera pas beaucoup. »

La Bibliothèque de recherches psychiques de Bayswater recrute un(e) bibliothécaire adjoint(e). Envoyer candidature avec photo et CV à Mlle Eleanora Crail.

*

« Marcel, ça y est, Marcel ! s'écrie Liz, entre rires et larmes, en agitant la lettre devant moi à la cafétéria du gymnase. J'ai eu le poste, j'ai été prise ! Papa dit que je devrais avoir honte, que c'est des superstitions bourgeoises délirantes et que c'est sûrement antisémite. Maman me dit de foncer, que c'est un début. Alors je fonce. Je commence le premier lundi du mois prochain ! »

Elle pose la lettre, me saute au cou et me dit que je suis le meilleur ami qu'elle ait jamais eu. Je regrette une nouvelle fois de m'être inventé cette fiancée qui m'attend en France. Et je crois qu'elle aussi.

*

Il en faut peu pour m'agacer, comme Tabitha commence à le découvrir.

« Donc, vous lui aviez à peine jeté votre poudre magique aux yeux que vous avez couru dire à votre ami Alec que vous lui aviez déniché une adorable petite communiste et qu'il lui suffisait de décrocher un boulot dans la même bibliothèque de cinglés et ils se retrouveraient tous les deux au lit en deux temps trois mouvements. C'est bien ça ?

– Il n'était pas question de dire quoi que ce soit à Alec. J'avais établi le contact avec Liz Gold dans le cadre de l'opération Windfall, pour laquelle Alec n'était pas habilité. Quoi qu'il se soit passé entre Alec et Liz une fois qu'elle a eu le poste à la bibliothèque, cela n'avait rien à voir avec moi, et je n'en ai pas été informé.

– Donc les ordres que vous avez reçus de Smiley pendant la déchéance simulée d'Alec Leamas, avec boisson, dépravation et trahison, c'était quoi au juste ?

– De rester son ami et de réagir spontanément à tout ce qui pourrait arriver. Sans oublier qu'au fil des progrès de l'opération, mes faits et gestes seraient tout aussi susceptibles que ceux d'Alec d'être surveillés de près par l'adversaire.

– Et pendant ce temps, les instructions de Control à Leamas auraient été à peu près les suivantes, corrigez-moi si je me trompe : Alec, nous savons que vous détestez les Américains, alors allez-y, détestez-les un peu plus. Nous savons que vous buvez comme un trou, eh bien, doublez la dose. Et nous savons que vous aimez bien vous battre quand vous avez bu, donc ne vous croyez pas obligé de vous retenir et, pendant que vous y êtes, bousillez votre vie dans les grandes largeurs. C'est un bon résumé ?

– Alec devait chercher la bagarre par tous les moyens. Il ne m'en a pas dit plus.

– Qui ça, Control ? »

Où veut-elle en venir ? Elle roule pour qui, à se rapprocher à deux doigts de la vérité avant de faire demi-tour comme si ça allait la brûler ?

« Non. Smiley. »

Je prends un verre avec Alec dans un pub situé à quelques minutes à pied du Cirque. Control lui a laissé une dernière chance de se ressaisir et l'a affecté à la Section bancaire, au rez-de-chaussée, avec pour consigne de piquer tout ce qui lui tombe sous la main, bien qu'Alec ne me le dise pas (je ne pense pas qu'il sache que je sais). Nous nous sommes retrouvés à 13 heures et il est 14 h 30, or quand on travaille au rez-de-chaussée, on a droit à une heure pour le déjeuner, pas plus.

Après deux pintes de bière, il passe au scotch et tout ce qu'il a mangé pour le déjeuner, c'est un paquet de chips arrosées de Tabasco. Il a râlé d'une voix puissante contre ce ramassis de tarés que le Cirque est devenu, et où sont tous les braves types qui ont fait la guerre, et tout ce qui intéresse ceux du dernier étage, c'est de lécher le cul des Amerloques.

Et j'ai écouté sans trop rien dire parce que j'ignore à quel point c'est le vrai Alec et à quel point il joue un rôle, ce dont je doute d'ailleurs, ce qui est exactement ce qu'il faut. C'est seulement une fois sur le trottoir de cette rue très passante qu'il m'attrape le bras. Un instant, je crois qu'il va me porter un coup. Au contraire, il ouvre grand les bras et me serre contre lui comme l'ivrogne irlandais émotif qu'il fait semblant d'être, tandis que des larmes roulent sur ses joues mal rasées.

« Je t'aime, Pierrot, tu m'entends ?

– Moi aussi, Alec, l'assuré-je dûment.

– Dis-moi donc, demande-t-il avant de desserrer son étreinte. Juste pour savoir. C'est quoi, Windfall, bon Dieu ?

– Simplement une source que gèrent les OC. Pourquoi ?

– Cette tapette de Haydon m'a dit un truc, l'autre jour quand il avait un coup dans le nez. Les OC ont une nouvelle source super et pourquoi personne n'invite le Pilotage dans la danse ? Tu sais ce que je lui ai répondu ?

– Non, quoi ?

– Que si je dirigeais les OC et que quelqu'un du Pilotage venait me voir en me disant : "C'est qui votre super source ?", je lui balancerais mon pied dans les couilles.

– Et comment Bill a réagi ?

– Il m'a dit d'aller me faire foutre. Et tu sais ce que je lui ai dit, aussi ?

– Pas encore.

– Ne mettez pas vos petites pattes de pédé sur la femme de George. »

Tard le soir, aux Écuries. C'est classique. Les Écuries, c'est une maison qui vit la nuit, avec des coups de chauffe imprévisibles. On s'ennuie tous à mourir à force d'attendre, et l'instant d'après il y a du bruit devant la porte d'entrée, quelqu'un crie « Tout le monde sur le pont ! » et Jim Prideaux entre avec la dernière fournée de joyaux envoyés par Windfall. Ils sont arrivés par avion sous forme de micropoints ou de copie carbone, ou bien Jim les a récupérés dans une boîte aux lettres morte en territoire ennemi, ou encore Windfall les lui a remis en personne lors d'un treff d'une minute dans une ruelle de Prague. Soudain, je monte et descends les escaliers quatre à quatre, porteur de télégrammes, quand je ne suis pas coincé à mon bureau pour prévenir des clients de Whitehall via le téléphone vert, au son du crépitement des machines à écrire des sœurs Windfall et des éructations de la machine à chiffrer de Ben qui filtrent par le plancher. Pendant les douze heures qui suivent, nous allons débiter la matière brute envoyée par Mundt, puis la répartir sur tout un éventail de sources fictives (quelques renseignements d'origine électromagnétique par-ci, une interception via téléphone ou micro caché par-là) et pour pimenter le mélange, mais très rarement, sur un ou deux informateurs haut placés et fiables, mais tout cela sous le seul nom magique de Windfall et uniquement pour les lecteurs avertis. Ce soir, c'est une accalmie entre deux tempêtes. Pour une fois, George est tout seul dans la Pièce du Milieu.

« Je suis tombé sur Alec avant-hier, dis-je en guise de préambule.

– Peter, je croyais que nous étions d'accord pour que vous laissiez se tasser votre relation avec votre ami Alec.

– Il y a quelque chose que je ne comprends pas dans l'opération Windfall et je pense que j'ai le droit de comprendre, lancé-je, enchaînant sur le discours que j'ai préparé.

– Le droit de comprendre ? Par quelle autorité ? Grands dieux, Peter !

– C'est juste une question toute simple, George.

– Je ne savais pas que nous faisions dans les questions toutes simples.

– Quelles sont les attributions d'Alec ? C'est tout ce que je veux savoir.

– De faire ce qu'il est en train de faire, comme vous le savez très bien. De devenir un raté de la vie, un rebut du Service. De paraître colérique, vindicatif, rancunier, susceptible d'être séduit, acheté.

– Mais dans quel but, George ? Avec quel objectif ? »

Son exaspération commence à prendre le dessus. Il s'apprête à répondre, puis inspire profondément et poursuit.

« Votre ami Alec Leamas a reçu l'ordre de faire étalage de tous ses défauts notoires, de s'arranger pour qu'ils attirent l'œil des dénicheurs de talents de l'ennemi, avec un petit coup de pouce du traître ou des traîtres parmi nous, et de mettre sur le marché son énorme stock de secrets en y ajoutant quelques articles trompeurs concoctés par nos soins.

– C'est donc une banale opération de désinformation par un agent double.

– À quelques raffinements près, oui, c'est une opération banale.

– Seulement il semble penser qu'il a pour mission de tuer Mundt.

– Eh bien, il a raison, non ? » réplique-t-il sans attendre, sans changer de ton.

Il lève des yeux furieux pour me scruter à travers ses lunettes rondes. Je pensais que nous nous serions assis, à ce stade, mais nous sommes toujours debout et je suis nettement plus grand que

George. Mais ce qui me frappe, c'est la sécheresse de sa voix, qui me rappelle notre rencontre dans l'ancien poste de police juste quelques heures après son pacte diabolique avec Mundt.

« Alec Leamas est un professionnel, comme vous, Peter, et comme moi. Si Control ne l'a pas invité à lire les petits caractères de son contrat, tant mieux pour Alec et tant mieux pour nous. Il ne peut pas faire de faux pas et il ne peut pas trahir. Si sa mission aboutit d'une manière qu'il n'a pas prévue, il ne se sentira pas dupé. Il aura le sentiment d'avoir accompli ce qu'on lui demandait.

– Mais Mundt est à nous, George ! C'est notre *Joe* ! C'est lui, Windfall !

– Merci de me le rappeler. Hans-Dieter Mundt est un agent de ce Service et, en tant que tel, il doit être protégé à tout prix de ceux qui le soupçonnent à juste titre d'être ce qu'il est et ne rêvent que de le mettre contre un mur et de reprendre son boulot.

– Et Liz ?

– Elizabeth Gold ? demande-t-il comme s'il avait oublié ce nom ou si je l'avais mal prononcé. Elizabeth Gold sera invitée à faire très précisément ce qu'elle fait naturellement : dire la vérité et rien que la vérité. Vous avez toutes les informations que vous vouliez ?

– Non.

– Je vous envie. »

12

Encore un matin. Il fait gris, pour changer, et une pluie fine arrose Dolphin Square lorsque je monte dans mon bus. Il se trouve que j'arrive tôt aux Écuries, mais Tabitha est déjà assise à m'attendre, très contente d'elle parce qu'elle s'est procuré une liasse de rapports de surveillance de la Special Branch, la section renseignement de la police, dont elle prétend qu'ils auraient atterri devant sa porte. Elle ne sait pas s'ils sont authentiques, bien sûr, ni si elle pourra jamais en faire usage un jour, mais je ne dois révéler à strictement personne qu'elle les a en sa possession. Tout cela me dit qu'elle a un ami dans la Special Branch et que les rapports sont exactement ce qu'ils ont l'air d'être.

« On démarre avec leur première journée d'intervention. Aucune indication sur qui a demandé à la Special Branch de lancer ses chiens aux trousses d'Alec. Juste : *à la demande de la Boîte.* Je suppose que "la Boîte", à cette époque, c'était le nom de code de la police pour le Cirque, c'est bien ça ?

– Oui.

– Avez-vous la moindre idée de qui, à la Boîte, pourrait avoir fait cette demande à la Special Branch ?

– Le Pilotage, sans doute.

– Qui en particulier au Pilotage ?

262

– N'importe qui. Bland, Alleline, Esterhase. Ou même Haydon lui-même. Mais il a dû plutôt déléguer ça à un de ses sous-fifres pour ne pas se mouiller.

– La Special Branch qui effectue la surveillance à la place de vos grands amis de la Sécurité intérieure, c'était la procédure normale ?

– Absolument.

– Parce que ?

– Parce que les deux Services ne s'aimaient pas.

– Et notre magnifique police ?

– Elle n'aimait pas la Sécurité intérieure parce qu'ils fouinaient partout et elle n'aimait pas le Cirque parce qu'on était une bande de tapettes snobinardes dont le seul but dans la vie était d'enfreindre la loi. »

Elle réfléchit à cette affirmation, puis à moi, en m'étudiant ouvertement de ses yeux bleus pleins de tristesse.

« Vous avez une assurance à toute épreuve, parfois. Au point de laisser penser que vous détenez des informations privilégiées. Nous allons devoir nous méfier de ça. L'image que nous voulons faire passer, c'est celle d'un jeune fonctionnaire pris dans le tourbillon de certains événements historiques, pas celle d'un type qui a un gros secret à cacher. »

Commandant de la Special Branch à la Boîte. Top secret, ne pas diffuser.
Sujet : OPÉRATION GALAXIE

Avant de prendre leurs positions, mes agents ont mené de discrètes enquêtes de fond sur les activités connues du couple cible (type d'emploi occupé, habitudes, vie commune).

JOHN LE CARRÉ

Tous deux sont actuellement employés à plein
temps par la Bibliothèque de recherches psychiques
de Bayswater, une institution privée dirigée par
Mlle Eleanora Crail, célibataire âgée de cinquante-huit
ans aux manières et à l'apparence excentriques,
inconnue des services de police. Sans savoir qu'elle
se confiait à l'un de mes agents, Mlle Crail a
spontanément fourni les renseignements suivants
à propos du couple.

VÉNUS, qu'elle appelle sa « Lizzie chérie »,
travaille chez elle à plein temps comme assistante
bibliothécaire depuis six mois. Employée modèle,
selon Mlle Crail : ponctuelle, respectueuse,
intelligente, de bonnes mœurs, c'est quelqu'un
qui apprend vite et bien, qui a une belle écriture
et qui « s'exprime correctement étant donné sa
classe sociale ». Mlle Crail n'est pas gênée par
ses opinions communistes, dont Vénus ne se cache
pas, « du moment qu'elle les laisse hors de ma
bibliothèque ».

MARS, qu'elle appelle son « vilain monsieur L. »,
travaille chez elle à plein temps comme assistant
bibliothécaire adjoint jusqu'au réaménagement
des locaux et, selon elle, « ne donne aucunement
satisfaction ». Elle s'est plainte deux fois auprès
de la Bourse du Travail de Bayswater à propos de
son comportement, sans résultat. Selon elle, il est
négligé, discourtois, il fait durer ses pauses déjeuner
et il « sent souvent l'alcool ». Elle ne supporte pas
sa manie de prendre un accent irlandais prononcé
quand on lui fait des reproches, et elle l'aurait
renvoyé au bout d'une semaine si sa Lizzie chérie
(Vénus) n'était intervenue en sa faveur, car, malgré
les différences d'âge et de potentiel, il y a entre

eux deux une attirance mutuelle « malsaine » qui, d'après Mlle Crail, a peut-être déjà atteint le stade de la relation intime. Pour quelle autre raison, ne se connaissant que depuis deux semaines, arriveraient-ils ensemble le matin ? Et à plusieurs reprises, elle les a vus se tenir par la main, et pas uniquement pour se passer des livres.

Quand mon agent lui a demandé l'air de rien quel emploi Mars disait avoir occupé auparavant, elle a répondu que, d'après la Bourse du Travail, il avait été « un genre de gratte-papier dans un établissement bancaire » et pas étonnant que les banques soient devenues ce qu'elles étaient.

Surveillance

Mes agents ont choisi de commencer leur surveillance le deuxième vendredi du mois, car c'est le jour où la cellule du Parti communiste britannique de Goldhawk Road tient sa Journée Portes Ouvertes à l'Oddfellows' Hall à l'intention de toutes les nuances d'opinions de gauche. (Vénus est passée de la cellule de Cable Street à celle de Goldhawk Road quand elle s'est installée récemment à Bayswater.) Parmi les participants réguliers, on trouve des membres du Parti socialiste des travailleurs et de la Campagne pour le désarmement nucléaire, des militants trotskystes et deux policiers en civil, un homme et une femme, afin de pouvoir surveiller les deux toilettes.

En quittant la bibliothèque à 17 h 30, le couple cible a fait un arrêt au Queen's Arms, dans Bayswater Street, où Mars a bu un grand whisky et Vénus un verre de cidre, puis est arrivé, comme prévu, à l'Oddfellows' Hall à 19 h 12, le thème de la soirée étant « La Paix, à quel prix ? ». Dans la salle, qui peut contenir 508 personnes, il y en avait, ce soir-là, environ 130, de couleurs et de classes sociales diverses. Mars et Vénus se sont assis côte à côte au fond, près de la sortie, et Vénus, militante appréciée des camarades, a reçu sourires et salutations.

Après un bref discours d'introduction de R. Palme Dutt, journaliste et activiste communiste, qui a ensuite quitté la salle sans attendre, des orateurs de moindre importance ont pris la parole, le dernier étant Bert Arthur Lownes, propriétaire de Lownes l'Épicier du Peuple, dans Bayswater Road, qui se dit trotskyste et qui est bien connu de la police pour incitation à la violence, échauffourées et autres atteintes délibérées à l'ordre public.

Jusqu'à ce que Lownes prenne le micro, Mars s'était montré maussade et ennuyé, il bâillait, il dodelinait de la tête et il buvait régulièrement une lampée de remontant dans une flasque (contenu inconnu). Mais les manières impérieuses de Lownes l'ont arraché à sa somnolence (je cite mon agent) et poussé à lever la main, contre toute attente, afin de capter le regard du président de séance, Bill Flint, le trésorier de la cellule de Goldhawk Road, qui l'a dûment invité à dire son nom, puis à poser sa question à l'orateur, selon les règles des Portes Ouvertes. Les comptes rendus de mes agents sur leur échange, rédigés pendant et après la réunion, sont concordants et disent ceci :

Mars [Accent irlandais. Donne son nom] *:* Bibliothécaire. Une question pour toi, camarade. Tu nous dis que nous devrions arrêter de nous armer jusqu'aux dents contre la menace soviétique parce que les Russkoffs ne menacent personne. Je me trompe ? On se retire

L'HÉRITAGE DES ESPIONS

de la course aux armements maintenant et on dépense
l'argent pour acheter de la bière, c'est ça ?
[Rires.]

Lownes : J'ai rarement entendu une simplification pareille,
camarade, mais bon, admettons, si tu veux le présenter
comme ça, d'accord.

Mars : Alors que, selon toi, le véritable ennemi qui devrait
nous inquiéter, c'est l'Amérique. L'impérialisme
américain. Le capitalisme américain. Les agressions
américaines. Ou bien est-ce que je fais encore une
simplification exagérée ?

Lownes : Quelle est ta question, camarade ?

Mars : Ma question, la voici, camarade : est-ce que nous
ne devrions pas nous armer jusqu'aux dents contre
la menace américaine si c'est elle dont il faut avoir
peur ?

La réponse de Lownes est noyée par les rires,
les huées et quelques applaudissements épars. Mars et
Vénus sortent par la porte de derrière. Sur le trottoir,
ils semblent d'abord se lancer dans une querelle
animée. Cependant, leur différend est de courte durée
et ils partent bras dessus, bras dessous vers l'arrêt de
bus, ne s'arrêtant en chemin que pour s'enlacer.

Addendum

Une comparaison de leurs carnets montre que
deux de mes agents ont, chacun de son côté, noté
la présence du même homme de trente ans, de taille
moyenne, bien habillé, cheveux blonds ondulés et
allure efféminée, qui a quitté la réunion tout de
suite après le couple, puis les a suivis jusqu'à l'arrêt
d'autobus, est monté dans le même bus et s'est assis
en bas alors que le couple préférait l'impériale pour

267

que Mars puisse fumer. Quand ils sont descendus, l'individu en a fait autant, puis, les ayant filés jusqu'à leur immeuble, a attendu qu'une lumière s'allume au troisième étage et est entré dans une cabine téléphonique. Mes agents, qui n'avaient pas pour instruction de poursuivre des cibles annexes, n'ont fait aucune tentative pour identifier ou loger cet individu.

« Donc, le super plan fonctionne. Les bêtes sauvages de la forêt, représentées par notre élégant trentenaire efféminé, commencent à renifler votre chèvre. C'est ça ?

— Pas ma chèvre. Celle de Control.

— Pas celle de Smiley ?

— Quand il s'est agi de jeter Alec dans les bras de l'ennemi, Smiley n'est pas monté en première ligne.

— C'est ce qu'il voulait ?

— On peut le penser. »

Je découvre une nouvelle Tabitha. Ou bien est-ce la vraie, qui montre ses griffes ?

« Vous aviez déjà lu ce rapport ?

— J'en avais entendu parler. Juste les grandes lignes.

— Ici ? Dans cette maison ? Avec vos collègues habilités Windfall ?

— Oui.

— Donc, allégresse générale. Hourra ! Ils ont mordu à l'hameçon.

— À peu près, oui.

— Vous n'en avez pas l'air bien sûr. Cette opération ne vous mettait pas mal à l'aise, vous personnellement ? Vous ne souhaitiez pas vous en retirer, sans savoir comment ?

– Nous tenions le cap. L'opération se déroulait comme prévu. Pourquoi me serais-je senti mal à l'aise ? »

Elle semble sur le point de mettre cette affirmation en doute, puis se ravise.

« J'adore celui-là », dit-elle en poussant un autre rapport vers moi.

*

Commandant de la Special Branch à la Boîte. Top secret, ne pas diffuser.
Sujet : OPÉRATION GALAXIE. Rapport n° 6.
Agression non provoquée contre Bert Arthur LOWNES, propriétaire de LOWNES L'ÉPICIER DU PEUPLE, magasin coopératif à Bayswater Road, à 17 h 45, le 21 avril 1962.

Les éléments suivants ont été recueillis de manière informelle auprès de témoins qui n'ont pas comparu, les éléments du dossier n'ayant pas donné lieu à contestation.

Au cours de la semaine qui a précédé l'incident, il apparaît que Mars avait pris l'habitude de se rendre au bazar de Lownes, en état d'ébriété quelle que soit l'heure du jour, apparemment pour faire une emplette en payant avec un compte épargne mensuel ouvert au nom de Vénus sur lequel il avait procuration, mais en réalité pour se livrer à des joutes verbales avec Lownes d'une voix claironnante et provocante, en bon Irlandais qu'il est. Le jour en question, mon agent a vu Mars remplir un panier de nombreuses denrées, y compris du whisky, pour une valeur approximative de

45 livres. À la question de savoir s'il comptait régler ses achats en espèces ou les débiter sur le compte de Vénus, Mars a répondu, je cite : « À crédit, connard, qu'est-ce que tu crois, pauvre merde ? » et autres propos signifiant que, en tant que membre de plein droit des masses affamées, il avait droit à sa juste part des richesses de ce monde. Sans prêter attention à Lownes qui l'avertissait que, le compte de Vénus étant à découvert, il n'y avait plus de crédit possible, il s'est alors dirigé vers la sortie principale en tenant devant lui le panier lourdement chargé de marchandises impayées. Sur ce, ledit Lownes est sorti de derrière son comptoir et, sans mâcher ses mots, a ordonné à Mars de laisser sur-le-champ son panier et de dégager. Au lieu de quoi, sans discuter plus avant, Mars a bourrelé Lownes de coups dans le ventre et l'aine, puis couronné le tout d'un coup de coude dans la partie droite du visage.

Sans tenter de s'échapper alors que les clients hurlaient et que Mme Lownes appelait police-secours, Mars n'a montré aucun remords, mais continué à agonir d'insultes sa malheureuse victime.

Un de mes jeunes agents m'a plus tard confié qu'il était bien content de n'avoir pas assisté à cette scène car il se serait senti obligé d'abandonner sa couverture pour intervenir. De plus, il doutait franchement de sa capacité à se confronter tout seul à l'agresseur.

De fait, des policiers en uniforme sont arrivés rapidement et l'agresseur n'a pas résisté quand ils l'ont arrêté.

*

« Alors, voici ma question : saviez-vous à l'avance, vous personnellement, qu'Alec allait tabasser ce pauvre M. Lownes ?
– En principe.
– Qu'est-ce que vous voulez dire ?
– Ils voulaient qu'il y ait un moment où Alec brûlerait ses vaisseaux. Il sortirait de prison, il mangerait de la vache enragée, il ne pourrait plus revenir en arrière.
– "Ils", c'est-à-dire Control et Smiley ?
– Oui.
– Mais pas vous. Ce n'était pas votre brillante idée à vous, conçue par vous et récupérée par vos aînés et supérieurs ?
– Non.
– Ce qui m'inquiète, c'est que vous, personnellement, pourriez bien avoir suggéré ce coup à Alec, voyez-vous. Ou du moins la partie adverse va insinuer que vous l'avez fait. Que vous avez poussé votre pauvre ami déjà au fond du trou à s'enfoncer encore plus dans la dépravation. Mais vous ne l'avez pas fait, fort heureusement. Même chose pour l'argent qu'Alec a piqué à la Section bancaire du Cirque. Ce sont six autres personnes qui lui ont dit de le faire, et pas vous ?
– C'est Control, j'imagine.
– Bien. Donc Alec cherchait la bagarre sur ordre de ses supérieurs et vous, vous étiez son pote, pas son mauvais génie. Et Alec en avait conscience, je suppose. C'est ça ?
– Je le suppose aussi, oui.
– Du coup, Alec savait-il aussi que vous étiez habilité Windfall ?
– Bien sûr que non, enfin ! Comment aurait-il pu le savoir ? Il ignorait tout de Windfall !
– Oui, bon, je me doutais que ça allait vous énerver, ça. J'ai quelques devoirs à faire pendant que vous parcourez ce torchon, si cela ne vous dérange pas. La traduction anglaise est atroce. Mais il paraît que le texte d'origine l'est aussi. Ça fait presque regretter les fulgurances littéraires de la Special Branch. »

*

*EXTRAITS DE DOSSIERS DE LA STASI
INCONNUS À CE JOUR ET MARQUÉS « NE PAS
DIVULGUER AVANT 2050 ». EXTRAITS CHOISIS ET
TRADUITS PAR ZARA N. POTTER ET ASSOCIÉS,
TRADUCTEURS ET INTERPRÈTES AGRÉÉS
AUPRÈS DES TRIBUNAUX, À LA DEMANDE
DU CABINET SEGROVE, LOVE & BARNABAS,
LONDRES.*

Quand la porte s'est fermée derrière elle, j'ai été pris d'une colère irrationnelle. Où est-elle partie, bon Dieu ? Pourquoi m'a-t-elle plaqué comme ça ? Pour faire un rapport à chaud à ses copains du bastion ? C'est ça, son petit jeu ? Ils lui passent une liasse de rapports de la Special Branch et ils lui disent : *essaie ça sur lui, pour voir* ? C'est comme ça que ça fonctionne ? Mais ce n'est pas ainsi que ça fonctionne, non. Je le sais. Tabitha est l'ange gardien des accusés. Et ses doux yeux tristes voient plus loin que ceux de Bunny ou de Laura. Je le sais aussi.

*

Alec a collé son front contre la fenêtre crasseuse et scrute l'extérieur. Je suis assis sur l'unique fauteuil. Nous nous trouvons dans une chambre à l'étage d'un hôtel pour VRP à Paddington qui propose des locations à l'heure. Ce matin, il m'a appelé sur une ligne non répertoriée réservée aux *Joes* à Marylebone : « Retrouve-moi au Duchess, à 18 heures. » Le Duchess of Albany, dans Praed Street, est un de ses vieux repaires. Il est hâve et très agité, il a les yeux rouges. Le verre tremble dans sa main. Des phrases courtes, lâchées à contrecœur entre des silences.

272

« Il y a cette fille, dit-il. Une sale communiste. On ne peut pas le lui reprocher, vu d'où elle vient. De toute façon, maintenant, qui fait des reproches à qui et pourquoi ? »

Attends. Ne pose pas de questions. Il y viendra de lui-même, à ce qu'il veut.

« Je l'ai dit à Control : laissez-la en dehors de tout ça. Je n'ai pas confiance en ce vieux salaud. On sait jamais ce qu'il mijote. Je me demande si lui-même le sait. »

Longue contemplation de la rue en contrebas. Silence compatissant prolongé de ma part.

« Et puis merde à la fin, il se cache où, George ? explose-t-il en se tournant vers moi d'un air accusateur. J'ai eu un treff avec Control dans Bywater Street l'autre soir. George ne s'est même pas pointé, nom de Dieu !

– George est souvent à Berlin, en ce moment, dis-je, ce qui est faux, avant de me remettre à attendre.

– *Je veux que vous me débarrassiez de Mundt, Alec,* fait-il en imitant le braiement pédant de Control. *Pour rendre le monde meilleur. Vous êtes prêt à ça, mon vieux ?* Bordel, bien sûr que je suis prêt à ça ! Cet enfoiré a tué Riemeck, non ? Il a éliminé la moitié de mon réseau, bon sang ! Et il s'en est pris à George aussi, il y a un an ou deux. On peut pas l'accepter ça, hein, Pierrot ?

– Non, effectivement. »

A-t-il saisi la fausseté de la note de conviction dans ma voix ? Il prend une gorgée de scotch et continue de me fixer.

« Tu ne l'aurais pas rencontrée, par hasard, Pierrot ?

– Rencontré qui ?

– Ma petite amie. Tu sais foutrement bien qui je veux dire

– Bon Dieu, comment aurais-je pu la rencontrer, Alec ? Qu'est-ce que c'est que ces jérémiades ? Merde, à la fin !

– Quelqu'un qu'elle a rencontré, un homme, m'explique-t-il en se détournant enfin. Ça aurait pu être toi. C'est tout. »

Je hoche la tête d'un air interdit, je hausse les épaules, je souris. Alec retourne à sa contemplation des passants qui courent sous la pluie, en bas, sur le trottoir.

*

SUJET : FAUSSES ACCUSATIONS PORTÉES CONTRE LE CAMARADE HANS-DIETER MUNDT PAR DES AGENTS FASCISTES DES SERVICES SECRETS BRITANNIQUES. H-D MUNDT TOTALEMENT INNOCENTÉ PAR LE TRIBUNAL DU PEUPLE. ESPIONS IMPÉRIALISTES ÉLIMINÉS PENDANT LEUR TENTATIVE DE FUITE. SOUMIS AU PRAESIDIUM DU SED. 28 OCTOBRE 1962.

Si le tribunal inquisitorial qui a jugé Hans-Dieter Mundt était un simulacre, le compte rendu officiel allait encore au-delà. Le prologue aurait pu être écrit par Mundt lui-même. Peut-être était-ce le cas, d'ailleurs.

Leamas, l'odieux agitateur contre-révolutionnaire corrompu, était un dégénéré connu, un bourgeois ivrogne, opportuniste, menteur, coureur, bagarreur, obsédé par l'argent et la haine du progrès.

Les agents dévoués de la Stasi qui avaient fourni le faux témoignage de ce perfide judas l'avaient fait de bonne foi et ne pouvaient donc se voir reprocher d'avoir introduit une vipère dans le giron de ceux qui se consacraient au combat contre les forces de l'impérialisme fasciste.

Le procès fut une apothéose de justice socialiste et un appel à une vigilance toujours accrue contre les intrigues des espions et des provocateurs capitalistes.

La femme du nom d'Elizabeth Gold était une bécasse nourrissant des sympathies pro-israéliennes, à qui les services secrets britanniques avaient fait subir un lavage de cerveau et qui, follement éprise de son amant plus âgé, avait été attirée, les yeux grands ouverts, dans les rets des intrigues occidentales.

Même après que l'imposteur Leamas eut fait les aveux complets de ses crimes, la femme Gold l'avait traîtreusement aidé dans sa fuite et avait payé le prix fort pour sa duplicité.

En conclusion, félicitations à l'intrépide gardien du socialisme démocratique qui n'avait pas hésité à l'abattre alors qu'elle s'échappait.

« Alors, Peter, partant pour mon petit résumé de cet affreux procès bidon en anglais simple pour les nuls ?
– Si vous y tenez. »

Mais elle l'avait dit d'une voix ferme et résolue en se posant face à moi de l'autre côté de la table, raide comme un commissaire du peuple.

« Alec arrive au tribunal inquisitorial en tant que témoin vedette de Fiedler avec des éléments imparables pour accabler Mundt. Oui ? Fiedler déballe tout à la cour sur la prétendue piste de l'argent qui mène tout droit à Mundt. Oui ? Il fait tout un plat de la période où Mundt était apparenté diplomate en Angleterre, période où, selon Fiedler, il a été alpagué et retourné par les forces de l'impérialisme réactionnaire, à savoir le Cirque. Puis on a droit à une liste scandaleuse de tous les secrets d'État que Mundt aurait vendus à ses maîtres occidentaux pour ses trente pièces d'argent, et tout ça fait un tabac auprès des juges du tribunal. Jusqu'à ce que... ? »

Il y a longtemps que le gentil sourire a disparu.

« Jusqu'à ce que Liz, je suppose, dis-je du bout des lèvres.
– Jusqu'à ce que Liz, oui. Voilà qu'apparaît cette pauvre Liz et, parce qu'elle n'a aucune idée des enjeux, elle sabote tout

ce que son bien-aimé Alec vient de dire à la cour. Vous saviez qu'elle allait faire ça ?

– Bien sûr que non ! Comment diable aurais-je pu le savoir ?

– Comment diable, en effet. Et est-ce que, par hasard, vous avez remarqué ce qui a réellement coulé Liz… et son Alec ? C'est le moment où elle a mentionné le nom de George Smiley. Quand elle a admis en toute innocence devant le tribunal inquisitorial qu'un certain George Smiley, accompagné d'un homme plus jeune, était venu lui rendre visite peu après la mystérieuse disparition d'Alec et lui avait dit que son Alec faisait un boulot magnifique, implicitement pour son pays, et que tout allait être au poil. Et même que votre George lui a laissé sa carte de visite pour être sûr qu'elle n'oublierait pas. *Smiley* étant, de toute façon, un nom facile à se rappeler et pas du tout inconnu de la Stasi. Quelle totale ineptie de la part d'un vieux renard rusé comme George, vous ne trouvez pas ? »

Je proteste mollement que même George peut faire une gaffe de temps en temps.

« Et l'homme plus jeune qui l'accompagnait, ce ne serait pas vous ?

– Mais non ! Comment aurais-je pu ? J'étais *Marcel*, vous vous rappelez ?

– Alors, c'était qui ?

– Jim, sans doute. Jim Prideaux. Il avait sauté le pas.

– Sauté le pas ?

– Il était passé du Pilotage aux OC.

– Et il était habilité Windfall, lui aussi ?

– Je le crois.

– Vous le croyez seulement ?

– Il était habilité, oui.

– Alors, dites-moi une chose, si vous en avez le droit. Quand Alec Leamas a été envoyé en mission pour détruire Mundt à n'importe quel prix, qui était, à son avis, la source anonyme qui fournissait au Cirque tout le merveilleux matériau Windfall ?

– Aucune idée. Nous n'en avons jamais parlé ensemble. Control a dû évoquer la question avec lui. Je n'en sais rien.

– Reformulons, si c'est plus simple. Serait-il juste de dire que, somme toute, par déduction, par un processus d'élimination, par certaines allusions voilées, au moment où Alec Leamas se met en route pour son voyage fatal, il s'est mis l'idée dans sa tête embrouillée que Josef Fiedler est la source vitale qu'il protège et que c'est la raison pour laquelle l'odieux Hans-Dieter Mundt doit être éliminé ? »

Je réagis d'une voix tonitruante sans pouvoir me contrôler.

« Mais comment je pourrais savoir ce qu'Alec pensait ou ne pensait pas, nom de Dieu ? Alec était un homme de terrain. Quand on est un homme de terrain, on ne va pas chercher midi à quatorze heures. Il y a une guerre froide qui fait rage, on a un boulot à faire, alors on le fait ! »

Est-ce d'Alec que je parlais ou de moi ?

« Alors aidez-moi à résoudre cette épineuse petite énigme, si vous voulez bien. Vous, Peter Guillam, étiez habilité Windfall. Oui ? L'un des très rares. Puis-je continuer ? Oui. Alec n'était absolument pas habilité, lui. Il savait qu'il y avait une ou plusieurs super sources est-allemandes portant le nom générique de Windfall. Il savait que les Opérations clandestines la ou les géraient. Mais il ne savait rien de cet endroit où nous sommes assis en ce moment, ni de ce qui s'y tramait vraiment. Exact ?

– Sans doute.

– Et il était vital qu'il ne soit pas habilité Windfall, ce que vous me répétez depuis le début.

– Et alors ? dis-je de ma voix lasse et monocorde.

– Eh bien, si vous, vous étiez habilité Windfall et Alec Leamas non, qu'est-ce que vous pouviez bien savoir qu'Alec n'était pas autorisé à savoir, lui ? Ou bien souhaitons-nous utiliser notre droit au silence ? Je ne vous le conseille pas. Pas avec tous les Multipartites qui sont impatients de vous mettre en pièces. Ni quand vous comparaîtrez devant un jury complaisant. »

*

Alec a subi la même chose, me dis-je : il a défendu une cause désespérée et l'a vue se désagréger entre ses mains, à cette différence près que, dans notre cas, personne ne va mourir sinon de vieillesse. Je me raccroche de toutes mes forces à ce gros mensonge insoutenable que j'ai promis de ne jamais trahir et il sombre sous mon poids. Mais Tabitha est sans pitié :

« Et les sentiments ? Si on parlait de sentiments, pour changer ? Je les trouve toujours tellement plus éclairants que les faits. Qu'avez-vous pensé, vous personnellement, quand vous avez appris que cette pauvre Liz avait témoigné et démoli d'un coup tout le formidable boulot qu'Alec s'était donné tant de mal à accomplir ? Et aussi démoli ce pauvre Fiedler pendant qu'elle y était ?

– Je ne l'ai pas appris.

– Pardon ?

– Personne n'a décroché son téléphone pour me dire : "Vous avez entendu la dernière à propos du procès ?" Les premières nouvelles qu'on a eues, c'est par un flash info est-allemand. Traître démasqué – ça, c'était Fiedler qui passait à la trappe. Haut gradé de la sécurité complètement disculpé – ça, c'était Mundt qui s'en tirait comme un charme. Et puis on a eu l'évasion spectaculaire des prisonniers, et puis la chasse à l'homme dans tout le pays, et puis...

– La fusillade devant le Mur, j'imagine ?

– George y était. George l'a vue. Pas moi.

– Et donc, vos sentiments ? Assis dans cette même pièce, ou debout, ou en train de faire les cent pas, peu importe, quand les terribles nouvelles arrivaient au compte-gouttes ? Et maintenant ci, et maintenant ça, encore et encore ?

– Mais vous croyez que j'ai fait quoi, nom d'une pipe ? Sabré le champagne, peut-être ? »

Une pause, le temps que je me ressaisisse.

« J'ai pensé, mon Dieu, cette pauvre fille qui se retrouve embringuée dans tout ça, elle qui vient d'une famille de réfugiés, elle qui est folle amoureuse d'Alec, elle qui ne veut de mal à personne. Ça a dû être atroce pour elle, de devoir faire ça.

– "Devoir faire ça" ? Vous voulez dire qu'elle avait prévu de venir devant le tribunal ? Qu'elle avait prévu de sauver le nazi et de tuer le juif ? Ça ne ressemble pas du tout à Liz, ça. Qui aurait pu lui dire de faire une chose pareille ?

– Mais personne ne le lui a dit, bon sang !

– La pauvre petite ne savait même pas pourquoi elle se retrouvait devant cette cour. Elle avait été invitée à un rassemblement de camarades sous le doux soleil de RDA, et tout d'un coup la voilà en train de témoigner contre son amant devant un tribunal fantoche. Qu'avez-vous ressenti quand vous avez appris ça ? Vous, personnellement. Et ensuite, la nouvelle qu'ils avaient tous les deux été abattus devant le Mur, prétendument comme des fuyards… Ça a dû être l'horreur. L'horreur absolue, j'imagine ?

– Cela va de soi.

– Pour vous tous ?

– Tous.

– Control aussi ?

– Désolé, je ne suis pas un spécialiste des sentiments de Control. »

Ce triste sourire qu'elle a est revenu.

« Et votre Tonton George ?

– Quoi, George ?

– Eh bien, comment a-t-il pris la nouvelle ?

– Je ne sais pas.

– Pourquoi pas ? demande-t-elle d'un ton sec.

– Il a disparu. Il est parti seul dans les Cornouailles.

– Pourquoi ?

– Pour marcher, je suppose. C'est là qu'il va.

– Pendant combien de temps ?

– Quelques jours, peut-être une semaine.

– Et quand il est revenu, était-ce un homme changé ?

– George ne change pas. Il reprend ses esprits, c'est tout.

– Et c'est ce qui s'est passé ?

– Il n'en a rien dit. »

Elle réfléchit un moment et semble vouloir creuser le sujet, après plus ample réflexion.

« Et il n'y a pas eu le moindre sentiment de triomphe du tout ? Sur l'autre front ? Sur le front opérationnel, je veux dire ? Aucun sentiment de, oui, bon, il y a eu des dommages collatéraux, c'est tragique, c'est horrible, mais mission accomplie malgré tout. Rien de ce genre, pour autant que nous le sachions ? »

Rien n'a changé en elle, ni sa douce voix, ni son sourire patelin. Ses manières seraient même encore plus aimables qu'avant.

« Ce que je m'efforce de vous demander, c'est ceci : quand avez-vous compris, vous, dans votre tête, que la légitimation triomphale de Mundt n'était pas le fiasco qu'on croyait mais un coup magistralement réussi en sous-main ? Et que Liz Gold était le catalyseur indispensable qui avait permis tout cela ? C'est pour que je puisse élaborer votre défense, voyez-vous. Vos intentions, vos connaissances préalables, votre complicité. L'un ou l'autre de ces éléments pourrait vous sauver ou vous condamner. »

Silence de mort. Interrompu par Tabitha sur le ton de la question sans importance.

« Vous savez ce dont j'ai rêvé la nuit dernière ?

– Comment diable le saurais-je ?

– J'étais en train de faire mes devoirs, en l'occurrence d'ingurgiter cet interminable rapport préliminaire que Smiley vous a demandé d'écrire et a décidé de ne pas diffuser. Et j'en suis venue à me poser des questions sur cet étrange ornithologue suisse, qui s'est révélé être un membre secret de la branche sécurité intérieure du Cirque. Et là, je me suis demandé pourquoi Smiley ne voulait pas que votre rapport soit diffusé. J'ai continué mes devoirs, j'ai fourré mon nez partout où on m'a permis de le fourrer et j'ai eu beau chercher, je n'ai pas pu trouver la moindre trace de quelqu'un qui aurait testé les défenses du Camp 4 à cette période. Et absolument rien sur un agent secret trop zélé qui aurait mis K.O. les vigiles du Camp 4. Je n'ai pas vraiment eu besoin d'une illumination pour reconstituer le reste. Pas de certificat de décès pour Tulipe. OK, on sait que la pauvre fille n'était pas officiellement arrivée là, mais il n'y a pas beaucoup de médecins qui sont prêts à mettre leur nom en bas d'un certificat de décès bidon, même les médecins du Cirque. »

Je regarde au loin d'un œil noir en essayant de faire semblant de la croire folle.

« Alors, voilà mon interprétation : Mundt a été envoyé pour assassiner Tulipe. Il l'a assassinée, d'accord, mais le Seigneur n'était pas de son côté et il s'est fait prendre. George lui a mis la pression. Espionnez pour notre compte, sinon... Il le fait. Un beau jour, la corne d'abondance qui nous fournit tous ces merveilleux renseignements est en danger. Fiedler a l'air sur le point de le démasquer. Arrive Control avec son plan révoltant. George n'était sans doute pas emballé mais, comme toujours avec George, le devoir avant tout. Personne n'avait prévu que Liz et Alec se feraient abattre. C'était sûrement ça, la grande idée de Mundt : éliminer les messagers et mieux dormir la nuit. Control lui-même n'aurait pas pu le voir venir, ça. Votre George a immédiatement pris sa retraite en jurant de ne plus jamais faire d'espionnage. Ce pourquoi nous l'aimons, bien que ça n'ait pas duré. Il lui fallait encore revenir et attraper Bill Haydon, ce qu'il a fait magistralement, bravo à lui. Et vous l'avez soutenu jusqu'au bout, ce que nous ne pouvons qu'applaudir. »

Aucune réponse ne me venant à l'esprit, je ne dis rien.

« Et pour retourner le couteau dans ce qui était déjà une plaie béante, le tribunal inquisitorial n'avait pas plus tôt bouclé l'affaire que Hans-Dieter a été convoqué à Moscou pour une importante conférence, et on ne l'a plus jamais revu. Adieu à nos derniers espoirs de le voir s'infiltrer à temps au Centre de Moscou pour nous révéler qui était le traître du Cirque. Il est probable que Bill Haydon l'avait coiffé au poteau. Maintenant, parlons un peu plus de votre cas, vous voulez bien ? »

Je ne peux pas l'en empêcher, alors pourquoi essayer ?

« Si on me permettait d'arguer que Windfall, loin de se résumer au plus gros fiasco de l'histoire, était au contraire une opération diaboliquement futée qui a produit une manne de renseignements en or et n'a déraillé qu'au dernier moment, je ne doute pas une seconde que les membres de la Commission multipartite se rouleraient à nos pieds. Liz et Alec ? Une fin tragique, certes, mais, vu les circonstances, des pertes acceptables au regard de l'intérêt général. Je vous ai convaincu ? Non ? Dommage. C'est une simple suggestion, mais je ne vois pas comment je pourrais vous défendre, autrement. Je suis même sûre que c'est impossible. »

Elle commence à remballer ses affaires : lunettes, cardigan, mouchoirs en papier, rapports de la Special Branch, rapports de la Stasi.

« Vous avez parlé, mon cœur ? »

J'ai parlé ? Nous n'en sommes sûrs ni l'un ni l'autre. Elle a arrêté de remballer. Elle tient sa mallette ouverte sur ses genoux en attendant que je me lance. Curieusement, je remarque seulement maintenant un anneau de diamants à son index. Je me demande qui est le mari. Sans doute mort.

« Écoutez.

– Je ne fais que ça, mon cœur.

– Si on accepte un instant votre hypothèse absurde…

– Que l'opération diaboliquement futée a réussi ?

– Si on l'accepte, en théorie, ce que je ne fais absolument pas, vous êtes en train de me dire que, dans l'éventualité improbable où des preuves solides émergeraient un jour…

L'HÉRITAGE DES ESPIONS

– Ce qui ne se produira pas, nous le savons, mais si cela se produisait, il faudrait que ce soient des preuves en béton...

– Vous êtes en train de me dire que, dans une éventualité aussi improbable, les charges, les accusations, la procédure, tout le défourraillage contre on ne sait qui, moi, George, à supposer qu'on puisse le retrouver, et même le Service, disparaîtraient ?

– Vous me trouvez les preuves, je vous trouverai le juge. Au moment même où nous parlons, les vautours se rassemblent. Si vous ne vous montrez pas à l'audition, la Commission multi-partite craindra le pire et agira en conséquence. J'ai demandé votre passeport à Bunny. Cet animal ne veut pas s'en séparer. Mais il est prêt à prolonger votre séjour à Dolphin Square selon les mêmes conditions mesquines. Tout cela est à discuter. Même heure demain matin, ça vous va ?

– On pourrait dire 10 heures, plutôt ?

– Je serai là à 10 heures tapantes », répond-elle, et je dis que moi aussi.

13

Quand la vérité vous rattrape, ne jouez pas les héros, filez. Au mépris de cette règle, je mets un point d'honneur à marcher, lentement, jusqu'à Dolphin Square pour monter à l'appartement sûr où je sais que je ne dormirai plus jamais. Je tire les rideaux, je pousse un soupir résigné à l'intention de la télé, je ferme la porte de la chambre. Je sors mon passeport français de la boîte aux lettres morte cachée derrière les consignes en cas d'incendie. Le rituel de la fuite est apaisant. Je mets des vêtements propres, je fourre mon rasoir dans la poche de mon imperméable, je laisse tout le reste sur place. Je descends au grill, je commande un repas léger, je m'installe devant mon ennuyeux bouquin comme un homme résigné à l'idée de passer une soirée solitaire. Je baratine la serveuse hongroise au cas où ce serait une informatrice. En fait, je vis en France, lui dis-je, je suis venu discuter affaires avec une équipe de juristes anglais, peut-on imaginer pire, ha, ha ? Je règle l'addition et sors d'un pas nonchalant dans la cour, où des retraitées portant chapeau blanc et jupe de croquet, assises deux par deux sur des bancs de jardin, profitent d'un soleil hors de saison. Je m'apprête à rejoindre la transhumance jusqu'à l'Embankment pour ne jamais revenir.

Sauf que non, en fait, parce que je viens de repérer Christoph, le fils d'Alec, vêtu de son long pardessus noir et coiffé de son feutre, qui se prélasse à vingt mètres de là sur un banc pour lui tout seul, un bras reposant sur le dossier en un geste affectueux, une grande jambe négligemment jetée sur l'autre et la main droite enfoncée, avec ostentation à mes yeux, dans la poche de son manteau. Il me dévisage en souriant, quelque chose que je ne l'ai jamais vu faire auparavant, que ce soit quand il était adolescent devant un match de foot ou, adulte, devant un steak-frites. Peut-être ce sourire est-il nouveau pour lui aussi, car il s'accompagne d'une étrange pâleur du visage que souligne le noir de son chapeau, et il vacille, comme une ampoule défectueuse qui ne sait pas si elle est allumée ou non.

Quant à moi, je suis aussi déconcerté qu'il semble l'être lui-même. Une lassitude s'est emparée de moi dont je soupçonne que c'est de la peur. L'ignorer ? Lui faire un petit signe joyeux de la main et poursuivre mon plan d'évasion ? Il me suivra, il fera un scandale. Lui aussi a un plan, mais lequel ?

Le sourire pâle et maladif continue de vaciller. La mâchoire inférieure trahit une crispation qu'il ne peut maîtriser. Et il s'est fracturé le bras droit, ou quoi ? Est-ce la raison pour laquelle sa main est si bizarrement enfoncée dans sa poche de manteau ? Il ne se donne pas la peine de se lever. Je me dirige vers lui, observé de près par les dames en chapeau blanc. Dans toute la cour, nous sommes les deux seuls hommes et Christoph, avec sa silhouette hors norme, pour ne pas dire gargantuesque, occupe la scène à lui seul. Qu'ai-je à faire avec lui ? se demandent-elles (et moi de même). Je m'arrête face à lui. Il ne bouge pas d'un cil, telle une de ces statues en bronze de grands hommes que l'on voit assises dans des lieux publics : un Churchill, un Roosevelt. La même texture de peau spongieuse, le même sourire peu convaincant.

Lentement, la statue s'anime comme ne le font pas ses congénères. Elle décroise les jambes puis, l'épaule droite levée et la main droite toujours enfoncée dans sa poche de pardessus, elle fait glisser son grand corps jusqu'à ce qu'il y ait de la place pour moi sur le banc, à sa gauche. Et oui, elle est d'une pâleur maladive, sa mâchoire est contractée, tantôt souriante, tantôt grimaçante, et son regard est fiévreux.

« Qui t'a dit où me trouver, Christoph ? je lui demande le plus jovialement possible, parce que maintenant je suis aux prises avec l'idée farfelue que Bunny ou Laura, voire Tabitha, l'ont mis sur ma trace dans le but de négocier quelque autre accord en sous-main entre le Service et les plaignants.

– Je me suis rappelé, dit-il avec une fierté rêveuse qui élargit son sourire. Je suis un génie de la mémoire, non ? Un brillant cerveau allemand, putain. Bref, on se fait notre sympathique déjeuner et tu m'envoies chier, même si tu ne me l'as pas dit en ces termes. Je m'en vais, je m'assois avec mes amis, je fume un peu, je ronchonne un peu, j'écoute. Et j'entends quoi ? Devine. »

Je hoche la tête. Je souris, moi aussi.

« Mon père. J'entends mon père. Sa voix. Lors d'une de nos petites promenades dans la cour de la prison. Je purge ma peine, lui essaie de rattraper le temps perdu, d'être le père toujours fidèle qu'il n'a jamais été. Alors, il me parle de lui, il me distrait, il me raconte ces années que nous n'avons pas passées ensemble, comme si on les avait passées ensemble. Ce que c'était que le métier de barbouze, à quel point vous étiez tous extraordinaires, si dévoués. Les sales mômes que vous étiez. Et tu sais quoi ? Il parle de Hood House : la maison des truands, ce qui est devenu une blague entre vous. Comment le Cirque possédait ces appartements sûrs tout pourris dans un bâtiment appelé Hood House. Nous sommes tous des truands, c'est pour ça qu'on nous a mis là, se rappelle-t-il, avant que son sourire se mue en un rictus d'indignation. Tu savais que ton Service à la con t'a même inscrit ici sous ton vrai nom, bordel ? P. Guillam. C'est de la sécurité, ça ? Tu le savais, ça ? »

Non, je ne le savais pas. Et contre toute attente, je ne m'étonne pas non plus qu'en plus d'un demi-siècle le Service n'ait pas songé à changer ses habitudes. Je ne me laisse pas non plus désarçonner par ce sourire, qu'il semble incapable d'effacer.

« Alors, si tu me disais pourquoi tu es là ?

– Pour te tuer, Pierrot, explique-t-il sans hausser la voix. Pour tirer une balle dans ta sale tronche. Pan, t'es mort.

– Ici ? Devant tous ces gens ? Comment ? »

Avec un Walther P38 semi-automatique, qu'il sort de la poche droite de son pardessus et brandit à la vue de tous. Ce n'est qu'après m'avoir laissé le temps de l'admirer qu'il le remet dans sa poche sans pour autant le lâcher mais, dans la plus pure tradition des films de gangsters, en pointant le canon vers moi à travers les plis de son manteau. Ce que les dames au chapeau blanc pensent de cette exhibition, si tant est qu'elles en pensent quelque chose, je ne le saurai jamais. Peut-être faisons-nous partie d'une équipe de cinéma. Peut-être ne sommes-nous que de grands gamins stupides qui jouent avec un faux pistolet.

« Grands dieux ! je m'exclame (expression que je n'ai jamais utilisée de ma vie jusqu'à ce jour). Où est-ce que tu as trouvé ça ? »

La question l'embarrasse et fait disparaître le sourire.

« Tu crois que je ne connais pas de mecs du milieu dans cette putain de ville ? Des gens qui veulent bien me prêter un pistolet comme ça ? » lance-t-il d'un ton agressif en m'agitant sous le nez le pouce et l'index de sa main restée libre.

Le mot « prêter » m'incite à me retourner instinctivement pour repérer le propriétaire en titre, car j'imagine mal un prêt à long terme ; et c'est ainsi que mon regard se pose sur une berline Volvo réparée avec des couleurs de carrosserie différentes et garée sur une double ligne jaune juste en face du passage voûté côté Embankment, et sur le conducteur chauve qui, les deux mains sur le volant, scrute l'horizon devant lui à travers le pare-brise.

« Tu as une raison particulière de me tuer, Christoph ? dis-je en m'efforçant de garder un ton détaché, avant d'enchaîner sur un mensonge : J'ai transmis ton offre aux autorités en place, si c'est ça qui te tracasse. Elles y réfléchissent. Les petits comptables de Sa Majesté ne crachent pas un million d'euros sur un claquement de doigts, évidemment.

– J'ai été ce qu'il y a eu de mieux dans sa vie de merde. Il me l'a dit, murmure-t-il entre ses dents.

– Il t'aimait, il n'y a aucun doute là-dessus.

– Tu l'as tué. Tu as menti à mon père et tu l'as tué. Ton ami, mon père.

– Christoph, ça n'est pas vrai. Ce n'est ni moi, ni aucun membre du Cirque qui avons tué ton père et Liz Gold. Ils ont été tués par Hans-Dieter Mundt de la Stasi.

– Vous êtes tous des malades, vous, les espions. Vous n'êtes pas le remède, vous êtes la putain de maladie. Des rois de la branlette qui jouent à leurs petits jeux de branleurs en se prenant pour les plus grands cerveaux de l'univers. Vous êtes des moins que rien, tu m'entends ? Vous vivez dans l'ombre parce que vous n'êtes pas foutus de supporter la lumière du jour. C'est lui qui me l'a dit, ça aussi.

– Ah oui ? Quand ?

– En prison, où d'autre ? Ma première prison. La prison pour mineurs. Rien que des pervers, des camés et moi. *Vous avez une visite, Christoph. Votre meilleur ami, à ce qu'il prétend.* Ils me passent les menottes et ils m'emmènent le voir. C'est mon père. Écoute-moi bien, qu'il me dit. T'es une cause perdue et y a plus rien que moi ou n'importe qui d'autre puissions faire pour toi, mais Alec Leamas aime son fils, alors fous-toi bien ça dans le crâne. Tu as dit quelque chose, Peter ?

– Non.

– Lève-toi, bordel. Marche. Par là. Sous le passage voûté. Tu suis le mouvement. À la moindre embrouille, je te bute. »

Je me lève, je me dirige vers l'arche. Il me suit, la main droite toujours dans la poche, le pistolet braqué sur moi à travers le tissu. Il y a des stratégies dans ces cas-là, comme se retourner et balancer un coup de coude avant que l'autre n'ait le temps de tirer. À Sarratt, on nous entraînait à cette parade avec des pistolets à eau, et, le plus souvent, l'eau giclait et atterrissait sur le tapis de gym. Mais là, ce n'est pas un pistolet à eau, et on n'est pas à Sarratt. Christoph marche à plus d'un mètre derrière moi, comme tout tireur bien entraîné.

Nous ressortons de sous l'arche. Le chauve dans la Volvo multicolore a toujours les mains sur le volant et, bien que nous marchions droit vers lui, il ne nous prête pas attention tant il est occupé à regarder fixement devant lui. Christoph a-t-il l'intention de m'emmener faire un tour, selon la formule classique, avant d'abréger mes souffrances ? Si oui, ma meilleure chance de me libérer viendra quand il essaiera de me faire monter dans la Volvo. J'ai fait ça une fois, il y a longtemps : j'ai fracturé la main d'un homme en claquant la portière pendant qu'il essayait de me pousser sur le siège arrière.

Tandis que nous attendons une pause dans le flot de la circulation, très dense dans les deux sens, pour pouvoir traverser, je me demande si je vais pouvoir saisir une occasion de l'attaquer et, au pire, le propulser sous une voiture. Une fois sur le trottoir d'en face, je me pose encore la question. Nous sommes aussi passés devant la Volvo sans qu'un signe ni un mot soit échangé entre Christoph et le chauffeur chauve, alors peut-être me suis-je trompé, peut-être qu'ils ne se connaissent pas et que le type qui a prêté le Walther à Christoph est assis, à Hackney ou ailleurs, en train de jouer aux cartes avec ses potes de la pègre.

Nous sommes maintenant sur l'Embankment, face à un parapet de brique d'environ un mètre cinquante de haut. Au-delà, le fleuve, puis les lumières de Lambeth sur l'autre rive, parce qu'il fait déjà sombre, la température est clémente pour cette heure du jour, une douce brise se lève, d'assez gros bateaux glissent devant nous et j'ai les mains posées sur le parapet, et je lui tourne le dos et j'espère qu'il va s'approcher assez près pour que je lui fasse le coup du pistolet à eau, mais je ne perçois pas sa présence et il ne parle pas.

En gardant les mains écartées pour qu'il puisse bien les voir, je me retourne lentement. Il est à moins de deux mètres de moi, la main toujours dans la poche. Il respire à grandes goulées, son visage rond et pâle brille de moiteur dans la pénombre. Des gens passent à côté de nous, mais pas entre nous. Quelque chose leur dit de nous éviter. Plus précisément, quelque chose dans la silhouette massive de Christoph, son pardessus, son chapeau mou. Est-ce qu'il brandit toujours le pistolet ou bien l'a-t-il remis dans sa poche ? Est-ce qu'il adopte encore sa posture de gangster ? Il me vient tardivement à l'esprit que l'homme qui s'habille ainsi cherche à se faire craindre, et que l'homme qui cherche à se faire craindre a lui-même peur. Voilà peut-être ce qui me donne le courage de le défier.

« Allez, Christoph ! Vas-y ! lui dis-je alors qu'un couple d'un certain âge passe devant nous à pas pressés. Tue-moi donc, si c'est pour ça que tu es là. Qu'est-ce qu'une année de plus pour un homme de mon âge ? Une mort nette et sans bavure, ça me va très bien. Tue-moi. Et après, tu auras tout le reste de ta vie pour te féliciter quand tu pourriras en taule. Tu as vu des vieux mourir en prison. À toi le tour. »

Les muscles de mon dos se nouent, j'entends battre le sang dans mes tempes et je ne saurais dire si c'est dû à une péniche qui passait ou à quelque chose qui s'est produit dans ma tête. J'ai la bouche sèche à force d'avoir parlé et mes yeux ont dû se voiler, car il me faut un bon moment pour m'apercevoir que Christoph est maintenant à côté de moi, affalé sur le parapet, pris de haut-le-cœur et secoué par des sanglots de douleur et de rage.

Je passe le bras derrière son dos pour retirer sa main droite de sa poche. Quand elle en sort vide, j'attrape le pistolet et je le lance aussi loin que possible dans le fleuve, sans entendre le plouf de confirmation. Christoph a enfoui la tête dans ses bras croisés sur le parapet. Je fouille son autre poche au cas où il se serait muni d'un deuxième chargeur pour se donner du courage, et de fait, il en a bien un, que je jette aussi dans le fleuve. Sur ces entrefaites, le chauve de la Volvo multicolore, qui paraît tout petit et famélique par contraste avec Christoph, attrape celui-ci par la taille et tente en vain de le tirer vers lui.

À nous deux, nous l'arrachons à son parapet et le traînons jusqu'à la Volvo. Il se met à hurler. Je m'apprête à ouvrir la portière passager, mais mon compagnon d'armes a déjà ouvert à l'arrière. Nous fourrons Christoph dans la voiture et claquons la portière derrière lui, ce qui atténue les hurlements sans pour autant les étouffer. La Volvo démarre ; je reste seul sur le trottoir. Lentement, la circulation et les bruits reprennent. Je suis vivant. Je hèle un taxi et demande au chauffeur de me conduire au British Museum.

D'abord la ruelle pavée, puis le parking privé qui pue les ordures en décomposition, puis les six portillons ; le nôtre est le dernier à droite. Les hurlements de Christoph résonnent encore à mes oreilles, mais je refuse de les entendre. Le loquet grince. Ça, je l'entends. Il a toujours grincé malgré de multiples graissages. Si nous savions que Control venait, nous laissions le portillon ouvert afin de ne pas subir le commentaire acide du vieux diable se plaignant d'être annoncé par les buccins et les trompettes. Dalles en pierre de York. Mendel et moi les avions posées et avions semé du gazon entre elles. Notre pigeonnier. Ouvert à tous les volatiles. Trois marches menant à la porte de la cuisine et la silhouette immobile de Millie McCraig, qui me repère depuis la fenêtre et lève la main pour m'interdire d'entrer.

Nous nous retrouvons dans un abri de jardin improvisé construit contre le mur pour abriter ses poubelles et les restes de sa bicyclette pour dame, expulsée de la maison par Laura, drapée sous une bâche et dépouillée de ses roues par sécurité. Nous murmurons – peut-être avons-nous toujours murmuré. Le chat classé secret nous observe depuis la fenêtre de la cuisine.

« Je ne sais pas ce qu'ils ont pu placer où, Peter, me confie-t-elle. Je ne fais pas confiance à mon téléphone, mais ça, ce n'est pas nouveau. Je ne fais pas confiance non plus à mes murs. J'ignore quel matériel ils ont aujourd'hui, ni où ils peuvent l'avoir caché.

– Vous avez entendu ce que Tabitha m'a dit à propos des preuves ?

– En partie, oui. L'essentiel.

– Avez-vous encore tout ce que nous vous avons donné ? Les déclarations initiales, la correspondance et tout autre document que George vous a demandé de cacher ?

– Transcrits en micropoints par mes soins et dissimulés. Par moi aussi.

– Où ?

– Dans mon jardin, dans mon nichoir, dans leurs cassettes, dans de la toile cirée, là-dedans ("là" étant les restes de sa bicyclette). Ils ne savent pas chercher aujourd'hui, Peter. Ils ne sont pas bien formés, s'indigne-t-elle.

– Y compris la conversation de George avec Windfall au Camp 4 ? L'entretien de recrutement ? Le contrat ?

– Oui. Je l'ai dans ma collection de vinyles classiques, c'est Oliver Mendel qui les a copiés pour moi. Je les écoute de temps en temps. Pour entendre la voix de George, qui me plaît toujours autant. Vous êtes marié, Peter ?

– Je n'ai que la ferme et les animaux. Et vous, Millie ?

– J'ai mes souvenirs. Et mon Créateur. La nouvelle équipe m'a donné jusqu'à lundi pour libérer les lieux. Je ne compte pas les faire attendre.

L'HÉRITAGE DES ESPIONS

– Où irez-vous ?

– Je mourrai. Comme vous. J'ai une sœur à Aberdeen. Peter, je ne vous les donnerai pas, si c'est ça la raison de votre venue.

– Même pour la bonne cause ?

– Il n'y a pas de bonne cause sans les consignes de George. Il n'y en a jamais eu.

– Où est-il ?

– Je ne sais pas. Et si je le savais, je ne vous le dirais pas. Il est vivant, en tout cas. Je reçois mes petites cartes d'anniversaire et de joyeux Noël. Il n'oublie jamais. Toujours aux bons soins de ma sœur, jamais ici, par sécurité. Comme toujours.

– Si je devais le retrouver, qui devrais-je contacter ? Il y a forcément quelqu'un, Millie. Et vous savez qui.

– Peut-être Jim. S'il veut bien vous le dire.

– Puis-je l'appeler ? Quel est son numéro ?

– Jim n'est pas du genre à utiliser le téléphone. Plus maintenant.

– Mais il habite toujours au même endroit ?

– Je le crois. »

Sans un mot de plus, elle m'attrape vigoureusement par les épaules de ses mains effilées et m'accorde un baiser austère de ses lèvres scellées.

*

Ce soir-là, j'allai jusqu'à Reading et dormis dans une auberge proche de la gare où nul ne se souciait des noms. Si Dolphin Square n'avait pas encore signalé mon absence, la première personne qui la remarquerait serait Tabitha, à 10 heures le lendemain matin au lieu de 9. S'il devait y avoir un branle-bas de combat, je ne le voyais pas se déclencher avant midi. Je pris tranquillement mon petit-déjeuner, j'achetai un billet pour Exeter et je voyageai jusqu'à Taunton debout dans le couloir d'un train bondé. Je traversai le parking et me rendis jusqu'aux faubourgs de la ville, où je traînai en attendant la tombée du jour.

Je n'avais pas posé les yeux sur Jim Prideaux depuis que Control l'avait envoyé en Tchécoslovaquie pour la mission ratée qui lui avait valu une balle dans le dos et les attentions incessantes d'une équipe locale de tortionnaires. De naissance, nous étions tous deux des bâtards : Jim moitié tchèque, moitié normand, alors que je suis breton. Mais là s'arrêtait la ressemblance. Jim était slave jusqu'à la moelle. Enfant, il avait passé des messages et égorgé des Allemands pour le compte de la résistance tchèque. Cambridge l'avait peut-être éduqué, mais jamais dompté. Quand il avait rejoint le Cirque, même les professeurs de close-combat de Sarratt avaient appris à se méfier de lui.

Un taxi me déposa devant la grille principale. Un panneau d'un vert sale annonçait DÉSORMAIS OUVERT AUX FILLES. Choisissant mon chemin entre les nids-de-poule de l'allée qui serpentait jusqu'à une maison de maître délabrée entourée de préfabriqués bas, je passai devant un terrain de jeux, un pavillon de cricket en ruine, deux petites métairies et, dans un paddock, un troupeau de poneys à longs poils. Deux gamins arrivèrent à vélo, le plus grand portant un violon sur le dos, le plus petit un violoncelle. Je leur fis signe de s'arrêter.

« Je cherche M. Prideaux », leur annonçai-je.

Ils échangèrent des regards vides.

« C'est un membre du personnel, m'a-t-on dit. Il enseigne les langues. Ou enseignait. »

Le plus grand des deux secoua la tête et s'apprêta à poursuivre son chemin.

« Vous ne voulez pas dire Jim, des fois ? intervint le plus jeune. Le vieux qui boîte ? Il vit dans une caravane dans le Creux. Il donne des cours de soutien en français et il coache les jeunes pour le rugby.

– C'est quoi, le Creux ?

– Restez sur votre gauche après avoir dépassé l'école, et descendez le chemin jusqu'à ce que vous arriviez à une vieille Alvis. Pardon, mais on est en retard. »

Je restai sur ma gauche. Derrière de hautes fenêtres, des garçons et des filles étaient courbés sur leur bureau sous un éclairage au néon blafard. De l'autre côté du bâtiment s'ouvrait une allée de salles de classe provisoires. Un chemin descendait en direction d'un bosquet de pins. Devant eux, sous une bâche, les contours d'une voiture ancienne ; à côté, une caravane avec une lumière qui brillait derrière la fenêtre protégée par un rideau. Des accords de Mahler en sortaient. Je frappai à la porte et une voix bourrue réagit, furieuse.

« Du balai, mon garçon ! *Fous-moi la paix** ! Va donc chercher ce que ça veut dire ! »

Je m'approchai de la fenêtre occultée et, avec un stylo pris dans ma poche, je tapai mon code point puis laissai à Jim le temps de ranger son revolver, si c'est ça qu'il était en train de faire, parce que, avec Jim, on ne savait jamais.

Une bouteille de slivovitz à moitié vide sur la table. Jim avait sorti un second verre et éteint le tourne-disque. Éclairé par la lampe à pétrole, son visage taillé à la serpe était déformé par la douleur et la vieillesse ; son dos tordu était plaqué contre la mince tapisserie. Les êtres qui ont été torturés forment une classe à part. On peut tout juste imaginer où ils sont allés, mais jamais ce qu'ils en ont rapporté.

« Cette foutue école est partie en couille, aboya-t-il dans un éclat de rire nerveux. Thursgood, c'est comme ça qu'il s'appelait. Le directeur. Épouse parfaite, deux enfants, et en fait, c'était une pédale, déclara-t-il d'un ton de dérision surfaite. Il a joué les filles de l'air avec le chef de la cantine en emportant tout l'argent des frais d'inscription. En Nouvelle-Zélande ou je sais

JOHN LE CARRÉ

pas où. Plus assez de fric dans la caisse pour payer le personnel jusqu'à la fin de la semaine. Je ne l'aurais jamais cru capable de faire ça. Enfin bon, qu'est-ce qu'on y peut, hein ? dit-il en gloussant et en remplissant nos verres. On peut pas laisser tomber les gosses, pas en plein milieu de l'année scolaire avec les exams qui approchent, les compétitions de cricket, la distribution des prix. J'avais ma retraite, avec un petit supplément pour mauvais traitements. Deux ou trois parents ont mis la main à la poche. George connaissait un banquier. Alors, après ça, l'école ne va pas me flanquer à la porte, non plus ? lança-t-il avant de boire une gorgée en me regardant par-dessus son verre. Vous n'allez pas me renvoyer en Tchécoslovaquie pour une autre chasse au dahu, si ? Pas maintenant qu'ils se rapprochent de Moscou.

– Il faut que je parle à George. »

Pendant un moment, il ne se passa rien. Seuls provenaient du monde extérieur qui s'enténébrait le friselis des arbres et le mugissement du bétail. Devant moi, le corps tordu de Jim se dressait, immobile, contre la paroi de la petite caravane et, sous ses sourcils noirs et broussailleux, ses yeux slaves me lançaient des regards furieux.

« Il a été sacrément généreux avec moi toutes ces années, ce vieux George. Recueillir un *Joe* au bout du rouleau, c'était pas fait pour plaire à tout le monde. Pas sûr qu'il ait besoin de vous, franchement. Faudrait que je lui demande.

– Comment feriez-vous ça ?

– George, il n'était pas fait pour l'espionnage, de nature. Je sais pas comment il s'est retrouvé embringué là-dedans. Il prenait toujours tout sur ses épaules. C'est juste pas possible, dans notre boulot. On ne peut pas ressentir la douleur des autres autant que la sienne propre. Pas si on veut durer. Sa foutue femme y était pour beaucoup, si vous voulez mon avis. Non mais elle se prenait pour qui, celle-là ? » lança-t-il avant de se taire à nouveau, grimaçant, me défiant de répondre à sa question.

296

L'HÉRITAGE DES ESPIONS

Jim n'avait jamais trop aimé les femmes, et je ne pouvais pas lui fournir de réponse qui n'inclue pas le nom de son ancien amant Bill Haydon, sa Némésis, qui l'avait recruté pour le Cirque, trahi à ses maîtres et, pendant tout ce temps-là, pour se couvrir, couchait avec la femme de Smiley.

« Il s'apitoyait sur le sort de Karla, c'est un comble ! s'offusqua-t-il, toujours au sujet de Smiley. Karla, le cerveau du Centre de Moscou, le salopard qui a recruté tous ces *Joes* permanents pour œuvrer contre nous. »

Au tout premier rang desquels Bill Haydon, aurait-il pu ajouter s'il était arrivé à prononcer le nom de l'homme auquel il avait prétendument brisé le cou de ses mains nues alors que Haydon se languissait à Sarratt en attendant d'être envoyé à Moscou dans le cadre d'un échange d'agents.

« Pour commencer, ce vieux George persuade Karla de passer à l'Ouest. Il trouve son point faible, il l'exploite, bravo. Il débriefe le gus. Il lui donne un faux nom, il lui trouve un job en Amérique du Sud comme professeur d'études russes pour les Latinos, il le réinstalle. Tout roule. Et un an plus tard, ce saligaud se tire une balle et brise le cœur de George. Comment ça a pu arriver, bon Dieu ? Je lui ai dit mais qu'est-ce qui vous prend, George ? Karla s'est foutu en l'air, eh ben, bon vent ! C'était son éternel problème, à George : il voyait toujours les deux côtés des choses, et ça le rongeait. »

Avec un grognement de douleur ou d'agacement, il nous versa à tous les deux une autre tournée de slivovitz.

« Vous seriez pas en fuite, par hasard ?

– Si.

– Pour la France ?

– Oui.

– Quel genre de passeport ?

– Anglais.

– Le Foreign Office a déjà signalé votre nom ?

– Je ne sais pas. Je fais le pari que non.

– Southampton est votre meilleure chance. Faites profil bas, prenez un ferry bondé en milieu de journée.

– Merci. C'est ce que j'ai l'intention de faire.

– Ce n'est pas à propos de Tulipe, quand même ? Vous n'êtes pas en train de ressortir cette affaire-là, si ? »

Il serra le poing et le passa sur sa bouche comme pour effacer d'un coup un souvenir insoutenable.

« C'est toute l'opération Windfall, dis-je. Il y a une énorme enquête parlementaire qui s'en prend au Cirque. En l'absence de George, on m'a donné le rôle du méchant. »

Les mots étaient à peine sortis de ma bouche qu'il tapait du poing sur la table entre nous en faisant tinter les verres.

« Mais tout ça n'a rien à voir avec George, bordel ! C'est cette ordure de Mundt qui l'a tuée ! Qui les a tous tués ! Qui a tué Alec, qui a tué sa petite amie !

– Eh bien, voilà ce qu'il faut que nous puissions dire au tribunal, Jim. Ils me collent tous les torts sur le dos. Sur le vôtre aussi peut-être, s'ils arrivent à extirper votre nom des dossiers. J'ai donc grand besoin de George, répétai-je sans obtenir de réponse. Comment est-ce que j'entre en contact avec lui ?

– C'est impossible.

– Et vous, comment vous faites ? »

Nouveau silence rageur.

« Les cabines téléphoniques, si vous voulez savoir. Jamais dans le coin, surtout pas. Jamais la même deux fois de suite. On fixe toujours le treff suivant à l'avance.

– C'est vous qui l'appelez ? C'est lui qui vous appelle ?

– Ça dépend.

– Son numéro de téléphone est le même à chaque fois ?

– Ça se pourrait.

– C'est un fixe ?

– Ça se pourrait.

– Alors vous savez où le trouver, n'est-ce pas ? »

Il attrapa un cahier d'écolier sur une pile à portée de main et en arracha une page vierge. Je lui tendis un crayon.

« *Kollegiengebäude drei*, articula-t-il en même temps qu'il écrivait. Une bibliothèque. Une femme du nom de Friede. Ça vous suffit ? »

Puis, après m'avoir tendu la page, il se renfonça sur son siège, les yeux fermés, attendant que je le laisse en paix.

Je n'avais pas plus l'intention de prendre en milieu de journée un ferry bondé à Southampton que je ne voyageais avec un passeport britannique. Cela ne me plaisait pas de tromper Jim mais, avec lui, on ne savait jamais vraiment.

Un vol matinal au départ de Bristol m'amena au Bourget. En descendant la passerelle, je fus assailli par des souvenirs de Tulipe : *c'est la dernière fois que je t'ai vue vivante ; c'est là que je t'ai promis que tu serais bientôt réunie à Gustav ; c'est là que j'ai prié en vain pour que tu tournes la tête.*

À Paris, je pris un train pour Bâle. En arrivant à Fribourg, toute la colère et la perplexité que j'avais refoulées pendant les jours où j'avais subi l'inquisition firent un retour en force. Qui était responsable de ma vie consacrée aux faux-semblants sinon George Smiley ? Était-ce moi qui avais suggéré que je me lie d'amitié avec Liz Gold ? Était-ce moi qui avais eu l'idée de mentir à Alec, notre chèvre servant d'appât, comme l'avait appelé Tabitha, puis qui l'avais regardé tomber dans le piège que George avait tendu pour Mundt ?

Eh bien, en route pour l'explication tant attendue. En route pour des réponses franches à des questions difficiles. Par exemple : George, avez-vous consciemment entrepris de supprimer toute humanité en moi, ou bien était-ce un dommage collatéral aussi ? Ou encore : et votre humanité à vous, pourquoi fallait-il toujours qu'elle passe après une cause plus noble et plus abstraite que je n'arrive plus à comprendre, si tant est que je l'aie jamais comprise ?

Ou, formulé autrement : quelle part de nos sentiments humains diriez-vous que nous pouvons éliminer au nom de la liberté avant de cesser de nous sentir humains ou libres ? Ou bien, tout bêtement, ne souffrions-nous pas de cette incurable maladie anglaise qui consiste à éprouver le besoin de jouer dans une compétition internationale quand nous ne sommes plus des joueurs de niveau mondial ?

La bibliothèque Kollegiengebäude n° 3, m'informa la dame serviable et dynamique du nom de Friede à la réception, se trouvait dans le bâtiment de l'autre côté de la cour, après la grande porte, tournez à droite. Pas de panneau indiquant BIBLIO-THÈQUE et, de fait, ce n'en était pas une, juste une paisible salle de lecture tout en longueur réservée aux chercheurs de passage.

Et aurais-je l'amabilité de ne pas oublier que le silence était la règle ?

*

J'ignore si Jim avait prévenu George que j'étais en route pour aller le voir, ou si ce dernier perçut tout simplement ma présence. Il était assis de dos, à une table couverte de papiers dans l'encorbellement d'une fenêtre, emplacement qui lui donnait de la lumière pour lire et, quand il en avait besoin, une vue sur les collines et les forêts environnantes. A priori il n'y avait personne d'autre dans la pièce, rien qu'une rangée d'alcôves lambrissées meublées de bureaux et de sièges confortables inoccupés. Je m'avançai jusqu'à me trouver dans son champ de vision. Et comme George avait toujours fait plus vieux que son âge, je fus soulagé de voir qu'aucune surprise désagréable ne m'attendait. C'était le même George, qui avait atteint l'âge qu'il avait toujours paru avoir, mais un George en pull rouge et pantalon de velours côtelé d'un jaune éclatant, ce qui m'étonna fort car je l'avais toujours vu vêtu d'un méchant costume. Et si ses traits au repos exprimaient toujours leur tristesse de chouette, il n'y eut aucune tristesse dans son accueil quand, dans un élan d'énergie, il bondit sur ses pieds pour me serrer la main entre les deux siennes.

« Mais que lisez-vous donc là ? m'écriai-je de façon inconséquente (et à mi-voix, puisque le silence était la règle).

– Oh, mon garçon, oubliez ça. Un vieil espion gâteux qui recherche la vérité des temps. Vous avez l'air scandaleusement jeune, Peter. Qu'êtes-vous encore allé faire, comme bêtises ? »

Il rassembla ses livres et ses papiers et les rangea dans un casier. Avec la force de l'habitude, je lui donnai un coup de main.

Et comme cet endroit ne convenait pas à la confrontation que j'avais prévu d'avoir avec lui, je lui demandai plutôt des nouvelles d'Ann.

« Elle va bien, merci, Peter. Oui. Très bien, compte tenu… »

Il verrouilla le casier et glissa la clé dans sa poche.

« Elle me rend visite de temps en temps. Nous marchons. Dans la Forêt-Noire. Ce ne sont pas les marathons d'autrefois, je le reconnais, mais nous marchons. »

Ces échanges à voix basse prirent fin quand une femme âgée entra et, après s'être difficilement libérée de son sac en bandoulière, étala ses papiers, chaussa ses lunettes une branche après l'autre, puis, avec un soupir sonore, s'installa dans une alcôve. Et je crois que c'est ce soupir qui ébranla ce qu'il me restait de détermination.

*

Nous sommes assis dans le spartiate appartement de célibataire de George, sur le flanc d'une colline qui domine la ville. Il sait écouter comme personne. Son petit corps entre en hibernation, les longues paupières se ferment à demi. Pas un froncement de

sourcil, pas un hochement de tête, pas même un regard interrogateur tant que vous n'avez pas fini. Et quand vous avez bel
et bien fini (il s'en assure en vous demandant des précisions
sur quelque obscur point que vous auriez omis ou déformé),
toujours aucune surprise, aucun jugement positif ou négatif. Je
suis donc d'autant plus stupéfait, une fois arrivé au bout de mon
trop long récit alors que la nuit tombe et que la ville en contrebas disparaît sous des linceuls de brume crépusculaire percée
de lumières, lorsqu'il tire les rideaux sur le monde d'un geste
vigoureux et laisse libre cours à une furie débridée comme je
ne l'ai jamais entendu en exprimer.

« Les lâches ! Les lâches absolus ! Peter, c'est odieux ! Karen,
vous dites qu'elle s'appelle ? Je vais essayer de la retrouver au
plus vite. Peut-être qu'elle m'autorisera à venir lui parler. Ce
serait préférable de la faire venir par avion, si elle est d'accord.
Et si Christoph souhaite me parler, il ferait mieux de le faire,
dit-il avant de marquer une pause crispante. Et Gustav aussi, bien
sûr. Vous me dites qu'une date a été fixée pour l'audience ? Je
viendrai faire une déposition. Je prêterai serment. Je m'offrirai
comme témoin de la vérité. Dans tout tribunal de leur choix.
Je ne savais rien de tout ça, poursuit-il, excédé. Rien. Personne
n'est venu me chercher, personne ne m'a informé. Il était très
facile de me trouver, même dans ma retraite, insiste-t-il sans
préciser de quoi il se mettait en retraite. Les Écuries ? enchaîne-
t-il d'un ton indigné. Je pensais que c'était fermé depuis longtemps. Quand j'ai quitté le Cirque, j'ai rendu ma procuration
aux juristes. Ce qui s'est passé ensuite, je ne sais pas. Rien,
visiblement. Des enquêtes parlementaires ? Des procès ? Pas
un mot, pas un murmure. Pourquoi ? Je vais vous dire pourquoi. Parce qu'ils ne voulaient pas que je sache. J'étais trop
haut dans la hiérarchie à leur goût. Je vois ça d'ici. Un ancien
directeur des Opérations clandestines sur le banc des accusés ?
Qui reconnaît avoir sacrifié un excellent agent et une femme
innocente au nom d'une cause dont le monde se souvient à

peine ? Et tout cela organisé et approuvé par le chef du Service en personne ? Ce serait très mal vu par nos maîtres actuels. Rien ne doit entacher l'image sacrée du Service. Mon Dieu ! Il va sans dire que je vais immédiatement charger Millie McCraig de fournir tous les papiers et tous les éléments que nous lui avons confiés, reprend-il d'une voix plus calme. Windfall m'obsède encore et m'obsédera toujours. Je suis entièrement responsable. Je comptais sur le caractère impitoyable de Mundt, mais je l'avais sous-estimé. La tentation d'éliminer les témoins était tout simplement trop forte pour lui.

– Mais, George, Windfall était l'opération de Control. Vous n'avez fait que suivre le mouvement.

– Ce qui est, de loin, le plus grand péché, j'en ai peur. Je peux vous proposer le canapé, Peter ?

– J'ai réservé une chambre à Bâle. C'était juste un petit saut. Je prends le train pour Paris demain matin. »

C'est un mensonge, et je crois qu'il le devine.

« Alors votre dernier train est à 23 h 10. Je peux vous inviter à dîner, avant ? »

Pour des raisons si profondément ancrées en moi que je me devais d'y obéir, je n'ai pas jugé bon de lui parler de la tentative avortée de Christoph pour me tuer, encore moins de la tirade de son père, Alec, contre le Service qu'il aimait malgré tout. Mais ce que dit George ensuite aurait pu avoir été conçu comme une réponse à la péroraison de Christoph :

« Nous n'étions pas sans pitié, Peter. Nous n'avons jamais été sans pitié. Nous étions pleins de la plus grande pitié. On pourra arguer qu'elle était mal placée. Elle était assurément futile. Nous le savons maintenant. Nous ne le savions pas à l'époque. »

Geste inédit chez lui, il se permet de poser une main sur mon épaule, pour la retirer aussitôt comme s'il s'était brûlé.

« Mais vous, vous saviez, Peter ! Bien sûr que vous saviez. Vous et votre bon cœur. Pour quelle autre raison seriez-vous allé chercher ce pauvre Gustav ? Je vous admirais pour cela.

Loyal envers Gustav, loyal envers sa pauvre mère. Ce fut une grande perte pour vous, j'en suis sûr. »

Je ne me doutais pas qu'il était au courant de mes efforts pathétiques pour aider Gustav, mais je n'en suis pas surpris outre mesure. C'est le George que je garde en mémoire, celui qui sait tout sur les faiblesses des autres tout en refusant stoïquement de reconnaître les siennes.

« Et votre Catherine, elle va bien ?

– Oui, très bien, merci.

– Et son fils, c'est bien ça ?

– Une fille, en fait. Elle va très bien. »

A-t-il oublié qu'Isabelle est une fille ? Ou bien pense-t-il encore à Gustav ?

*

Un ancien relais de poste près de la cathédrale. Des trophées de chasse sur des lambris noirs. L'endroit est là depuis toujours, ou bien il a été rasé par les bombes et reconstruit à partir de vieilles lithos. Spécialité du jour : gibier à l'étouffée. George le recommande, avec un vin du pays de Bade pour l'accompagner. Oui, je vis toujours en France, George. Il est content de moi. Je lui demande s'il s'est établi à Fribourg. Il hésite. Provisoirement, oui, Peter. Provisoirement pour combien de temps reste à définir. Puis, comme si l'idée lui vient seulement maintenant, alors que je soupçonne qu'elle plane entre nous depuis le début :

« Je crois que vous êtes venu pour m'accuser de quelque chose, Peter, je me trompe ? s'enquiert-il avant d'ajouter, me voyant hésiter à mon tour : Diriez-vous que c'est à cause des choses que nous avons faites ? Ou à cause des raisons pour lesquelles nous les avons faites ? demande-t-il le plus affablement du monde. Ou en tout cas pourquoi est-ce que moi, je les ai faites, ce qui est plus à propos. Vous, vous étiez un bon petit soldat. Ce n'était pas votre boulot à vous de vous demander pourquoi le soleil se levait tous les matins. »

Je pourrais contester cette affirmation, mais j'ai peur d'interrompre le flot de ses paroles.

« Pour la paix dans le monde, quoi que cela puisse vouloir dire ? Oui, oui, bien sûr. Il n'y aura pas de guerre, mais dans la lutte pour la paix on ne laissera pas une pierre debout, comme disaient nos amis russes. »

Il marque une pause, mais pour reprendre avec plus de vigueur :

« Ou bien était-ce au nom du capitalisme, tout ça ? Dieu nous en préserve. De la Chrétienté ? Dieu nous en préserve également. »

Une petite gorgée de vin, un sourire perplexe, qu'il adresse moins à moi qu'à lui-même.

« Donc tout ça, c'était pour l'Angleterre, alors ? Fut un temps, bien sûr. Mais l'Angleterre de qui ? L'Angleterre de quoi ? L'Angleterre isolée, citoyenne de nulle part ? Je suis un Européen, Peter. Si j'ai eu une mission, si j'ai jamais été conscient d'une mission en dehors de nos affaires avec l'ennemi, c'était envers l'Europe. Si j'ai été sans cœur, je l'ai été pour l'Europe. Si j'ai eu un idéal hors d'atteinte, c'était de sortir l'Europe des ténèbres dans lesquelles elle se trouvait pour l'emmener vers un nouvel âge de raison. Et je l'ai toujours. »

Un silence, plus profond, plus long qu'aucun de ceux dont j'ai le souvenir, même dans nos pires moments. Les traits fluides qui se figent, le front qui se froisse, les paupières ombrées qui se baissent, un index distrait qui se lève vers ses lunettes pour vérifier qu'elles sont toujours en place. Jusqu'à ce que, secouant la tête comme pour chasser un mauvais rêve, il sourie.

« Pardonnez-moi, Peter, je pontifie. Nous avons dix minutes à pied jusqu'à la gare. Me permettrez-vous de vous accompagner ? »

14

J'écris ces mots à mon bureau de la ferme des Deux-Églises.
Les événements que j'ai relatés ici se sont produits il y a longtemps, mais ils sont aussi réels pour moi aujourd'hui que ce pot
de bégonias posé sur le rebord de la fenêtre ou que les médailles
de mon père qui luisent dans leur coffret d'acajou. Catherine a
acheté un ordinateur. Elle me dit qu'elle fait de gros progrès.
Hier soir, nous avons fait l'amour, mais c'est Tulipe que je
tenais dans mes bras.

Je vais toujours jusqu'à la crique. Je prends ma canne. C'est
un peu dur, mais j'y arrive. Parfois, mon ami Honoré y est déjà,
accroupi sur son rocher, un flacon de *cidre** coincé entre ses
bottes. Au printemps, nous avons pris le bus pour Lorient et, à
sa demande, nous avons marché jusqu'aux quais où ma mère
m'emmenait regarder les gros navires en partance pour l'Asie.
Aujourd'hui, le front de mer est défiguré par les monstrueux
bunkers de béton construits par les Allemands pour leurs sous-
marins. Si intenses qu'ils aient pu être, les bombardements alliés
n'ont pu les entamer, alors que la ville a été rasée. Donc ils
sont là, hauts de six étages, aussi éternels que les pyramides.

Je me demandais pourquoi Honoré m'avait amené là quand
il s'est soudain arrêté devant et a fait de grands gestes rageurs
dans leur direction.

« Cette ordure leur a vendu le ciment », s'est-il indigné de sa drôle de voix.

Cette ordure ? Il m'a fallu un moment pour comprendre. Bien sûr, feu son père, qui a été pendu pour avoir collaboré avec les Allemands. Il cherchait à me choquer, mais s'est réjoui que je ne le sois pas.

Dimanche, nous avons eu la première neige de l'hiver. Le bétail se morfond d'être enfermé. Isabelle est une grande fille maintenant. Hier, quand je lui ai parlé, elle m'a souri en me regardant. Nous croyons qu'un jour elle parlera, après tout. Et voilà Mongénéral, qui monte la colline en zigzaguant dans sa fourgonnette jaune. Peut-être m'apporte-t-il une lettre d'Angleterre.

Remerciements

Mes sincères remerciements à Théo et Marie-Paule Guillou, qui m'ont généreusement et utilement guidé à travers la Bretagne du Sud ; à Anke Ertner pour ses infatigables recherches sur Berlin-Est et Berlin-Ouest dans les années 1960 et pour les précieuses bribes de ses souvenirs personnels ; à Jürgen Schwämmle, éclaireur *extraordinaire** qui a trouvé le chemin pris par Alec Leamas et Tulipe pour s'échapper de Berlin-Est jusqu'à Prague et qui m'a escorté tout du long ; et à notre impeccable chauffeur Darin Damjanov, qui a fait de ce voyage sous la neige un double plaisir. Je dois aussi remercier Jörg Drieselmann, John Steer et Steffen Leide du musée de la Stasi à Berlin, pour la visite privée de leur sombre domaine et pour le cadeau qu'ils m'ont fait de mon *Petschaft* à moi. Enfin, mes remerciements particuliers à Philippe Sands qui, avec l'œil du juriste et la sensibilité de l'écrivain, m'a guidé dans le maquis des commissions parlementaires et des procédures juridiques. La sagesse est la sienne. S'il y a des erreurs, elles sont de moi.

John le Carré

Du même auteur

AUX ÉDITIONS DU SEUIL

Notre jeu, *1996*
et « Points », n° P330

Le Tailleur de Panamá, *1997*
et « Points », n° P563

Single & Single, *1999*
et « Points », n° P776

La Taupe, *2001*
nouvelle édition
et « Points », n° P921

Comme un collégien, *2001*
nouvelle édition
et « Points », n° P922

Les Gens de Smiley, *2001*
nouvelle édition
et « Points », n° P923

Un pur espion, *2001*
nouvelle édition
et « Points », n° P996

La Constance du jardinier, *2001*
et « Points », n° P1024

Le Directeur de nuit, *2003*
nouvelle édition
et « Points », n° P2429

La Maison Russie, *2003*
nouvelle édition
et « Points », n° P1130

Un amant naïf et sentimental, *2003*
nouvelle édition
et « Points », n° P1276

Le Miroir aux espions, *2004*
nouvelle édition
et « Points », n° P1475

Une amitié absolue, *2004*
et « Points », n° P1326

Une petite ville en Allemagne, *2005*
et « Points », n° P1474

Le Chant de la Mission, *2007*
et « Points », n° P2028

Un homme très recherché, *2009*
et « Points », n° P2227

Un traître à notre goût, *2011*
et « Points », n° P2815
sous le titre Un traître idéal

Une vérité si délicate, *2013*
et « Points », n° P3339

Le Tunnel aux pigeons
Histoires de ma vie, *2016*
et « Points », n° P4682

AUX ÉDITIONS GALLIMARD

Chandelles noires, *1963*
L'Espion qui venait du froid, *1964*
L'Appel du mort, *1973*

AUX ÉDITIONS ROBERT LAFFONT

Le Voyageur secret, *1991*
Une paix insoutenable (essai), *1991*
Le Directeur de nuit, *1993*

et en collection Bouquins

tome 1

L'Appel du mort
Chandelles noires
L'Espion qui venait du froid
Le Miroir aux espions
La Taupe
Comme un collégien

tome 2

Les Gens de Smiley
Une petite ville en Allemagne
La Petite Fille au tambour
Le Bout du voyage (théâtre)

tome 3

Un amant naïf et sentimental
Un pur espion
Le Directeur de nuit

RÉALISATION : NORD COMPO À VILLENEUVE-D'ASCQ
IMPRESSION : CPI FRANCE
DÉPÔT LÉGAL : AVRIL 2018. N° 137133-3 (147126)
Imprimé en France